Kai Magnus Sting
Tod unter Gurken

Vom Autor bisher bei KBV erschienen:

Leichenpuzzle
Die Ausrottung der Nachbarschaft

Kai Magnus Sting, geboren 1978, schreibt Kabarettpro-
gramme, Hörspiele, Kriminalromane, Kurzgeschichten
und Kolumnen für Radio und Zeitung. Seit über 20 Jahren
ist er mit seinen Bühnenprogrammen auf Tournee, produziert Live-CDs und Hörspiele, ist häufig im Fernsehen zu
bestaunen und im Radio zu hören und hat für seine kaba-
rettistischen Arbeiten bereits zahlreiche Preise gewonnen.
Bei KBV veröffentlichte Kai Magnus Sting bislang die beiden Krimis »Leichenpuzzle« und »Die Ausrottung der
Nachbarschaft«.
www.kaimagnussting.de

Kai Magnus Sting

Tod unter Gurken

Kriminalgeschichten

Originalausgabe
© 2017 KBV Verlags- und Mediengesellschaft mbH, Hillesheim
www.kbv-verlag.de
E-Mail: info@kbv-verlag.de
Telefon: 0 65 93 - 998 96-0
Fax: 0 65 93 - 998 96-20
Illustrationen: Heiko Sakurai
Lektorat: Volker Maria Neumann, Köln
Druck: CPI books, Ebner & Spiegel GmbH, Ulm
Printed in Germany
ISBN 978-3-95441-363-8

»Von hübschen Mordgeschichten
krieg ich ja nie genug.
Grad, wenn man sich bei der Leichenentsorgung
was einfallen lässt:
Verfütterung an Schweine zum Beispiel.
Oder unter den Gurken verbuddeln.
Ist doch was Feines.«

Alfons Friedrichsberg

INHALT

ANDERTHALB ALTE LEICHEN

Zu dritt standen sie im Wald auf einer Lichtung, mitten in der Nacht: A, B und C.

A stand in ungefähr 30 Metern Entfernung in einem Winkel von 40 Grad zu B und C.

Nach sieben Minuten ging B auf die Knie, und C schoss mit einer Waffe von oben herab B in den Kopf, woraufhin B leblos in sich zusammensackte.

Dann drehte sich A um, entfernte sich von der Lichtung und verschwand im Dickicht.

C sah zu, dass er das Weite suchte.

Was wie eine seltsame Mathematikaufgabe anmuten könnte, ist eine simple Mordgeschichte und entwickelte sich im Laufe der Jahrzehnte zu einer kleinen aber feinen Tragödie.

Vorausgegangen war dieser Situation folgender Dialog:

»Sie müssen das etwas großzügiger denken: Wenn Sie mir meine Frau umbringen, kommen wir ungeschoren aus der Sache raus.«

»Wieso?«

»Kennen Sie *Zwei Fremde im Zug*?«

»Nein. Dann wären es ja keine Fremden mehr.«

»Ich meine den Film. Also das Buch …«

»Was denn jetzt?«

»Von der Amerikanerin in der Schweiz.«

»Ich verstehe Sie nicht.«

»*Strangers on a Train.*«

»Ah, das sagt mir was. Bert Kaempfert.«

»Nein, das war *in the Night.*«

»Wenn Sie das sagen ...«

»Was ich meine, ist: Wir kennen uns doch gar nicht.«

»Natürlich kennen wir uns. Wir sitzen hier zusammen und reden.«

»Ja, aber nur dieser einen Sache wegen. Es besteht eigentlich keine Verbindung zwischen uns. Wir waren nicht zusammen auf der Schule, haben nicht gemeinsam studiert, nicht zusammen Sport gemacht, es gibt einfach nichts, was auf eine Verbindung schließen lassen könnte. Wieso also sollten Sie meine Frau töten?«

»Weil Sie es mir angeboten haben.«

»Ja, durchaus, aber das ahnt doch niemand. Weil keiner weiß, dass wir uns kennen. Deshalb: Warum sollten Sie einen Grund haben, meine Frau umzubringen?«

»Warum denn nicht? Schließlich kann ich doch töten, wen ich will. Wir leben ja schließlich in einem freien Land.«

»Ja, aber so begreifen Sie doch: Es gibt keinen Grund! Wir sind nicht befreundet, nicht verfeindet, wir kennen uns einfach nicht. Also woher sollten Sie meine Frau kennen?«

»Hm ... Ich bin ihr vielleicht zufällig begegnet.«

»Meine Frau geht kaum noch aus dem Haus.«

»Ja, aber wenn ... Es könnte ein Lustmord sein.«

A schüttelte vehement den Kopf: »Nein, unmöglich. Sie kennen meine Frau nicht.«

»Man müsste sie sehen ...«

A wurde ungeduldig: »Was ist jetzt: Tun Sie's oder tun Sie's nicht?«

»Ich muss darüber nachdenken.«

»Sie haben sich auf meine Anzeige hin gemeldet. Sie sind bereit, einen Mord zu begehen. Ich habe Sie in der Hand.«

* * *

Alles hatte mit einem Zeitungsinserat begonnen.

Alfons Friedrichsberg, seines Zeichens schwergewichtiger Rentner – Freunde bezeichneten ihn als überaus dick und verfressen – und Amateurkriminologe, war zum wiederholten Mal über dieses Inserat gestolpert. Er saß beim Frühstück am Küchentisch, blätterte in aller Ruhe in der Tageszeitung und las: *Toten Opa zu vertrödeln. Im Gegenzug Interesse an verstorbener Frau.*

Er rümpfte die Nase: Das war jedenfalls mal etwas anderes als dieses ständige *Suche Vase, biete Schrankwand, Chippendalemöbel abzugeben* oder bei Kontaktanzeigen *Flotte Oma, verh NR mit Tagesfreizeit sucht heißen Alten für gelegentliche Treffs, keine finanziellen Interessen* oder *Junggebliebener Student, 58, sucht Traumfrau aus dem Umkreis Unna.*

Hier stand, und das bereits zum dritten Mal: *Toten Opa zu vertrödeln. Im Gegenzug Interesse an verstorbener Frau.*

Friedrichsberg schlürfte am Milchkaffee. War das ein Scherz, ein makabrer? Oder ein seltsames Spiel, das er nicht verstand? Oder musste man die gewählten Worte für bare Münze nehmen? Es weckte seine Neugierde.

Genau drei Wochen später stand er am Wohnzimmerfenster, schaute auf die regennasse Straße und kratzte sich am Kopf. Regen peitschte von draußen gegen das Fenster, vereinzelte Passanten eilten durchnässt über die Straße, Autos rasten durch Pfützen und jagten das Wasser gegen Fassaden, Windböen schlugen aufgespannte Regenschirme um ... Hätte sich die Welt einen Tag für ihren Untergang aussuchen müssen, heute wäre ein guter Termin dafür gewesen.

Sollte er hingehen oder sollte er es bleiben lassen? Also zum Treff auf dem Trödel. Er hätte einfach drüber hinweglesen können. Aber nein, er musste seine dicke Nase wieder in Angelegenheiten stecken, die ihn einen Scheißdreck angingen.

Die Anzeige *Toten Opa zu vertrödeln. Im Gegenzug Interesse an verstorbener Frau* war noch zweimal erschienen.

In der Woche drauf kam eine »Antwort«, so interpretierte Friedrichsberg jedenfalls diese seltsame Notiz. Da stand in der Zeitung Folgendes: *Interesse an Opa. Treffen nächsten Samstag um 11 auf dem Hafentrödel. Kennzeichen: blaue Plastiktüte mit Vase. Stillschweigen.*

Über Friedrichsbergs Mund zog sich ein breites Grinsen, und er strich sich über seinen Schnurrbart.

Von draußen war ein lautes Quietschen zu hören, ein langes Hupen, ein greller Schrei. Fast hätte es einen dunkel gekleideten Fußgänger weniger gegeben. Während der sich mit dem Autofahrer wild gestikulierend stritt, traf Friedrichsberg eine Entscheidung: Morgen ging es auf den Trödel.

* * *

Friedrichsberg war schon kurz nach 10 auf dem Hafentrödel gewesen. Die üblichen Stände: Tand, Nippes, Firlefanz: Von der defekten Deckenleuchte über alte Videorekorder, Gesellschaftsspiele, Anziehsachen, Rasierklingen, aber auch Silberbestecke, Modeschmuck, Bücher, dazwischen Reibekuchen, Bratwürste und Süßigkeiten.

Im Kopf war er alle denkbaren Möglichkeiten durchgegangen: Was würde er gleich antreffen? Sollte er die beiden Tütenmänner sehen, welchem seltsamen Schauspiel würde er beiwohnen? Oder konnte er zwei Killern dabei zusehen, wie sie sich gegenseitig über den Haufen schossen? Oder wanderten die gleichen Tüten nur von Hand zu Hand, fand also ein Austausch statt? Aber was hatte das alles dann mit toten Großvätern und ebensolchen Gattinnen zu tun? Befanden sich Leichenteile in den Tüten, die transportiert werden sollten?

Mittlerweile war es kurz nach 11 und er hatte noch niemanden mit Tüte und Vase entdeckt. Er schaute sich die Auslage eines Süßigkeitswagens an, drehte sich um, ließ seinen Blick über den Flohmarkt schweifen – und da sah er ihn: einen alten, unscheinbaren Mann in einem schweren, grünen Mantel, der die Last der Welt auf seinen Schultern zu tragen schien und auf dessen kleinem Kopf ein viel zu großer Hut saß.

Der Alte schaute sich hektisch um, drehte eine Runde über den Markt, Friedrichsberg in gebührendem Abstand hinter ihm. Der Alte aß eine Bratwurst mit Senf, drehte eine weitere Runde; dann verließ er den Flohmarkt und machte sich auf den Weg zur Straßenbahnhaltestelle. Dort angekommen schaute sich der Alte zunächst um, warf einen Blick auf den Fahrplan, guckte auf seine Armbanduhr, schaute sich wieder um und setzte sich auf einen der Sitzplätze im Wartehäuschen.

Niemand war ihm gefolgt. Auch keine blaue Plastiktüte mit Vase.

Nur Alfons Friedrichsberg. Der nahm neben ihm auf einem der Sitzplätze Platz und schnaufte laut.

»Na, sagen Sie mal, Sie haben ja ein ordentliches Tempo drauf, Respekt.«

Der Alte schaute irritiert auf. »Wieso? Sind Sie mir gefolgt?«

»Das bin ich«, nickte Friedrichsberg. »Und wenn man es genau nehmen will, ich tue das schon seit fünf Wochen.« Friedrichsberg kramte aus seiner Manteltasche eine Zigarre hervor, roch daran, steckte sie sich in den Mund, holte Streichhölzer hervor, setzte sie in Brand und paffte genussvoll.

»Sie haben doch nichts dagegen …« Friedrichsberg wedelte mit der Zigarre vor der Nase des Alten herum.

»Ich bin Asthmatiker«, hustete der.

»Na, immer noch besser als Veganer. Dann atmen Sie mal bitte hübsch an meiner Zigarre vorbei, sonst werden Sie das hier ja wohl nicht überleben, oder?«

Der Alte schüttelte den Kopf: »Was wollen Sie überhaupt von mir? Und wer sind Sie?«

»Zunächst einmal das Biographische: Mein Name ist Alfons Friedrichsberg. Das sollte genügen. Mehr weiß ich über mich manchmal auch nicht. Und zu dem Grund, warum ich Sie hier so salopp anquatsche: Toten Opa zu vertrödeln. Im Gegenzug Interesse an verstorbener Frau. Na, klingelt's?«

Der Alte schaute ihn nur verdutzt an.

»Also eigentlich dürfte es bei Ihnen nicht klingeln. Bei Ihnen müsste es schon scheppern.«

Eine Straßenbahn kam. Leute stiegen aus, andere stiegen ein, die Türen schlossen sich wieder, die Bahn fuhr davon.

Der Alte schwieg eine ganze Weile. Derweil paffte Friedrichsberg zurückgelehnt seine Zigarre.

»Ich sitze hier neben Ihnen, weil ich in der Zeitung über Ihr Inserat gestolpert bin. Ich habe dann die knappe Korrespondenz verfolgen dürfen und war brennend daran interessiert, wer hinter toten Opas, Eheweibern und blauen Tüten nebst Vasen steckt. Und da ich auf dem Flohmarkt grad eben ganz zu meinem Leidwesen nicht Zeuge eines Übernhaufenschießens oder sonst einer Tätigkeit – und sei es nur eine schnöde Übergabe – geworden bin, dachte ich mir, ich folge Ihnen mal und biete ein Gespräch an. Und an diesem Punkt sind wir beide gerade.«

»Hat Lothar Sie geschickt?«

»Was denn für ein Lothar? Ich kenne noch nicht einmal einen Lothar. Und wenn Sie mir noch mal mit Ihrem Lothar kommen, dann trete ich Ihnen vors Schienbein.«

»Das ist aber schmerzhaft.«

»Deswegen drohe ich Ihnen ja auch damit. So. Ich habe genug geplaudert. Jetzt sind Sie dran. Und wenn Sie mir nicht bald berichten, worum es hier eigentlich geht, dann schleppe ich Sie in eine Raucherkneipe. Da werden Sie ganz schnell gesprächig, das kann ich Ihnen aber flüstern.«

Der Alte schwieg wieder eine Weile, dann nickte er. »Ich weiß zwar nicht, warum ich Ihnen das alles erzählen soll, aber gut. Haben Sie Zeit mitgebracht?«

»Solange die Zigarre hält.«

»Das ist eine lange Geschichte und sie geht vierzig Jahre in die Vergangenheit zurück.«

Friedrichsberg besah sich kritisch das glimmende Ende seiner Zigarre. »Nun, so viel Zeit habe ich nicht, sputen Sie sich also.«

»Ich werde mich kurz fassen. Ich heiße Karl Hofgarten. Ich bin Beamter. Beim Finanzamt. Ich war 26 Jahre verheiratet. Dann ist meine Frau gestorben. Wir haben keine Kinder. Freunde habe ich auch nicht wirklich. Ich bin alles in allem eine unscheinbare, graue Existenz. Und ich lebe seit vielen Jahren alleine. In einer viel zu großen Villa. Und das ist auch ein wichtiger Aspekt in meiner Geschichte.« Er machte eine lange Pause, so, als müsste er sich noch mal überlegen, was er wie erzählen sollte; Friedrichsberg ruderte mit den Armen, um sein Nebenan zum Erzählen aufzumuntern. »Nun gut. Also … Ich fasse mich kurz. Der Ursprung der ganzen Geschichte liegt jetzt ungefähr vierzig Jahre zurück, ich war damals Mitte dreißig. Verbeamtet, verheiratet, Kegelclub, kleine Wohnung, ein paar Freunde, Skatrunden, das Übliche. Und ich war unzufrieden. Hatte wohl so was Ähnliches wie eine Krise. Meine Frau arbeitete halbtags in einem Steuerbüro, machte den Haushalt. Ich wollte nicht wahrhaben, dass das schon alles gewesen sein sollte. Eigentlich hatte ich gar keinen Grund, mich zu beschweren. Aber ich tat es. Ich war glücklich mit meiner Frau, aber ich hatte wohl die

Angst, dass ich … dass wir im Alltag untergehen könnten. Ich träumte zum Beispiel von einer Villa. Ich wollte immer, schon als Kind, in einer großen Villa leben mit großem Grundstück, viel Rasen, Blumen, Bäumen. Mein Vater war einfacher Handwerker gewesen, meine Mutter Hausfrau. Wir hatten nichts. Ich wollte, dass es mir besser gehen sollte. Eines Tages las ich auf der Arbeit in der Mittagspause die Tageszeitung und da stand, ganz klein und schmal gesetzt, ein Inserat: *Villa zu verschenken. Entsorgung störrischen Inhalts Voraussetzung.* Ich dachte, ich sehe nicht recht. Ich war perplex.«

»Und haben sich auf das Inserat hin gemeldet«, schloss Friedrichsberg.

Karl Hofgarten nickte. »Genau so war es. Ich dachte, der meint Ungeziefer, Mäuse, Parasiten… Ich habe mich dann mit dem Inserenten getroffen. Ein paar Tage später. Abends in einer Kneipe. Und der wollte, dass ich ihm seine Frau umbringe. Der war der absoluten Überzeugung, dass das ein guter Plan sei: Ein Fremder, der in keinem Verhältnis zum Opfer steht, begeht die Tat. Wenn er sich bei der Durchführung des Mordes geschickt genug anstellt und keine Spuren hinterlässt, wird die Polizei nie auf den Täter kommen.«

»Und da Sie sich beide nicht kannten, sollten Sie diesen Mord begehen?«

»Genau so sollte es sein. Ich sollte seine Frau erschießen.«

Friedrichsberg paffte vor sich hin. »Und im Gegenzug sollten Sie seine Villa bekommen.«

»So war es. Der Mann, dessen Frau ich töten sollte, hieß oder heißt Lothar Eggert. Und Eggert bewohnte

mit seiner Frau eine luxuriöse Villa in einem gediege-
nen Vorort dieser Stadt. Aber Eggert wollte dieses Leben nicht mehr. Er hatte eine Geliebte und wollte mit
ihr über alle Berge. Und da war ihm die Gattin halt im
Wege. Denn Eggerts Frau hatte von Haus aus Geld an
den Füßen, er war ein armer Habenichts, und deshalb
kam für ihn eine reguläre Scheidung auch nicht infrage. Zu seinem Unglück hatten er und seine Frau bei der
Hochzeit eine Gütertrennung vereinbart und ihm nur
die Villa zugeschrieben sowie ein fürstliches Taschengeld und ein paar Spielzeuge: Autos, Boote und has-
te-nicht-gesehen …«

»Eigentlich doch ganz nett, so eine Frau hätte ich auch
ganz gerne!«, grinste Friedrichsberg.

»Er aber nicht! Also dachte er, es sei die beste Idee, jemanden mit der Beseitigung seiner Frau zu beauftragen
und sich selbst für den Tatzeitraum ein hieb- und stich-
festes Alibi zu verschaffen. Das hätte er auch an dem
geplanten Tatabend geschafft: Er war mit den Honorati-
oren der Stadt im Theater, Opernpremiere mit anschließendem geselligem Beisammensein. Die Feier ging bis
kurz nach Mitternacht. Bis dahin hatte ich vier Stunden
Zeit, seine Frau zu erschießen.«

»Und wie haben Sie das angestellt?«

»Das war ein Mittwochabend, ich werde das nicht
vergessen. Mittwochs ging sie immer zum Sport, von
sieben bis neun. Sie war zu Fuß unterwegs und ging
nach dem Sport alleine nach Hause. Und auf diesem
Weg sollte ich sie abpassen und erschießen.«

»Gestatten Sie mir eine Zwischenfrage: Finanzbeamte sind in diesem Land ja noch nicht von Staats wegen

mit einer Wumme ausgerüstet … Wo hatten Sie die her? Auch per Inserat gefunden?«

»Quatsch, von Eggert persönlich. Er hatte mir bei unserem ersten Treffen die Waffe zugesteckt und gesagt, dass es damit passieren solle. Er brauche die Waffe auch nicht zurück, ich könne sie behalten oder wegwerfen.«

»Haben Sie sie weggeworfen?«

»Nein. Ich habe sie immer noch. Ich wusste auch nicht, wie ich sie am besten für immer verschwinden lassen sollte. Ich habe damit ja auch niemanden umgebracht.«

Friedrichsberg spitzte die Lippen. »Wie bitte? Ich dachte …«

»Sie dachten doch nicht allen Ernstes, dass Sie neben einem Mörder sitzen.«

»Zwischenzeitlich …, doch. So etwas hatte ich vermutet.«

Hofgarten lachte auf und winkte ab. »Nein, nein, ganz so lief es dann doch nicht.«

»Das wird ja immer besser. Na, dann erzählen Sie mal.« Friedrichsberg rieb sich die Hände.

»Ich sah die Frau von Eggert vom Sport kommen, ich bin ihr auch gefolgt. Sie bemerkte mich irgendwann, lief etwas schneller, ich wurde auch schneller, aber dann blieb sie plötzlich abrupt stehen, drehte sich zu mir um und fragte mich, was ich von ihr wolle. Ich war perplex, damit hatte ich nicht gerechnet. Und so groß meine Gewissensbisse, so groß mein Zögern und Zaudern vorher auch waren, jetzt, hier im Angesicht meines potenziellen Opfers wusste ich, dass ich sie nie und nimmer hätte töten können.«

»Ja, und dann? Sie standen sich da auf der Straße gegenüber. Haben Sie das Weite gesucht?«

Hofgarten schüttelte den Kopf: »Nein, ich habe mit ihr geredet.«

»Sie haben was?!«

»Wir sind in eine Kneipe gegangen und dann habe ich ihr erzählt, dass ihr Mann mich beauftragt hat, sie umzubringen.«

»Aha.«

»Sie war entsetzt. Aber auch begeistert.«

Friedrichsberg zog die Augenbrauen hoch. »Wieso das denn?«

»Der Vater von Frau Eggert war einige Monate vorher gestorben. Anscheinend ein scheußlicher Jagdunfall. Von dem waren nur Reste übrig geblieben. Na ja, der hatte ein großes Unternehmen geführt, aber die Geschäfte liefen die letzten Jahre nicht mehr gut, eher schon katastrophal, und die Firma war hochverschuldet. Sie hatte das Erbe aber schon angenommen, und so fielen jetzt die Schulden auf sie. Frau Eggert war also finanziell ruiniert.«

»Und sie war von der Idee ihres theoretischen Todes begeistert, weil sie damit ihren ungeliebten Mann, von dessen zahllosen Affären sie – wie ich annehme – wusste, und auch ihre Schulden los gewesen wäre und ebenfalls neu irgendwo anders hätte anfangen können.«

»Sie haben's auf den Punkt genau getroffen.«

»Wie ging die Geschichte denn jetzt weiter?«, wollte Friedrichsberg an seinem Zigarrenstumpen vorbei wissen.

»Frau Eggert und ich fassten einen Plan. Herr Eggert kam nachts nach Hause und war natürlich geschockt, dass seine Frau im Bett lag. Lebend. Am nächsten Morgen erzählte sie ihm, dass sie sich unwohl gefühlt habe am Abend vorher und deswegen nicht zum Sport gegangen sei. Von der Arbeit aus rief Eggert dann mich an. Ich sagte ihm, dass ich beim Sportzentrum war, aber nirgends seine Frau entdeckt hätte. Eggert war unruhig, das merkte ich sofort. Er wollte die ganze Sache so schnell wie möglich hinter sich bringen. Er schlug ein Treffen in der kommenden Nacht vor. Um 23.30 Uhr im Stadtwald, auf einer Lichtung, wo früher ab und an Waldgottesdienste stattgefunden hatten. Und da bin ich dann nachts um Viertel nach elf hin. Die beiden Eggerts waren noch nicht da, die kamen erst um kurz nach halb zwölf. Und Frau Eggert spielte ihre Rolle gut. Die der Panischen, die nicht weiß, was mit ihr geschehen soll und die voller Todesangst ist. Ich stand also da mit Frau Eggert. Lothar entfernte sich, ich denke, so etwas über zwanzig Meter, vielleicht auch dreißig, keine Ahnung. Ich nickte Frau Eggert beruhigend zu. Ich bedeutete ihr irgendwann, auf die Knie zu gehen, was sie dann auch tat. Ich zog mir dünne Lederhandschuhe über, holte die Pistole hervor, die ich von Eggert bekommen hatte und zielte auf Frau Eggerts Kopf. Herr Friedrichsberg, Sie können mir glauben, so schlecht ist es mir noch nie in meinem Leben gegangen. Vorher und hinterher nicht. Ich hätte mich am liebsten übergeben. Mir zitterten die Beine, auch meinen ausgestreckten Arm, in dem ich die Waffe hielt, konnte ich nicht mehr ruhig halten. Und dann schoss ich von oben herab in Richtung Frau Eggert. Aber einen guten Meter daneben. Der Schuss peitschte in die Stille der Nacht, die Kugel ging in den Waldboden, Frau Eggert sackte in sich zusammen.«

»Und was machte Herr Eggert?«

»Der hatte sich, bevor ich in ihre Richtung geschossen habe, umgedreht und haute dann ab.«

»Und Sie?«

»Ich blieb noch eine Weile so stehen, wartete etwas. Ich schätze mal, so zwanzig Minuten. Dann gab ich Frau Eggert zu verstehen, sie könne gleich aufstehen. Für sie konnte jetzt ein neues Leben beginnen. Dann bin ich gegangen.«

»Nicht schlecht. Und Eggert?«

»Von dem hörte ich eine Weile lang nichts. Dann nahm er zu mir Kontakt auf, zum einen, weil er nichts von der Polizei gehört hatte. Ich teilte ihm mit, dass ich seine Frau in eine Plastikplane gewickelt, mit Steinen beschwert und sie dann in einem nahe gelegenen See versenkt hätte. Ein paar Tage später fand die Schenkung des Hauses statt, seitdem lebe ich darin.«

Der Dicke nickte langsam. »Und was ist mit Eggert?«

»Der ist mit seiner Geliebten weg. Ich habe nie wieder etwas von ihm gehört.«

»Dann ist doch alles paletti.« Friedrichsberg verschränkte die Arme vor der Brust. »Sie haben keinen Mord begangen und leben in Ihrem Kindertraum, vielleicht ein bisschen einsam, dafür aber mit Gras, Blumen und Bäumen …«

Hofgarten unterbrach ihn. »Ja, soweit so gut, aber letztens fügte sich der Geschichte ein weiteres Kapitel hinzu.«

»Die Eggerts tauchten wieder auf?« Friedrichsberg zog die Augenbrauen hoch.

»Nicht ganz.«

»Wie geht denn: nur halb?«

»Jetzt warten Sie doch ab! Ich hatte einen Rohrbruch, und als ich das Wasser deswegen abstellen wollte, habe ich im Keller einen Verschlag entdeckt, der mir noch nie aufgefallen war. Allerdings hatte ich bis dahin auch nie einen Grund, in den Versorgungsschacht zu klettern. Jedenfalls habe ich den Verschlag geöffnet.«

»Und was war dahinter?«

»Vergessene Konservenbüchsen, teilweise mit Obst, einige mit Gurken ...« Hofgarten brauchte einen Moment, dann sprach er langsam weiter: »Und ein menschliches Skelett in vollem Jägerornat. Sie können sich kaum vorstellen, wie ich erschreckt bin.«

»Ja, kein schlechtes Überraschungsei«, nickte Friedrichsberg. »Und? Das ist jetzt der Tote, für den Sie ein Entrümplungsunternehmen suchen? Aber warum gehen Sie damit nicht zur Polizei, Sie haben sich doch nichts vorzuwerfen, oder?«

»Eigentlich nicht. Aber dann bin ich darauf gekommen, dass man mir hier wohl etwas in die Schuhe schieben wollte.«

»Hm ... wie denn das?«

»Bei dem Toten lag ein Portemonnaie mit all seinen Papieren drin.«

Friedrichsberg war neugierig. »Und?«

»Das ist der alte Eggert. Also der Vater von Frau Gisela Eggert. Lothar hatte den Namen seiner Frau angenommen. Was ich eben vergessen hatte zu erwähnen …« Hofgarten räusperte sich. »Bevor die Eggert erben konnte oder musste, je nachdem wie man es betrachtet, war ihr Vater erst eine Zeit lang verschwunden. Sein Alter war weit über achtzig, aber immer noch passionierter Jäger. Und von einem seiner Jagdausflüge ist er nicht zurückgekehrt. Hut, Mantel, Gewehr, Reste seines Proviants und eine Menge Blut hat man neben seinem Hochstand gefunden und alles war von Wildschweinen zerwühlt … Das war der vorhin erwähnte scheußliche Jagdunfall, der gar keiner war.«

»Alles nur eine Inszenierung?«

»Richtig. Drei Monate hat die Staatsanwaltschaft gewartet und ihn dann für tot erklärt.«

Friedrichsberg strahlte übers ganze Gesicht. »Man dachte also, eine Rotte Sauen hätte ihn sich geholt …«

»So was in der Art.«

»Aber in Wirklichkeit lag er erschossen in dem Verschlag. Tod unter Gurken. Hm … Eine interessante Geschichte.« Mittlerweile war Friedrichsbergs Zigarre zu ihrem Ende gekommen, er legte sie beiseite und strich sich über den Schnurrbart. »Lothar Eggert dezimiert sein Umfeld, holt zu dieser Umsetzung noch Sie mit ins Boot und überlässt Ihnen dafür die Villa samt des ermordeten Patriarchen …«

»Stimmt.«

»Von wem hatten Sie die Waffe zur Ermordung von Frau Eggert noch mal?«

»Von Lothar …«

Friedrichsberg spitzte die Lippen. »Haben Sie immer schön Handschuhe getragen, wenn Sie die Waffe angefasst haben?«

»Selbstverständlich.«

»Haben Sie an der Leiche im Keller ein Einschussloch entdeckt?«

»Ja. Ein fünfmarkstückgroßes Loch im Schädel …«

»Und das in Eurozeiten … Für die Staatsanwaltschaft sind Sie der prädestinierte Doppelmörder: Erst bringen Sie den Alten um, dann seine Tochter und zu guter Letzt sitzen Sie gemütlich in deren Erbe! Das Ganze ist doch recht geschickt eingefädelt.« Friedrichsberg musste laut auflachen.

»Deshalb habe ich doch das Inserat aufgegeben! Ich wollte Eggert aufstören und ihn damit konfrontieren, dass seine angeblich verstorbene Frau gar nicht tot ist. Und somit sein perfider Plan gescheitert ist!«

Friedrichsberg erhob sich schwerfällig und streckte seinen dicken Bauch raus. »Und tatsächlich meldet sich Eggert auf Ihr Inserat, erscheint aber nicht auf dem Trödel … Jedenfalls nicht so, dass wir ihn hätten entdecken können.«

»Und was machen wir jetzt?«

Alfons Friedrichsberg schaute in den Himmel hinauf und seufzte. »Wir machen nichts. Weil es gar kein wir gibt! Nur ein Sie und ein ich. Sie warten hier offensichtlich auf die Straßenbahn. Und ich geh nach Hause. Schließlich kenne ich jetzt die Geschichte, und mehr interessiert mich nicht.«

»Aber … aber ich meine … Sie können mich doch nicht alleine lassen mit alldem …«

»Ihnen geht die Muffe, was? Hätten den Toten besser einfach ruhen lassen ...«

»Mit einer Leiche im Haus, das halte ich einfach nicht aus!«

»Sie hätten einfach zur Polizei gehen und denen die Geschichte erzählen sollen. Nach einer Weile Untersuchungshaft wären die schon drauf gekommen, dass etwas Wahres an Ihrer Geschichte ist ...« Der Dicke winkte ab.

»Das Risiko kann ich nicht eingehen. Bei der dünnen Personaldecke bei Polizei und Gericht kann so was auch leicht mal ein paar Jahre dauern. Und wenn Eggert untergetaucht ist, nehmen die am Ende lieber mich, als gar keinen Täter präsentieren zu können. Der lieben Aufklärungsstatistik wegen.«

»Ich sehe, ein Mann mit Amtserfahrung!« Friedrichsberg beugte sich zu dem verzweifelnden Hofgarten hinunter. »Aber soll ich Ihnen was sagen: Wenn Lothar Eggert Kontakt zu Ihnen aufgenommen hat, dann hat er Angst, dass Sie ihm vielleicht doch was ans Leder flicken könnten ... Und aus dem Wald wissen wir, das angeschossene Keiler die gefährlichsten sind.«

»Was meinen Sie?«

»Nur 'ne Metapher, kam mir wegen dem alten Eggert in den Sinn. Vielleicht gibt's ja noch eine interessante Wendung in dem Fall.«

»Ich verstehe gar nichts mehr.«

»Ich hab's mir gerade anders überlegt: Es gibt doch ein ›wir‹! Und dieses ›wir‹ fährt jetzt gemeinsam zu Ihrer Villa und dann schau ich mich da mal um ... Nur noch eine Frage: Haben Sie Kontakt zu Frau Eggert?«

Hofgarten nickte langsam. »Wir schreiben uns Weihnachtskarten, und ich habe eine Telefonnummer für den Notfall von ihr ...«

»Und den haben wir jetzt!«

»Wen?«

»Den Notfall! Sie sollten sie dringend gleich mal anrufen.«

* * *

Als sie an der ehemaligen Eggertschen Villa ankamen, war es bereits dunkel geworden. Ein kalter Wind pfiff um das Gemäuer. Das kleine Männlein in dem zu großen Mantel schloss das mächtige Eingangsportal auf. Es trat vor in die großzügige Eingangshalle, um das Licht einzuschalten, Friedrichsberg wartete geduldig auf den Außenstufen und schaute sich, an einer Zigarre paffend, ein bisschen um.

Hofgarten wollte gerade aus seinem Mantel, als er eine ihm vertraute Stimme hörte: »Einen schönen guten Abend, Karl!«

Ein Mann mit einem gezückten Revolver saß in einem Sessel in der Eingangshalle und richtete ihn auf sein Gegenüber.

Hofgarten lief ein eiskalter Schauer über den Rücken. »Lothar, du?! Was soll das? Nimm die Waffe runter!«

Lothar Eggert verzog sein Gesicht zu einem kalten Lächeln. »Was das soll, sollte ich eher dich fragen! Es war doch alles so schön eingerichtet, warum musstest du diese himmlische Ruhe stören?«

»Weil man mit Toten im Haus so schlecht schläft!«

Der Dicke hatte sich aus dem Dunkel gelöst und war nun ebenfalls in die hell erleuchtete Eingangshalle getreten.

»Wer zum Teufel sind Sie?« Lothar Eggert hatte sich aus dem Sessel erhoben und war einen Schritt auf die beiden Neuankömmlinge zugegangen.

»Alfons Friedrichsberg, Geschichtensammler ...«

»Dann haben Sie sich offensichtlich gerade in die falsche verirrt!«

»Wie bist du hier reingekommen?«, wollte Hofgarten wissen.

»Du Geizhals hast ja nie die Schlösser auswechseln lassen! Ich habe von Zeit zu Zeit mal vorbeigeschaut, ob du auch nicht auf dumme Gedanken kommst. Und dann kam mir die Idee, dich auf den Flohmarkt zu locken, um dir hier eine kleine Überraschung zu bereiten ... Konnte ja nicht ahnen, dass du auf deine alten Tage noch so gesellig wirst und wen mitbringst ... Aber ich lasse mir durch niemanden meine neue Existenz ruinieren!« Mit diesen Worten richtete Eggert seinen Revolver auf den Dicken. »Schade für Sie, Herr Friedrichsberg, das wird wohl Ihre letzte Geschichte sein ...«

»Da wäre ich mir nicht so sicher, Lothar!«

Blitzartig fuhr Eggerts Blick zur Türe. »Gisela?!«

In die Eingangshalle schritt nun mit sicherem Gang Gisela Eggert. Was ihren Ex-Mann Lothar erbleichen ließ wie Kalksandstein.

»Das ... das ... das ist nicht ... das ist unmöglich!«, stotterte er. »Das kann nicht wahr sein!«

»Doch, das ist möglich und überaus wahr!« Die Überraschung war gelungen; Friedrichsberg paffte zufrieden an seiner Zigarre.

Eggert hatte seinen Schock nicht überwunden, er sank in seinen Sessel zurück. »Aber das gibt es nicht! Gisela, du bist doch tot! Tot! Seit vierzig Jahren bist du tot!«

Die angeblich tote Gattin schritt langsam auf ihn zu. »Du dreckiger, schäbiger, kleiner Mörder! Ich habe all die Jahre gedacht, dass mit dem Jagdunfall etwas nicht stimmt. Aber so was ... Damit kommst du nicht durch. Du hast Papa ermordet und mich wolltest du auch umbringen!«

»Aber ... aber ich hab doch ... Ich habe doch gesehen wie du, Karl, damals ... meine Frau ... ich hab das doch gesehen! Ich war doch dabei!« Eggert schaute ungläubig abwechselnd Hofgarten und Gisela an.

»Wenn ich mich vielleicht an dieser Stelle einbringen darf ...«, nahm jetzt Friedrichsberg das Steuer in die Hand. »Sie haben nur das gesehen, was Sie sehen wollten und sollten.« Er lachte auf. »Erlauben Sie mir zu bemerken, Sie haben ziemlich schlechte Karten. Wir haben hier den, den Sie beauftragt haben, Ihre Frau umzubringen, wir haben Ihre eigentlich tote Frau, die das bestätigen kann, wir haben Ihren toten Schwiegervater, und wir haben jetzt die Waffe mit Ihren Fingerabdrücken drauf, mit der Sie Ihren Schwiegervater damals erschossen haben. Also ich an Ihrer Stelle wäre jetzt verzweifelt. Aber das nur ganz nebenbei.«

Eggert schüttelte den Kopf. »Vergessen Sie nicht, dass ich besagte Waffe gerade auf Sie gerichtet habe. An Ihrer Stelle wäre ich jetzt verzweifelter als ich, auch das nur ganz nebenbei!«

Plötzlich sprang Gisela Eggert auf ihren Ex-Mann zu, der reflexartig aus seinem Sessel hochschrak. Gisela packte ihm mit der Rechten an die Gurgel, mit der Linken umklammerte sie den Lauf seines Revolvers.

»Gisela! Lass los!«, brachte Eggert hervor.

Und Gisela Eggert schrie ihn hysterisch an: »Du hast Papa umgebracht!«

Die beiden Ex-Eheleute rangen so heftig miteinander, als läge ihre Trennung nicht schon Dekaden zurück. Und ehe Friedrichsberg eingreifen konnte, war es auch schon passiert. Ein Schuss hatte sich in dem wilden Tumult gelöst. Die beiden Eheleute hielten abrupt inne, schauten sich – Nasenspitze an Nasenspitze – aus weit aufgerissenen Augen an. Dann sank Lothar Eggert langsam in sich zusammen, während seine Frau noch den rauchenden Revolver in der zitternden Hand hielt.

Sie schaute auf ihn herab. »So, du Scheusal, das ist für Papa!«

»Tochterliebe! Ewig traulich auch nach vierzig Jahren …« Friedrichsberg schmatzte auf.

Karl Hofgarten stand überfordert in der Szene, vor ihm ein frisch erschossener Lothar Eggert, davor Ex-Gisela, daneben ein dicker Friedrichsberg. »Noch 'ne Leiche … Du meine Güte, was machen wir jetzt?!«, stotterte Hofgarten.

Friedrichsberg kratzte sich den Haarkranz. »Das ist nicht mehr mein Problem: Eine Tote, die einen Mörder umbringt, der einem verhinderten Auftragskiller einen Mord in die Schuhe schieben will, den der Tote vor vierzig Jahren selbst verübt hat? Das sind Familienangelegenheiten, in die ich mich nicht einmischen möchte. Aber wenn Sie einen Tipp von mir haben wollen, Karl, dann ziehen Sie lieber wieder zurück in eine Etagenwohnung, solche Gemäuer wie hier beherbergen doch immer böse Überraschungen.«

Unbemerkt war Frau Eggert wieder in die Nacht hinausgeschlüpft. Wahrscheinlich würde Gisela Eggert Karl keine weiteren Weihnachtskarten mehr schreiben, die Telefonnummer wohl auch bald löschen und somit verschwunden bleiben.

»Und was soll ich jetzt machen?«, wollte Karl Hofgarten von Alfons Friedrichsberg wissen.

Der Dicke nickte zufrieden. »An Ihrer Stelle würde ich weiter in der Villa leben. Und den toten Eggert zu dem Schwiegerpapa packen und mich daran gewöhnen, fortan mit zwei Toten im Haus zu leben. Aber Tote sind ja eigentlich auch eher stille Nachbarn!«

LEICHE IN BETON

Es scheiterte alles an einer Zahnbrücke.

Es war ein warmer Frühlingstag, die Sonne schien, die Vögel zwitscherten. Vor dem Fenster standen zwei Streifenwagen, eine dunkle Limousine und ein Krankenwagen. Blaulicht flackerte an den Fassaden hoch. Alfons Friedrichsberg lehnte sich weit aus dem Fenster und betrachtete mit einer Zigarre im Mund die Szene.

Seit sechs Wochen wurde der gegenüberliegende Eckblock abgerissen. Das bedeutete Baustellenlärm, Pressluftbohrer, Bagger, Abrissbirne – alles in allem eine Geräuschkulisse, auf die man verzichten konnte.

Neben Friedrichsberg stand sein alter Freund Willi Dahl und rief: »Ich halte das nicht mehr aus! Dieser Lärm! Ich könnte die alle erschlagen!« Es war seine Wohnung, in der sie sich gerade aufhielten. »Mit dem Spaten könnt ich denen allen den Schädel einschlagen! Und wenn sie fragen, warum, gleich noch mal nachschlagen! Das ist doch kein Leben! Seit sechs Wochen geht das so! Und das ist erst der Abriss! Warte mal ab, wenn sie das wieder aufbauen. Ich könnte die alle umbringen!« Willi Dahl war während seiner Schimpftirade vom Fenster weggetreten, in seinem Wohnzimmer auf und ab gelaufen, hatte die ganze Zeit wild mit den Armen gestikuliert und sich dabei in Rage geredet.

Alfons Friedrichsberg stand daneben, hielt die Hände in den Taschen, eine Zigarre im Mund, und betrachtete sich das Schauspiel: Neben ihm in der Wohnung und unten auf der Straße. Er nahm den Zigarrenstumpen aus dem Mund und deutete damit nach unten: »Und was suchen jetzt die Bullen hier?«

»Weiß ich nicht.«

»Hast du etwa doch so einen Baustellenlümmel mit dem Spaten erschlagen?« Der Dicke grinste diabolisch. »Könnt ich dich verpetzen?«

»Du hast sie doch nicht mehr alle.« Dahls Kopf wurde noch eine Spur roter.

»Das stimmt, dankenswerterweise. Schauen wir uns das Ganze mal aus der Nähe an.«

* * *

Auf der Straße herrschte hektische Betriebsamkeit: Polizisten in Uniform, in Zivil, Leute in weißen Ganzkörperanzügen – das alles wirkte recht befremdlich.

Die beiden standen nebeneinander, und Dahl sagte: »Was suchen die denn alle hier?«

»Die suchen nicht mehr, die haben schon gefunden, würde ich sagen«, grunzte Friedrichsberg.

Dahl schüttelte den Kopf. »Ich werde wahnsinnig!«

Die beiden schauten – neben einigen anderen stehen gebliebenen Passanten und Nachbarn, die dazugekommen waren – auf eine große Baustelle: Ein vierstöckiges Eckhaus war abgerissen worden, und die Fläche lag nun frei da, eingegrenzt durch einen Bauzaun, vor dem besagte Streifenwagen und Einsatzfahrzeuge standen.

Mitten auf der Freifläche hatte man ein weißes Zelt errichtet, das ab und an weiße Spurensuchmenschen ausspuckte und in dem hin und wieder Polizeibeamte verschwanden.

»Ich würde sagen, sieht ganz danach aus, als hätten die da eine Leiche gefunden«, sagte Friedrichsberg an seiner Zigarre vorbei.

»Wer macht denn so was?!« Dahls Augen hinter den Brillengläsern schienen noch größer als sonst.

Friedrichsberg zuckte nur mit den Schultern.

Eine blaue Latzhose mit gelbem Helm suchte sich ihren Weg durch den Baustellenzaun, schlängelte sich an den Polizisten vorbei und stellte sich neben die beiden Rentner.

»Und?«, stupste ihn Friedrichsberg mit dem Ellenbogen in die Seite. »Wollen Sie sich das ganze Treiben mal von der anderen Seite aus ansehen?«

»Ja, ja, ist doch der Wahnsinn, das alles.«

»Was denn?«

»Wir sind hier seit Wochen mit dem Abriss von der Bruchbude beschäftigt«, sagte die blaue Latzhose. »Das war doch ein recht nüchterner, zweckmäßiger Fünfzigerjahrebau. Aber marode. Komplett marode. Und in einer Wand ein Schwamm. Konnt man nur noch abreißen, das Ding.« Die Latzhose spuckte auf den Bürgersteig.

»Da konnte man nichts mehr renovieren?«

»Die einen sagen so, die anderen sagen so. Ich hätt's noch mal mit einer Sanierung versucht.«

Friedrichsberg nickte: »Verstehe. Und die anderen sind die Architekten und die Bauherren, die natürlich an so einem neuen Eckbau mehr verdienen als an einer Sanierung.«

»So isses. Aber ist ja nicht meine Hütte. Deswegen …« Die blaue Latzhose nahm den gelben Helm vom Kopf und kratzte sich die fettigen Haare. »War ja schon froh, dass wir da keine Bombe gefunden haben. Das Haus ist ja kurz nach dem Krieg gebaut worden. Hält ja immer auf, so was. Und macht meistens Ärger. Muss man die Nachbarhäuser räumen und auf Bombenspezialisten warten … Nee, das ist nicht meins.«

»Hm … Und sagen Sie mal«, sagte Friedrichsberg, »was macht jetzt die Polizei da?«

»Die?« Die Latzhose spuckte wieder aus. »Die stört.« Jetzt lachte sie dreckig. »Nee, im Ernst, ich sag's Ihnen, kommen Sie eh nicht drauf. Wir haben das ganze Ding ja abgerissen. Stück für Stück, Mauer für Mauer, Stockwerk für Stockwerk. Und dann kommen wir ins Erdgeschoss, und dann räumen wir erst mal den ganzen Müll und Schutt und so weg, und dann kommen wir in den Keller, wir reißen da alles zusammen und alles weg … Und raten Sie mal, was wir da unterm Kellerboden gefunden haben? Was denken Sie? Unter dem Betonboden vom Keller?«

Friedrichsberg zuckte mit den Schultern. »Was weiß ich.«

»Raten Sie doch mal. Kommen Sie …«

»Das Bernsteinzimmer?«

Kopfschütteln.

»Eine römische Heizungsanlage?«

Kopfschütteln.

»Knochen? Gleich ein ganzes Skelett? Derlei?«

»Nee. Ich sag's Ihnen. Ein Skelett. Und darunter ein Sarg. Und darin? Was denken Sie?«

Friedrichsberg zog die Augenbrauen hoch: »Das ist schnell vermutet. Ich würde sagen: eine Leiche, was denn sonst? Lebendiger im Sarg, das wäre was. Aber Leiche im Sarg, wie unoriginell …«

Die Latzhose maulte etwas vor sich hin und zwängte sich wieder durch den Baustellenzaun.

Dahl schaute Friedrichsberg aus großen Augen an. »Ein Sarg … Das ist ja grauenhaft …«

»Wieso? Du weißt doch nicht, was drin ist.«

»Wie du schon gesagt hast, was soll denn in einem Sarg liegen, wenn nicht eine Leiche?«

Friedrichsberg grinste: »Vielleicht hat das ja einer für ein ziemlich originelles Weinversteck gehalten. Warum er das allerdings einbetoniert … Das ist die Frage.« Er schaute in den Himmel hinauf, nahm den Zigarrenstummel aus dem Mund und warf ihn hinter den Baustellenzaun auf den Boden.

In dem Moment näherte sich den beiden von hinten ein distinguierter, älterer Herr im hellen Trenchcoat und stellte sich zwischen sie.

»Guten Tag, die Herren.«

Friedrichsberg drehte sich um, hob die Augenbrauen und deutete eine Verbeugung an: »Hauptkommissar Heidenreich, welche Freude, Sie zu sehen! Sind Sie zufällig oder beruflich hier?« Friedrichsberg deutete mit allen seinen Doppelkinnen in Richtung Baustelle.

Heidenreich nickte: »Beruflich, selbstverständlich. Privat stelle ich mich nicht vor Baustellen. Das hier ist eine seltsame Sache. So, wie ich bisher gehört habe. Habe mir noch kein Bild von der Situation gemacht, aber was mir am Telefon erzählt worden ist … Komische Angelegenheit.«

»Was ist denn?«, tat der Dicke ahnungslos.

Heidenreich schaute ihn mit einem Dackelblick an: »Ich plauder doch keine Interna aus. Aber es ist bereits zu einer Verhaftung gekommen.«

Friedrichsberg nickte.

»Ich geh mir das jetzt mal angucken. Meine Herren …« Und damit verschwand der Trenchcoat und mischte sich hinter dem Bauzaun unter die Polizeibeamten.

Friedrichsberg schaute sich um und deutete vage nach hinten. »Sag mal, habt ihr hier nicht in fußläufiger Entfernung eine Kneipe?«

»Ja, *Zum runden Eck* heißt die. Wieso?«

»Mir ist nach einem kühlen Bier. Auf die Toten sollte man immer einen trinken. Was meinst du?«

»Um diese Uhrzeit?!«

»Wenn wir noch später anfangen, müssen wir nur umso schneller trinken. Sonst kriegen wir das Tagespensum nicht geschafft. Hastig trinken ist ungesund.« Und mit diesen Worten schritt der Dicke voran und steuerte auf die Eckkneipe zu. Dahl ließ die Arme fallen, seufzte auf und folgte ihm.

* * *

Die Kneipe *Zum runden Eck* war um diese Tageszeit nicht gut besucht: in dem stilvoll-rustikalen Holzmobiliar – rechts neben der Eingangstüre stand ein Spielautomat, der in regelmäßigen Abständen eine nervige Melodie (oder eher Tonfolge) zum Besten gab – saßen vorne links am Fenster zwei Männer am Tisch, die kniffelten; und ein Mann saß direkt beim Wirt am Tresen vor einem Herrengedeck.

Friedrichsberg öffnete schwungvoll die Türe: »Tach zusammen. Ist das 'ne Raucherkneipe?«

Keiner sagte etwas; nur der Wirt schaute herüber.

»Na, dem Gesichtsausdruck des Wirts nach zu urteilen, eher nein. Schade. Dann eben nur ein Bier. Aber ein großes. Und für meinen Sancho Pansa hier ein kleines.« Er zeigte auf Dahl.

Der Wirt, ein mürrischer Gesichtsausdruck in weißem Kurzarmhemd und Lederweste, nickte und machte sich zapfend ans Werk.

Die beiden Neuankömmlinge näherten sich dem Tresen und dem dort sitzenden Herrn.

Friedrichsberg brauchte mehrere Anläufe, um seine Menge Körper auf den Barhocker zu hieven; bei Dahl ging das rascher. Dann schaute der Dicke den Mann neben sich an und sagte zu ihm: »Das lob ich mir: Um diese Uhrzeit dem Müßiggang frönen. Und in geselliger Gemeinschaft frönt es sich immer noch am schönsten.« Der Dicke lachte laut auf, schlug mit der flachen Hand auf den Tresen, kramte dann in der Innentasche seines Jacketts herum und förderte eine Zigarre zutage. »Ah, da ist ja eine.« Und zum Wirt, mit der Linken durch den Raum zeigend: »Ist das hier immer noch eine Nichtraucherresidenz?«

Der Wirt nickte stumm.

»Wie öde.« Und ließ bekümmert die Kubanische wieder in den Weiten seiner Innentasche verschwinden.

Die beiden Biere kamen.

Friedrichsberg schaute das Bier an, dann auf das Herrengedeck des Mannes zu seiner Linken, dann wieder sein Bier, dann den Trinker, der zu dem Herrengedeck gehörte. »Was ist denn das Kurze da?«

»Hm?« Der Trinker schien aus seinen Gedanken gerissen und schaute stumpf nach vorne.

»Pils ist klar, und das daneben? Im kleinen Glase?«

»Jubiläums Aquavit.«

Friedrichsberg strahlte übers ganze Gesicht. »Nehm ich auch. Herr Wirt, ich bitte Sie!«

Der holte aus der Tiefkühltruhe ein geeistes Schnapsglas und eine Flasche, schenkte ein und stellte den Kurzen vor Friedrichsberg auf einen Bierfilz.

»Wohlsein!«, sagte der Dicke, nahm sein Schnapsglas und hielt es hoch. Das Gleiche tat der Mann neben ihm, Dahl prostete ihnen mit seinem Bierglas zu.

Es folgte erneutes Schweigen.

Nach einer Weile wurde es von Friedrichsberg gebrochen: »Wussten Sie eigentlich, dass sich in diesen Erdnüssen, die überall auf den Tresen stehen, mehr Viren und Keime finden lassen als auf Klos? Könnte man sich ja gleich den Weg aufs Klo sparen und ins Nussschälchen pinkeln.«

Keiner sagte etwas. Hinter ihnen knallte ein Würfelbecher auf den Tisch.

»Ist das hier immer so gesellig?«, fragte Friedrichsberg den Wirt. Der nickte nur trübsinnig.

Plötzlich kam von Dahl in Richtung Mann am Tresen: »Sagen Sie mal ... Sind Sie nicht ... Herr Marquart?«

Der Trinker schaute auf und rüber zu Dahl: »Ach, Herr Dahl ...« Er schien aufzuwachen. »Was machen Sie denn hier?«

»Ich trinke etwas. Mit meinem Freund Alfons hier.«

»Sie waren doch noch nie hier. Und dann um diese Uhrzeit ...«

»Ja«, sagte Dahl verteidigend, »das liegt daran, dass ... also ... Mein Freund Alfons ist mich heute besuchen gekommen und dann haben wir uns diese entsetzliche Baustelle angesehen ...«

Trinker Marquart winkte ab und lachte traurig in sich hinein. Er war um die siebzig, hatte hängende Schultern und traurige Augen.

Friedrichsberg, zwischen den beiden sitzend, schaute sie abwechselnd an: »Ihr kennt euch?«

»Kennen ist vielleicht zu viel gesagt«, erklärte Dahl, »aber Herr Marquart ist ein alter Nachbar. Oder vielmehr: war. Denn er hat in dem Haus gelebt, das jetzt abgerissen worden ist.«

»Immerhin fast sechzig Jahre«, sagte Marquart müde. »Muss man sich mal vorstellen: Fünfzig Jahre habe ich da gewohnt. Und dann reißen die das einfach mir nichts dir nichts ab.«

»Und wo wohnen Sie jetzt?«, fragte ihn Dahl.

»Paar Straßen weiter. Hat mich nicht weit weggetrieben. Häng einfach an dem Stadtteil hier. Ist eben meine Heimat. Und das hier meine Stammkneipe.« Er klopfte mit den Fingerknöcheln auf den Tresen und sagte zum Wirt: »Machste noch mal dasselbe, bitte?«

Der Wirt nickte.

»Für uns auch«, hängte sich Friedrichsberg dran.

Der Wirt zapfte und kümmerte sich um die Kurzen. Der Spielautomat dudelte in die Stille hinein sein Lied.

Marquart seufzte: »Kannst einen doch nicht einfach so woanders hinsetzen. Geht doch nicht. Ich meine: fast sechzig Jahre.«

»Eine lange Zeit«, sagte Dahl und nickte.

»Bin ja auch nach dem Tod meiner Frau dageblieben. Und da hätt ich noch am ehesten weggewollt. Tapetenwechsel und so weiter. Aber so einfach geht das nicht.«

»Wann war das denn mit Ihrer Frau?«, wollte Dahl wissen.

Marquart lachte kurz traurig auf: »Auch schon fünfzehn Jahre her. Ich gehöre hier hin. Bin ja auch hier groß geworden. Nur ein paar Straßen weiter weg. Am Marktplatz.«

»Das wusste ich gar nicht«, sagte Dahl.

Der Wirt stellte die fünf Gläser auf den Tresen und die drei tranken.

»Wenn Sie seit beinahe sechzig Jahren da gewohnt haben«, grübelte Friedrichsberg, »dann sind Sie ja kurz nach der Fertigstellung des Baus dort eingezogen.«

»So ist es.« Marquart nickte.

»Dann kennen Sie dort ja jeden Winkel.«

Wieder nickte Marquart.

»Wissen Sie dann auch«, fragte Friedrichsberg nach einer Weile, »warum die da drüben so ein Zelt in der Baustelle aufgestellt haben? Die haben da was unterm Keller gefunden.«

Dahl schüttelte vorsichtig den Kopf und verdrehte die Augen.

Marquart reagierte erst gar nicht. Dann lachte er auf, immer noch den glasigen Blick auf das Bier vor ihm gerichtet: »Weiß ich, ja.«

Friedrichsberg hob die Augenbrauen und schürzte die Lippen.

Marquart leerte das Bierglas mit einem kräftigen Zug, stellte es wieder hin und atmete tief ein: »Die haben den ganzen Eckblock abgerissen. Wollen da was Neues hochziehen. Altengerechtes Wohnen. Und das zu einem Preis, den sich kein Rentner leisten kann. Tolle Idee. Und jetzt schachten die das Grundstück aus, weil die einen Tiefgaragenstellplatz bauen wollen. Und dabei sind die Bauarbeiter jetzt über mindestens eine Leiche gestolpert.«

»Wat?!«, stieß der Wirt erschrocken aus.

Friedrichsberg nickte: »Gut möglich. Es soll ein Sarg gefunden und auch schon jemand verhaftet worden sein.«

Marquart lachte erneut: »Glaub ich gerne. Wahrscheinlich Dieter Lause, das dämliche Arschloch.«

»Warten Sie mal …«, unterbrach ihn Dahl, »Dieter Lause … Der hat doch auch in dem Eckblock gewohnt.«

Marquart nickte: »Fast so lang wie ich. Und in dessen Keller wird man die Leiche gefunden haben.«

»Hm … Und woher wissen Sie das alles?«, fragte der Dicke.

»Weiß ich eben. Man wird vermuten, dass der Dieter Lause jemanden ermordet hat und in seinem Keller entsorgt hat.« Er musste lachen.

Der Wirt stellte ihm ein weiteres Bier hin.

»Die Leiche ist männlich. Und ich hatte gehofft, dass man, wenn die Leiche gefunden worden ist, vermutet, dass es sich bei dem Toten um einen Nebenbuhler von

Lause handelt. Den könnte er beiseitegeräumt haben, weil der was mit seiner Frau hatte. Oder dass sie von mir aus sogar rausfinden, wenn sie das genauer untersuchen, dass es Lauses Vater ist. Die konnten sich eh nie leiden. War bekannt. Und ein Erbe ist immer ein gutes Motiv. Also so was in der Art.«

»Donnerwetter«, nickte Friedrichsberg anerkennend. »Und wie kommen Sie auf das alles?«

Marquart wiegte den Kopf hin und her: »Das war mein Plan.«

»Ihr Plan?! Was für ein Plan?«, wollte Dahl wissen.

Er seufzte. »Eigentlich hätte ich leichtes Spiel gehabt und die Leiche ohne größere Probleme loswerden können. Lause war im Krankenhaus. Blinddarm oder so was. Irgendeine Routinegeschichte. Ich wäre ungestört gewesen. Aber ich wurde leider von Lauses Vater erwischt, der für seinen Sohn etwas aus dem Keller holen sollte. Und ich war grad mit dem Aufstemmen des Bodens beschäftigt. Ihn traf meine Spitzhacke an der Schläfe.«

»Was für eine Leiche denn?! Und mit Lauses Vater wären das doch auch zwei …« Dahl war verwirrt.

Friedrichsberg kippte seinen Jubi runter.

Marquart winkte ab: »Die ganze Geschichte ist schnell erzählt. Lause wohnte mit mir auf derselben Etage, schräg gegenüber. Jahrelang hab ich im Keller von Lause mein Rennrad abstellen dürfen, weil in meinem Keller keinen Platz mehr war. Ich hatte da einen Hobbyraum mit Werkbank und solchem Kram eingerichtet. Hab immer schon gerne mit Holz gearbeitet. Ich hatte also einen Schlüssel für Lauses Keller. Und eigentlich war alles kein Problem. Dafür gab's einmal im Monat eine Flasche Wein. Also von mir. Anfänglich. Dann zwei Flaschen. Und nach drei Jahren war es schon eine ganze Kiste. Dabei ist es geblieben. Und dann kam dieses tragische Ereignis. Das ist jetzt auch schon ... also dreißig Jahre her bestimmt. Eines Abends, das war ein Freitag, meine Frau war beim Bridge, klingelt's bei uns an der Tür. War mein neuer Chef. Den hatten sie mir ein gutes halbes Jahr vorher vor die Nase gesetzt. Der alte war in Rente, eigentlich hätte ich ... Aber dann kam dieser junge Kerl da an. Und der hatte mich auf dem Kieker, dem hat meine Nase nicht gepasst. Auf jeden Fall kommt der freitagsabends, das war nach acht, zu mir nach Hause, um mir einige wichtige Unterlagen vorbeizubringen, die ich bis Montag bearbeitet haben soll. Das war bestimmt ein gutes Dutzend! Bis Montag! Übers Wochenende! Das hat es früher nie gegeben. Und mein Chef? Der wollte seinerseits einen Tag später, also am Samstag, in Urlaub fahren. Brasilien, Rio de Janeiro. Und ich am Wochenende mit diesem Aktenstapel. Das wäre ein Haufen Arbeit gewesen, das hätte ich gar nicht bis Montag geschafft. Auch nicht, wenn ich durchgearbeitet hätte. Und ich sehe das einfach generell nicht ein. Arbeit ist Arbeit, privat ist privat. Es kommt zu einer Auseinandersetzung, ich sag noch, wir können das hier gerne ausdiskutieren, er meint, da hätte er keine Zeit für, er müsse wieder weg, er dulde da auch keinen Widerspruch, ich hätte das alles zu erledigen bis Montag, wir streiten, und dann sagt mir mein Chef in meinen eigenen vier Wänden, dass er mir auch freistellt, direkt zu Hause zu bleiben, ich müsse am Montag gar nicht wiederkommen, auf meine Arbeit könne man eh gut verzichten, grad jetzt, wo die junge Frau Schleicher neu im Team sei, die könnte meine Arbeit noch gut mitmachen. Ich dachte, ich hör nicht richtig. Grad die blöde Schleicher. Und ich weiß nicht, was mich da getrieben hat, ich kann Ihnen das nicht mehr sagen, ich kann es mir auch nicht mehr erklären, aber ich hör das, und ich sehe mich, wie ich meinen Chef angreife, bei mir zu Hause in der Diele, ich packe ihn am Hemdkragen, es kommt zur Rangelei, ich werfe meinen Chef gegen die Wand, und der ... Der bleibt da einfach regungslos stehen. Direkt an der Wand. Steht er da. Oder vielmehr: hängt er da. Und ich frag ihn noch, was los sei. Und er sagt aber nichts. Er steht nur da und guckt mich an. Und dann läuft ihm auf einmal Blut aus dem Mund. Ein dünnes Rinnsal Blut. Und ich erschrecke, gehe auf ihn zu und sehe, dass sich da ein Garderobenhaken in sein Genick gebohrt hat. Der Chef ist tot. Jetzt: Was mache ich? Also wohin mit der Leiche? Ich nehme meinen Chef vom Garderobenhaken, leg ihn erst mal in die Badewanne, die kriege ich ja mit dem Blut, was da rausläuft aus dem Chef, am schnellsten sauber, also schneller als den Teppich in der Diele, und denk noch so, das weiß ich noch wie heute: Also schade ist es um den nicht. Und ein Mord im dem Sinne ist es ja auch nicht gewesen. Aber die Polizei anrufen wollte ich auch nicht. Glaubt mir doch eh keiner. Bin dann runter in meinen Hobbykeller und hab da einen Sarg zusammengezimmert. Zwei Meter mal 80. Gut, dass ich noch so viel Holz hatte. War eigentlich für ein Weinregal. Dann bin ich wieder nach oben und hab meinen toten Chef runtergehievt und in den Sarg gelegt. Was aber jetzt? Und dann kam mir die Idee mit dem blöden Lause: Ich bin in dessen Keller, der war ja eh im Krankenhaus wegen dieser Routinegeschichte, und dann hab ich den Kellerboden von dem aufgebohrt und aufgestemmt. Ich hab da ein richtig großes Loch gemacht. Und indem ich da kloppe, kommt der alte Lause. Dann lag er da. In dem Loch hab ich den Sarg mit meinem toten Chef versenkt. Dann hab ich in meinem Hobbykeller Beton angemischt, Beton auf den Sarg im Loch, dann die Leiche von Lauses Vater und abschließend wieder Beton. Wenn man auf die Stelle im Boden aufmerksam geworden wäre und den Boden geöffnet hätte, dann hätten sie erst mal die Leiche im Beton entdeckt. Und vom toten, alten Lause auf den Sohn als Mörder geschlossen. Es hätte vermutlich niemand mehr unter dem Betonboden nach einer weiteren Leiche gesucht. Und das eigentliche Mordopfer wäre niemals entdeckt worden. Der Boden ist keinem aufgefallen. Ich mein, ich bitte Sie, bei den alten krummen Nachkriegskellerböden...«

Friedrichsberg nickte: »Und was war mit Ihrem Chef? Hat den denn keiner vermisst?«

Marquart lachte: »Natürlich ist der Chef vermisst worden, aber der ist ja nach Rio in den Urlaub samstags. Für drei Wochen. Und als der nach drei Wochen nicht nach Hause gekommen ist und nicht auf der Arbeit war, da hat man da mal versucht, nachzuforschen, wo er geblieben ist. Ich meine, Sie dürfen eines nicht vergessen: Das waren andere Zeiten. Das ist ja dreißig Jahre her. Da gab's das mit diesen ganzen Medien ja noch nicht, also Mail und Handy und Internet und was weiß ich.

Da warst du einfach drei Wochen weg, und außer einer Postkarte, wenn's hochkam, hast du von niemandem etwas gehört. Damals sind alle davon ausgegangen, dass er in Rio Opfer eines Raubmordes geworden und seine Leiche irgendwo entsorgt worden ist. In einem Hinterhof, auf einer Müllkippe oder im Meer.« Marquart trank einen Schluck Bier und wischte sich den Schaum vom Mund. »Das ist die Geschichte des Eckhauses. Und meine Geschichte ist es auch. Musste ich mal drüber reden. Wurd Zeit.«

Friedrichsberg orderte stumm eine neue Runde Bier und Schnaps; der Wirt machte sich ans Werk.

Hinter ihnen wurde weiter gekniffelt, neben ihnen dudelte der Spielautomat.

Als die neuen Getränke vor ihnen standen, ergriff Friedrichsberg das Wort: »Aber verraten Sie mir doch bitte eins: Warum erzählen Sie uns das alles? Weshalb Ihr Geständnis? Nach all den Jahren? Quält Sie Ihr schlechtes Gewissen?«

Marquart schüttelte den Kopf: »Überhaupt nicht.«

»Aber warum haben Sie nicht den Mund gehalten? Man wäre doch bestimmt nicht auf Sie als Täter, als Mörder gekommen.«

»Ach, wissen Sie, jetzt, wo die die beiden Leichen gefunden haben ... Und dann auch noch den Sarg ... eh gefunden haben ... Da bleibt mir gar nichts anderes übrig.«

»Und wieso nicht?«

»Das sehen die, wenn die im Sarg mal genauer nachschauen.«

»Wieso das?«

»Weil dann klar ist, dass ich der Täter bin. Sie werden es sehen und wissen, wer der Mörder ist. Man muss nur noch in alten Akten kramen. Und das war's dann.« Marquart nippte an seinem Bier.

Friedrichsberg schaute ihn grüblerisch an.

Dann fügte Marquart noch hinzu: »Hab die blöden Akten von damals in den Sarg gelegt. Aber das ist es nicht.« Er feixte.

»Sondern?«

»Mittlerweile kann ich drüber lachen. Das, womit sie mich haben werden, habe ich erst viel später gemerkt. Da konnte ich es nicht mehr ändern.«

»Und?«

»Sagen wir mal so: Ich musste montags erst mal zum Zahnarzt.«

Friedrichsberg schaute den Wirt an, der wiegte nur seinen brummigen Kopf hin und her, er schaute Dahl an, der mit verschränkten Armen auf dem Tresen lehnte, er schaute Marquart an, der immer noch auf sein Bier starrte. Wenn auch mit einem erlösenden Lächeln im Gesicht.

Der Dicke ließ sich vom Barhocker plumpsen, landete unsanft auf den Füßen, nickte, und verließ die Eckkneipe.

Draußen kramte er sein Handy aus der Hosentasche, suchte im Kontakteordner nach der Nummer von Hauptkommissar Heidenreich und wählt sie.

»Hören Sie mal«, sagte Friedrichsberg, nachdem am anderen Ende abgehoben wurde, endlich, »wenn Sie mir sagen, ob Sie was in dem Sarg gefunden haben, also neben oder bei oder auf der Leiche, dann hätte ich als Gegengeschenk den Mörder hier für Sie.«

Einen Augenblick war's ruhig am anderen Ende; dann: »Was haben Sie?!«

»Sie haben richtig gehört: Ich habe hier einen Mörder. Aber jetzt sind erst mal Sie dran. Und? War was im Sarg neben der Leiche?«

Heidenreich überlegte einen Moment. »Ja und ob. Alte Bürounterlagen.«

»Sonst nichts?«

»Doch. Eine abnehmbare Zahnbrücke.«

KOMPOSTTOD

Es herrschte eine herrliche samstägliche Schrebergartenidylle. Die Fauna zwitscherte, die Flora blühte, Männer werkelten zwischen den Beeten, Frauen schlugen Sahne für den Erdbeerkuchen, Kinder spielten herum, vereinzelt zogen Grillgerüche durch die Anlage: eine bilderbuchhafte Friedlichkeit.

Wären da nicht zwei ältere Herren in zwei Schrebergärten gewesen. In dem einen: Alfons Friedrichsberg, Rentner und Amateurkriminologe, der für einen urlaubenden Freund die Kirschernte besorgte und dementsprechend in den Bäumen hing; in dem anderen Schrebergarten: Heinz-Horst Kattharge, in dritter Generation Bergmann und sein Leben lang unter Tage gewesen, stand schwitzend in seinem Schrebergarten am Häcksler und jagte Äste (dicke wie kleinere) da durch, dass es ein stetes lautes Krachen gab, so als würde er dort die Einzelteile einer Leiche zerkleinern.

Daran musste jedenfalls Alfons Friedrichsberg denken, wenn wieder etwas durch den Häcksler gejagt wurde.

Seit früh morgens sei Heinz-Horst Kattharge beschäftigt gewesen, so meinte er jedenfalls, als sich die beiden Schrebernachbarn auf ein Bierchen am Zaun trafen, über die Johannisbeeren- (Friedrichsbergs Leihgarten) und Stachelbeerensträucher (Kattharge) hinweg.

Kattharge nippte am Pils, wischte sich mit dem Ärmel den Schweiß von der nassen Stirn und stöhnte: »Ab 8 Uhr Baumschnitt un getz am Häcksler.«

»Wie man hören kann«, war Friedrichsbergs Kommentar.

»Da sachse wat. Dat is abba au ne Maloche … Abba ich sach imma: Watt wech is, is wech. Hab ich dann au meine Ruhe mit.«

»Musste der denn weg?«

»Wat? Wer?«

»Der Baum?«

»Ach so, der. Ja. Der musste wech. Da war der Pils drin. Krisse nich mehr raus. Schimmel war da au dran. Ham se mir au bescheinigt. Einfach so kannze dat ja gar nich machen. Da kommen se sofort und rücken dir auffe Hütte.«

»Na, dann. Auf den ehemaligen Baum.«

Sie stießen miteinander an und tranken.

Friedrichsberg musste aufstoßen.

»Dat perlt aber, wa?« Kattharge machte ein lautstarkes Bäuerchen und ließ Luft durch die Nase ab.

Erneut stießen sie an und tranken.

»Ich würde ja auch gern eins spendieren, aber ich bin hier ja nicht zu Hause, ich weiß gar nicht, ob mein Freund hier Bier im Kühlschrank hat.«

»Der Karsunke? Der is in Ordnung. Der hat au Pilsken kalt stehen. Imma. Kannze einen drauf lassen.«

»Dann werde ich jetzt mal für Nachschub sorgen«, sagte Friedrichsberg und schlug den Weg zur Laube ein.

Mit zwei eiskalten Pilsbieren kam er zurück.

Kattharge strahlte.

Sie stießen an und tranken.

»Der Karsunke ist sowieso voll korrekt. Netter Nachbar, au seine Frau. Un dat mitti Tauben find ich auch in Ordnung.«

»Ist aber Geschmackssache.« Friedrichsberg schaute über seine Schulter nach hinten in Richtung Laube; links daneben, am Geräteschuppen, hatte sein Freund Karsunke einen kleinen Taubenschlag gebaut.

»Da sachse wat. Dat sehen manche hier nich so locker.«

»Aber dagegen haben tun sie nichts, oder?«

»Nee, dat nich. Karsunke schmeißt ja au oft den Grill an. Un dann kommen alle vorbei. Könn wat draufschmeißen. Un da hält er alle geschmeidig mit.«

»Und wie ist es mit Ihrem anderen Nachbarn?«

»Wat?«

»Karsunke grenzt ja von dieser Seite an Ihr Grundstück, und wer grenzt von der anderen Seite dran?«

»Wer?«

»Wie ist es mit dem Nachbarn von der Laube hinter der Ihren?«

»Wat? Mit Stratmann?« Kattharge schaute angeekelt, winkte ab und spuckte aus. »Kannze knicken.«

»Wie: knicken?«

»Dat is ein Arschloch. Un dat bleibt er auch.«

»Wieso?«

»Komm, geh mich wech mit dem Stratmann! Hör mir auf!«

Kattharge nahm einen großen Schluck aus der Flasche, leerte sie, schaute in den Flaschenhals und sagte: »Kumma, schon widda leer. Hol ma neuet.«

Und kehrte kurz darauf mit zwei kalten Flaschen wieder.

»Lasset dir schmecken«, sagte er zu Friedrichsberg; der sagte »Wohlsein!«, und beide Männer stießen an.

»Selbs wenner tot is, würd er't bleiben«, machte Kattharge weiter.

»Was denn?«

»'n Arschloch. Kennse den?«

»Stratmann?«

»Ja sicha.« Kattharge trank. »Wat geben Se mich für der Stratmann? Wat bin ich der übber. Wat is dat ne schmierige Frettchenfresse.« Er spuckte aus.

»Ich kenne den ja nicht wirklich, ich kann da ja eigentlich nichts zu sagen.« Friedrichsberg strich sich über den Schnurrbart.

»Un uneigentlich? Se sind doch oft genuch schon auf Besuch hier gewesen.«

»Das stimmt. Also im Vertrauen: Ich kann den auch nicht leiden.«

»Sisse, dann isset ja au nich schad drum. Hab dem oft genug die Pest annen Hals gewünscht, dem Schmerlapp. Weiße, watt der war? Der war Polizist, dat is, wat der war. Ein schäbbigen Bulle. Un dabei korrupt bis unner die schwatten Fingernägel.«

Friedrichsberg horchte auf. »Wieso korrupt?«

»Ja, wat glaubse denn? Glaubse, de is freiwillig gegangen mit Mitte fuffzig? Rausgeschmissen, dat is, wat se ihn haben. Un zwar achtkantig.«

»Wissen Sie warum?«

»Zaster. Und Koks.«

»Was heißt das?«, bohrte Friedrichsberg nach.

»Bestechlich is der gewesen. Un wenne dem hinten Kohle reingesteckt has, dann hatter vorne wechgeguckt.«

»Wobei hat der weggeguckt?«

»Bei allet. Unsaubere Sachen, Drogensachen, Schutzgeld, am Steuer Al... Allo... Allohol ... also wenne getrunken has bein Fahren ...« Kattharge zog die Nase hoch. »Nehmwa noch einen?«

Friedrichsberg bemerkte zwar die leichte Wirkung des Bieres bereits, nickte aber. »Ja, sicher.«

Heinz-Horst Kattharge besorgte Nachschub und die Männer stießen neuerlich an.

»Muss die ganze Scheiße hier noch inne Säcke packen und auf'n Kompost damit.«

»Die ganzen Äste?«

»Jou, und all dat annere Zeuch.«

»Was für ein anderes Zeug?«

»Is ja au egal.« Kattharge winkte ab. »Un ausser Asservatenkammer soller au schon wat mitgenommen haben.«

»Was denn?«

»Koks, sach ich ja. Hatter dann vertickt. Dat isn Arschloch hoch zehn.«

»Und deswegen ist der ...«

»Isser geflogen, jou!«

Die beiden nahmen erneut tiefe Schlucke.

Friedrichsberg schaute in seine fast leere Bierflasche, dann auf den abzuerntenden Baum hinter sich: Den Kirschbaum konnte er jetzt vergessen; er käme vielleicht noch auf die Leiter, aber nie wieder lebend von ihr runter.

»Was ich komisch finde: Dieser Stratmann ist heute gar nicht im Garten. Und das bei solch einem Wetter. Da ist doch jeder in den Beeten und an den Blumen. Weißt du, wo der ist?«

»Ja, isser wohl wech, wa?! Ja, wo isser denn? Die olle Schwattbier wird au schon ganz fickerig.«

»Wer ist denn die olle Schwattbier?«

»Lisbeth Schwattbier, dat is hier so wat wie die Schrebergartenmatratze. Auf der hat jeder schomma gelegen. Also wer wollte. Sogar ich, abba dat gehört getz nich hier hin.«

»Und Stratmann hatte was mit Lisbeth Schwattbier?«

»Dat kannze wohl sagen! Und mit der ollen Kränzges, mit der Finntbusch un mit der Pawellka. Jou, un mit der Sabeck.«

Friedrichsberg zog die Augenbrauen hoch; ob bewertend oder bewundernd, war nicht auszumachen. »Sonst noch eine?«

»Nö. Ja, un mit der Drüsenbeck.«

»Das waren sie aber?«

»Jou. Naja, un die olle Zeiss.«

»Sieben Frauen und dann auch noch der Garten ...?! Das ist aber anstrengend.«

»Dabei isser verheiratet.«

»Und seine Frau macht das mit?«

»Nee, die is doch nich dabei, wenner mit denen vögelt.«

»Ich meine, die toleriert das?«

»Nee. Die is da kaputtgegangen dran. Die is feddich, sitzt inne Klapse und frisst Tabletten wie nix.«

»In der Klapse?« Friedrichsberg zog die Stirn in Falten.

»Jou. Kannze nich mehr ansprechen. Se sacht au nix mehr. Brabbelt nur noch vor sich hin. So ein Arschloch is dat.«

»Das ist nicht schön.«

»Wat heißt: nich schön? Dat is ganz große Kacke! Wat glaubse, wat die anneren Männer hier 'n Hals auf'n haben.«

»Kann ich mir vorstellen.«

»Trinken wa no einen?«

»Sicher.«

Und schon taumelte Kattharge in seine Laube, um aus dem Kühlschrank Nachschub zu besorgen.

»Auf die ganzen bevögelten Weiber un die gehörnten Gatten.« Kattharge lachte dreckig; die beiden stießen an.

»Hattest du Probleme mit ihm?«

»Sicha. War'n Arschloch. Hat au seine Scheiße imma zu mir rübergeschmissen.«

»Was denn?«

»Schnecken. Die hatter gesammelt und über die Hecke geschmissen, und ich hatte dann die Malässe damit. Ham mir allet kaputtgefressen. Grad den Salat.«

»Und?«

»Am Wochenende hatter sich oft Nutten inne Laube kommen lassen. Hat dann mit den Hühnern rumgemacht un auf dicke Hose gemacht. Manchmal hattert mit drei gleichzeitig getrieben. Weiß gar nich, wie der dat gemacht haben will.«

»Und da habt ihr euch nicht gegen gewehrt?«

»Die, die et mitgekriegt ham, schon.«

Friedrichsberg gefiel die Geschichte, und er kramte in seiner Innentasche nach einer Zigarre, fischte sie heraus und setzte sie langsam in Brand; große Rauch-kringel paffte er in einen azurblauen Sommerhimmel.

»Aber?«

»Der hat den Vorstand vom Verein geschmiert. Hat denen wat rübergeschoben, und dann haben die die Fresse gehalten. Ich sach ja: ein Quadratarschloch. Der hatte ja au wat mit meiner Ollen.«

»Mit deiner Frau?«

»Jou. Der hat do nix ausgelassen. Un sie au nich. Die blöde Kuh. Da kannze ma sehn: Geschmack hatter nich gehabt. Abba dat is Schnee von gestern.«

»Wollt ihr denn nicht etwas gegen den unterneh-men?«

Kattharge lachte dreckig auf und winkte ab.

»Der stört nich mehr. Wurd au langsam Zeit. Jetzt isser endlich wech. Wie mein Frau vor zwei Jahren. Kam au keiner hinter. Hab ich au meine Ruhe mit. Einfach ein-wandfrei, son Häcksler. Grad bei sonnem Arschloch.«

Friedrichsberg blickte zweifelnd auf seine mittler-weile zu gut zwei Dritteln geleerte Bierflasche: Hatte er falsch gehört oder zu viel getrunken oder hatte er das gerade eben richtig mitbekommen?

Aber da machte Heinz-Horst Kattharge auch schon weiter: »Un nowatt: Erinnerste dich noch annen Bank-raub vor drei Jahren? In Mülheim-Styrum? 98.000 Euro Beute plus Geiselnahme un zwei Tote?«

Friedrichsberg nickte paffend.

»Da steckte Stratmann au dahinter. Un ich habbet im-mer gesacht: Der hatte Kontakte inne Unterwelt, hat dat Ding ausbaldowert und durchgezogen. Abba is ebent zu Komplikationen gekommen. Ich sachet ja: zwei Tote.«

»Aber den Täter hat man damals doch nicht gestellt«, erinnerte sich Friedrichsberg an seiner Zigarre vorbei, die er im Mund vorsichtig balancierte.

»Ebent. Stratmann is davongekommen. Abba er hatte einen Kollegen: Zeiss. Un Zeiss is ein hohet Tier gewesen bei den Bullen. Glaub, der war Kriminalrat oder so watt. Un der hat hier au ne Parzelle. Un mit dessen Frau hatte Stratmann au wat am Laufen. Der wusste, dat Stratmann hinter dem Banküberfall damals gesteckt hat.«

»Warum hat er denn nichts gemacht?«

»Keine Beweise. Dat hat dem Zeiss richtich zu schaffen gemacht. Er kam nich annen Stratmann dran. Un dann musste der hier in seinem Ruhestand jeden Tach die blöde Hackfresse von dem ertragen. Da hatter dem einfach mitte Kettensäge den Kopp vom Hals gesemmelt. Den Rest hab ich gemacht. Zerlegt un ab durch'n Häcksler. Meine Frau hab ich abba alleine gemacht. Ich hol nowatt Bier.«

Und schon schwankte Kattharge Richtung Laube.

Friedrichsberg bewegte heftig den Kopf, als wollte er seinen Bierdusel abschütteln. Halluzinierte er schon akustisch? Hatte dieser Kleingärtner gerade eben einen Mord (den an seiner Frau) und eine Beihilfe (die Beseitigung der Leiche eines unliebsamen Schrebergartennachbarn) gestanden? Und hatte er gesagt, dass ein ehemaliger Kriminalrat eben diesen Schrebergartennachbarn getötet hatte? Oder hatte er selber einfach nur zu viel gesoffen?

Aber da kam Kattharge schon wieder an, in der linken Hand zwei Flaschen Bier, in der rechten zwei braune Müllsäcke.

»Dat Bier is für zum Trinken, der Sack is für aufn Kompost. Prost!«

Und schon tranken die beiden wieder.

Kattharge stellte die angetrunkene Flasche Bier vor sich auf den Boden und stopfte mit Nachdruck die braunen Mülltüten in die Komposttonne, links von den Stachelbeersträuchern.

Friedrichsberg klammerte sich an seiner Bierflasche fest und schaute sich die Aktion an.

Kattharge tat sich ein bisschen schwer, was wohl an dem übermäßigen Alkoholkonsum lag. Die erste Tüte war schnell in der Komposttonne verschwunden, bei der zweiten musste er ein wenig nachhelfen, er drückte noch mal nach, er stemmte sich mit seinem Oberkörper in die Tonne – und die Tüte riss auf.

Friedrichsberg starrte auf den Riss in der Tüte: Winkten da etwa mehrere Zehen heraus?! War das der Fuß vom toten Stratmann?!

Und Friedrichsberg dachte: Auferstehung respektive Wiedergeburt? Der Kompost macht's möglich.

Aber schon hatte Heinz-Horst Kattharge seine Flasche wieder in der Hand und prostete Friedrichsberg zu.

»Weiße wat, Alfons? Am End liegen wir doch alle unter de Stachelbeeren.«

Und Friedrichsberg fügte an: »Oder unter den Gurken.«

»Jou!«

Und mit diesem Wort knallte Stratmann den Kompostdeckel zu.

Abends saß Friedrichsberg mit dickem Schädel in seinem Wohnzimmer und dachte über diesen Moment nach.

Alkohol löst die Zunge.

Aber ob er das alles wirklich gehört hatte?

Und war das der Fuß einer Leiche gewesen oder hatte seine Phantasie verrückt gespielt?

Er griff zum Telefonhörer, wollte die Polizei anrufen, hielt dann aber inne.

Schüttelte den Kopf.

Das war nicht seine Aufgabe.

Er legte wieder auf.

Sollte sich doch die Polizei drum kümmern, wenn Stratmann nicht mehr auftauchen sollte. Wer weiß, vielleicht war ihm sein Garten ja doch egal und er machte sich mit mehreren Nutten eine schöne Zeit auf Mallorca.

Tat Stratmann aber nicht. Und er sollte auch nie wieder auftauchen. Genauso wenig wie Kattharges Frau.

Friedrichsberg strich sich über den Schnurrbart.

Enden wir, dachte Friedrichsberg, letztlich nicht alle im und als Kompost?!

DIE VERMISSUNG DES ROTEN DRACHENS

Eigentlich endete alles als Frühlingsrolle.

Aber zunächst zum Anfang.

Das ganze Anwesen sah von oben aus wie ein umgefallenes, asiatisches Schriftzeichen: ein in verschiedenen Armen verschachtelter Flachdachbungalow, umgeben von einem ausladenden Gartengrundstück, umgrenzt von einer zwei Meter hohen Ligusterhecke. Und alles wirkte wie mit Aquarellfarben leicht hingetuscht. Das Ganze hatte etwas Unwirkliches.

Der Hausherr dieses Anwesens war ein zierlicher, fast zerbrechlicher, ja beinahe durchsichtiger, leiser, dabei konzentrierter Asiate namens Wang.

Und dieses Paradebeispiel eines Asiaten stand mit dem Urbild eines Deutschen (dick, laut, alt, auf die Etikette pfeifend; es lässt sich sagen: Herr Wang passte fünfmal in Alfons Friedrichsberg) vor einer leeren, weißen Wand im großräumigen Wohnbereich seiner Villa; beide starrten stumm die weiße Fläche an.

»Aha«, grunzte der Dicke, dann kam längere Zeit nichts. Dann noch mal: »Aha, soso.«

Herr Wang nickte nur immer wieder ruhig.

Der dicke Alfons Friedrichsberg räusperte sich lautstark und legte die Arme auf den Rücken. »Und Sie wissen nicht, wie dieser große Wandteppich von Ihrem Anwesen verschwinden konnte?«

Der alte Asiate schüttelte sein weises Haupt.

»Wann ist das passiert?«

»Vorgestern Nachmittag. Personal hatte frei. Hat mittwochnachmittags immer frei. Ich war in Ausstellung in Museum in Bonn, Chauffeur hat mich hingebracht. Waren von 13 Uhr bis 19 Uhr unterwegs.«

Verneigung.

Friedrichsberg nickte langsam. »Was sagt die Polizei?«

Wang hob abwehrend die Hände. »Polizei nicht, bitte. Nichts beschleunigen Behörden. Gegenteil ist Fall. Habe ich deshalb auch Sie kontaktiert. Privatmann.«

»Wie groß ist der verschwundene Wandteppich denn?«

»Höhe zwei Meter, Breite vier Meter.«

Friedrichsberg wiegte den Kopf hin und her. »Das ist beachtlich. So was klemmt man sich nicht eben unter den Arm. Irgendwelche Einbruchsspuren?«

Wang schüttelte sachte den Kopf.

»Haben Sie wen in Verdacht? Sieht ja danach aus, dass nur jemand Ihr Wandbild entwendet haben kann, der einen Schlüssel zu Ihrem Anwesen hat, oder?«

Wieder – statt einer Antwort – dieses stille, wissende Nicken.

»Und? Wie sieht's aus? Hinsichtlich Verdächtigungen?«

»Habe keine. Sonst interne Lösung gefunden.«

Verneigung.

Friedrichsberg schaute auf den kleinen Herrn Wang hinab und vergrub die Hände in seinen Hosentaschen. »Und nun? Was kann ich Ihrer Meinung nach tun?«

Herr Wang drehte sich jetzt auch seinem Nebenmann zu, führte die Hände wie zum Beten spitz aneinander und schaute ihn an: »Müssen wiederfinden! Flehe ich

Sie an, Herr Friedrichsberg, müssen wiederfinden! Unbezahlbarer Schatz ist Wandteppich, in Familienbesitz achthundert Jahre! Muss wiederhaben, koste, was wolle.«

Friedrichsbergs Miene hellte sich auf, er spitzte die Lippen und strich sich über den Schnurrbart: »Geschätzter Herr Wang, da klingelt es in meinen Ohren! Es fielen nämlich zwei nicht unbedeutende Begriffe. Zum einen: ›unbezahlbarer Schatz‹, zum anderen: ›Koste es, was es wolle‹. Was ist Ihnen denn die Wiederbeschaffung wert?«

Der durchsichtige Herr Wang winkte ab.

Ein stiller Diener, der wie mit der Leichtigkeit der Origamikunst gefaltet schien, diffundierte zur Tür herein und kredenzte Tee. Seine Blicke waren so scharf wie ein frisch geschliffenes Samuraischwert. Aus hauchdünnem, fernöstlichem Porzellan duftete Friedrichsberg eine blasse Flüssigkeit entgegen.

Friedrichsberg schaute in seine Tasse; dann wandte er sich an Herrn Wang: »In diesem Hause«, er wies in die Runde, »nach einer guten alten Kaffeebohne zu fragen ...«, er stockte in seinem Reden, »ist höchstwahrscheinlich ... etwas ... sagen wir mal ... unangebracht, oder irre ich mich da?«

Verdutzt schaute ihn Wang an.

»Wissen Sie, mir ist die gebackene Banane doch ferner als die Schwarzwälderkirsch.«

Wang brachte seinen Kopf in eine leichte Schieflage, sein Tonfall wurde noch etwas konzentrierter. »Handelt sich bei Tee um altes Familienrezept.«

Friedrichsberg schaute noch einmal in seiner Tasse nach, visierte die blasse Flüssigkeit, dann nickte er. »Jetzt, wo Sie es sagen, sehe ich es auch. Na, dann wollen wir mal.« Er gab sich einen Ruck und nahm einen Schluck.

Herr Wang schaute Friedrichsberg gespannt an.

Friedrichsberg rümpfte die Nase. »Es mundifiziert. Aber letztlich ist's und bleibt's doch heißes Wasser mit Gebüschen drin.«

Herr Wang war regungslos wie ein Kiesel im Flussbett. »Was Frage betrifft: Zahle Tagessatz von 600 Euro. Plus Spesen. Bei Wiederbeschaffung 30.000 Euro.«

Friedrichsberg hielt sich nicht für käuflich. Bei solch einer Summe warf er seinen Anstand jedoch gerne über Bord und sah die Kohle nicht so sehr als Gehalt, sondern eher als Schmerzensgeld für die Unbill des Tages, die da auf ihn zukommen könnte. Drum spitzte er jetzt die Lippen und tat eine leichte Verneigung. »Man dankt und weiß Ihr Angebot durchaus zu schätzen. Aber bedenkt man, dass es sich bei dem roten Drachen um einen nahezu unbezahlbaren Schatz handelt ...«

Herr Wangs Augen formierten sich wieder zu kleinen Schlitzen.

»Sagen wir 40.000 Euro«, setzte Friedrichsberg nach.

Herr Wang nickte.

Friedrichsberg hob erstaunt die Augenbrauen. »Die Sache scheint Ihnen viel wert zu sein. Und weil ich runde Dinge mag, findet auch beim Betrag eine Rundung statt: Sagen wir 50.000 und der Drops ist gelutscht.«

Herr Wang kniff so sehr die Augen zusammen, dass sie beinahe verschwanden; dieser Regung aber ließ er ein erneutes Nicken folgen. Dann folgte die Verneigung, und fast wäre er dabei mit seinem Kopf an die Zehenspitzen gestoßen.

Bei Friedrichsberg war es eher ein Kopfnicken. »Was soll ich machen? Tiefer komm ich nicht, da sind mir Doppelkinne und Bäuche im Wege.«

Friedrichsberg griff in die Innentasche seiner Jacke, kramte ein kleines Zettelchen hervor und einen Kugelschreiber und sagte: »Gestatten Sie mir, kurz die eben getroffenen Formalien festzuhalten. Dass uns auch nichts untergeht.« Daraufhin kritzelte er etwas aufs Papier und hielt es dem Asiaten zur Unterschrift hin.

Wang unterzeichnete, Friedrichsberg ebenso, dann faltete er das Zettelchen zusammen, steckte es zurück und klopfte von außen gegen seinen Jackeninhalt.

Dann zog er geräuschvoll die Nase hoch und fragte: »Gibt's sonst noch was von Belang, Herr Wang?«

Wang rührte sich nicht.

»Haben Sie Feinde?«

Wang dachte kurz nach, dann: »Auch König der Tiere wird von wilden Vögeln angeflogen.«

Verneigung.

Friedrichsberg stutzte. »Was soll das heißen? Sollen wir nach Ihren Wellensittichen schauen?« Mit asiatischen Binsenweisheiten hatte er es nicht so.

Wang verzog keine Miene. »Feier, bei der ich meine Feinde einlade, wird teurer als Feier mit meinen Freunden.«

Verneigung.

»Das heißt auf westeuropäisch also: Ja.«

Wang nickte leicht.

»Und wer sind die und wo sitzen die und warum feinden die Sie an?«

Wang holte Atem. »Bin Geschäftsmann. Mache gute Geschäfte. Kann man nur machen, wenn nicht immer alle gleich glücklich aus Geschäft gehen.«

Verneigung.

»Können Sie mir Namen nennen von Leuten, von denen Sie sich vorstellen können, dass die Sie bestehlen?«

Jetzt lächelte Wang leicht. »Wird lange Liste.«

Verneigung.

»Wissen Sie«, holte Friedrichsberg aus, »bei einem Satz von 600 Euro am Tag habe ich viel Zeit, lange Listen abzuarbeiten. Also: nur zu!«

Wang nickte wieder, rief nach seinem Diener, um diesem den Auftrag zu erteilen, im Büro die Listen zusammenzustellen.

Als der Diener aus dem Raum war, fragte Friedrichsberg: »Sonst noch was?«

Wang ließ sich Zeit. »Liegt Fluch auf rotem Drachen.«

»Oh. Der sich welcher Art zeigt?«

»Wer sich von verbotener Seite nähert, erfährt Tod.«

»Was ist denn die verbotene Seite?«

»Seite, die nichts mit ihm zu tun hat.«

Verneigung.

»Und wie sieht der Fluch aus? Monatelanges Aufstoßen nach Glutamat? Ich träume nachts nur noch von Ente süßsauer? Und trifft mich dieser Fluch auch?«

»Sie trifft Fluch nicht. Stehen auf guter Seite, wollen ihn finden und in Familienschoß bringen.«

Friedrichsberg grunzte auf. »Und wissen Sie was? An die Arbeit werde ich mich jetzt machen.«

Die beiden verneigten sich wieder im Rahmen ihrer jeweiligen Möglichkeiten und verabschiedeten sich.

* * *

Es waren seit dieser Zusammenkunft bereits einige Tage verstrichen; Friedrichsberg wusste weder, wo er ansetzen, noch, wo er suchen sollte und hatte auch nicht die geringste Lust, irgendetwas in Erfahrung zu bringen; Kohle hin, Kohle her.

Er hatte sich die ellenlangen Listen angesehen; er kannte nicht alle Namen, aber ihm sagten die Firmen alle etwas. Da musste er gar nicht erst versuchen anzuklingeln. Noch an der Pforte würde man ihm einen Tritt in den Hintern geben.

Am Montag hatte er sich wie stets mit seinen beiden Freunden Jupp Straaten und Willi Dahl zum Boule und anschließendem Essen getroffen. Thema war unter anderem diese Ermittlungsproblematik, allerdings wussten auch seine beiden Freunde keinen Ansatz.

Dann kam der Mittwoch. Und wie jeden Mittwochabend war um 19 Uhr Chorprobe des Herrensingkreises Rheintreue 1898 e. V. in den Gesellschaftsräumlichkeiten von *Haus Aldenrath,* warme Küche von 12 bis 14 Uhr und von 18 bis 22 Uhr.

Und in der Probenpause sollte die ganze Wandteppichgeschichte ihren entscheidenden Dreh bekommen.

Die drei saßen an ihrem Stammplatz und tranken ihre Biere. Dann wischte sich Straaten den Schaum vom Mund. »Manchmal ist es doch seltsam, oder? Da erzählst du vorgestern von deinem komischen Auftrag und dass das ein undurchsichtiger Asiate sei, dem sie den Wandteppich gemopst haben. Und gestern erfahre ich abends, dass sie meinen Lieblingschinesen ermordet haben.«

Dahl guckte seinen Freund verständnislos an. »Na und?«

»Auf den ersten Blick hat das eine nichts mit dem anderen zu tun.«

»Das heißt«, grinste Friedrichsberg breit, »wie ich dich kenne, hast du dir einen zweiten Blick gegönnt.«

»Richtig.«

»Und?«

Straaten lehnte sich zurück und verschränkte die Arme vor der Brust. »Das ist mein Lieblingschinese gewesen. Also wie der Ente gemacht hat ...«

Friedrichsberg winkte ab. »Wahrscheinlich genauso wie die anderen 100.000 Asiaten auch.« Er grunzte. »Also, was ist denn passiert, und wie ist dein Lieblingschinese ums Leben gekommen?«

»Ums kurz zu machen: Eigentlich war vom Koch zwei Tage lang weit und breit keine Spur. Aber in der Küche seines Restaurants lagen auf der Anrichte siebenunddreißig frische, große Frühlingsrollen. Die Polizei ist benachrichtigt worden, und die KTU hat die Dinger untersucht.«

»Und?«

»Nun, böse Zungen sagen dem Asiaten ja gerne den Verzehr abwegigen Fleisches zu: Hund, Schlange, Katze, Ratte, derlei. Soweit, so schlecht. Das Fleisch, das man in den siebenunddreißig Frühlingsrollen fand, sprengte allerdings den Rahmen des Erwartbaren, denn für diese Rollen wurde Menschenfleisch verarbeitet.«

Friedrichsberg und Dahl schauten sich entgeistert an.

»Man machte daraufhin einen Genabgleich mit einem Haar von der Bürste, die man im Jackett des Kochs, das über einer Stuhllehne lag, gefunden hatte.«

»Und?«

»Übereinstimmung.«

Friedrichsberg schluckte seinen Kloß im Hals hinunter und nahm einen Schluck Bier. »Der Koch endete also in den Frühlingsrollen.«

»So sieht's aus.«

»Und weiter?«

»Spuren fand die Polizei nicht. Eher im Gegenteil: Der Tatort war klinisch rein. So als hätte jemand alles in dem Raum nach der Tat geputzt. Aber weil in dieser Küche alles so porentief rein ist, gehen sie davon aus, dass der Fundort auch der Tatort ist. Sonst hätten die sich mit dem Putzen nicht solche Mühe machen müssen.«

Friedrichsberg führte sein Glas zum Mund und kippte das Bier in einem Rutsch hinunter. »Dein Lieblingschinese scheint irgendwem gehörig auf die Füße getreten zu sein, und das hat dem überhaupt nicht gefallen.«

Straaten nickte. »So sieht's wohl aus.«

»Gab es denn sonst noch irgendwelche Auffälligkeiten?«

»Die Kühlschränke und -truhen waren alle leer geräumt.«

»Aha. Und weiß man auch, warum?«

»Vielleicht hatte der Täter Appetit.«

Friedrichsberg schaute seinen Freund streng an.

Dahl hakte nach. »Man fand wirklich kein einziges Nahrungsmittel mehr?«

»Nein. Selbst in den Vorratskammern nicht.«

»Das ist wirklich seltsam.« Friedrichsberg nahm noch einen Schluck Bier. »Und sonst noch was?«

»Nun, der Küche direkt angeschlossen ist das Büro des Chinesen. Ein verhältnismäßig nüchterner Raum, dominiert von Aktenschränken, einem Tresor und einem großen Schreibtisch. Und selbstverständlich der übliche asiatische Tand und Tinnef. Und dieses Büro war bis auf den letzten Quadratzentimeter systematisch durchwühlt, untersucht und auf den Kopf gestellt worden. Schränke und Regale wurden umgeschmissen, Ordner rausgezogen, der Inhalt über den ganzen Raum verstreut, Bilder von der Wand genommen, eine große Papprolle lag auf einem Papierhaufen, Weinflaschen überall, die liefen teilweise aus … Da lag kein Blatt mehr auf dem anderen.«

»Hat man eine Ahnung, wonach der oder die Täter gesucht haben könnten?«

»Nein.« Straaten lehnte sich wieder zurück. »In dem Chaos eine Art Orientierung zu finden, ist wohl schlichtweg unmöglich. Ich habe Fotos davon gesehen … Unfassbar.«

»Der Tresor war auch aufgebrochen?«

»Selbstverständlich. Eine Mitarbeiterin wusste zu sagen, dass ihr Chef dort immer viel Bargeld aufbewahrt hat. Und wichtige Unterlagen.«

»Und die sind jetzt alle weg«, stellte Friedrichsberg fest.

»Eben nicht.«

»Wie?«

»Der Tresor ist zwar aufgebrochen worden, es ist auch alles ausgeräumt worden, aber es scheint nichts zu fehlen.«

»Weiß man denn, wie viel Kohle drin war?«

»Das nicht. Aber es lagen noch 25.000 Euro auf dem Boden vor dem Tresor. Und Wertpapiere, Unterlagen über Aktienpapiere, Rezepte … Also wer auch immer auf Geld aus war, der hätte hier hübsch zugreifen können.«

»Die Ermittler werden es sich vermutlich leicht machen und es als chinesischen Mafiamord unter Triaden abtun. Und damit sind die dann durch mit der Nummer.«

Friedrichsberg nahm einen Schluck Bier und strich sich über den Schnurrbart. »Hmhmhm ... Du sagtest was von absolutem Chaos ...«

»Ja.«

»... alles umgeworfen ...«

»Richtig.«

»... alles durchwühlt ...«

»Jawohl.«

»... Bilder von der Wand ...«

»Auch das.«

»... Kohle und Zaster noch vorhanden ...«

»Korrekt.«

»... alle Lebensmittel verschwunden ...«

»So ist's.«

»... Weinflaschen flogen rum ...«

»Hab ich doch alles bereits gesagt.«

»Ich will verstehen. Und sag, was war das für eine Papprolle, die du da erwähnt hast?«

»Das war so eine Papprolle, fast schon eine Röhre, zum Transport für große Bilder, Plakate, große Ausdrucke, Kunstwerke. So was eben.«

»Aha, so was eben. Wieso hast du die erwähnt?«

»Die lag da eben rum. Und sie ist aufgefallen, weil diese Rolle eben sehr groß war. Und dick.«

Friedrichsbergs Aufmerksamkeit war geweckt. »Was heißt groß und dick? Bin ich selber.«

»Was weiß ich, was die für einen Durchmesser hatte. Aber lang war sie zwei Meter fünfzig.«

»Sag das noch mal.«

»Zwei Meter fünfzig, ungefähr.«

Friedrichsberg schnalzte mit der Zunge. »Wir kommen der Sache schon näher.«

»Welcher Sache?«, fragte Dahl dazwischen.

»Erhellendes trägst du selten bei, mein kleiner Freund, aber nette Zwischenfragen kannst du stellen. Verlier das bitte nicht.«

»Deine Ironie kannst du dir sparen«, zeigte sich Dahl jetzt etwas beleidigt.

»Och, nein, lieber lass ich sie an dir aus.«

Straaten ging dazwischen: »Also: Welche Sache meinst du?«

»Die Sache mit dem Motiv.«

»Ach. Und das Motiv wäre …? Was ist denn jetzt gestohlen worden?«

Friedrichsberg grunzte laut auf. »Im Gegenteil, es ist etwas dazugekommen. Und darüber bin ich gerade gestolpert.«

»Du meinst die Papprolle?«

»Genau. War was drin?«

»Ich glaube nichts.«

»Siehst du.« Friedrichsberg leerte sein Glas und lehnte sich genüsslich zurück. »Ich hatte euch doch am Montag von der Wiederbeschaffung eines Wandteppichs mit rotem Drachen erzählt, um die ich mich kümmern soll.«

»Wir erinnern uns«, pflichtete Dahl bei.

»Sehr schön. Und dieser besagte Wandteppich ist vier Meter lang und etwas über zwei Meter hoch und würde demnach perfekt in eine Papprolle oder -röhre für Bildertransporte passen, die ungefähr zwei Meter fünfzig lang ist und überdies noch sehr dick. Oder irre ich mich da?«

»Nein.«

»Seht ihr.«

»Also gehst du davon aus«, kombinierte Straaten, »dass mein Lieblingschinese von deinem Herrn Wang umgebracht worden ist?«

»Also zunächst einmal ist das nicht mein Herr Wang. Aber ansonsten: Ja, davon gehe ich gerade mal aus.«

»Und weshalb?«

»Tja, das ist die Frage.«

»Hast du denn schon eine Antwort?«, fragte ihn Dahl.

Friedrichsberg fuhr sich durch seinen Haarkranz und atmete laut aus. »Eine Antwort habe ich noch nicht. Aber eine Möglichkeit zur Antwort, die habe ich. Meine lebhafte Phantasie ermöglicht es mir, davon auszugehen, dass man sich im asiatischen Milieu dieser Stadt und über ihre Grenzen hinweg durchaus bekannt ist. Also wird auch mein Herr Wang deinen Chinesen kennen. Oder er kennt zumindest einen, der deinen Chinesen kennt. Oder er hat von einem gehört, der einen kennt, der mal mit deinem Chinesen bekannt war. So was in der Art. Auf jeden Fall sind die Wege kurz genug, um flott an Namen und Informationen zu kommen.«

Drei neue Biere wurden vor ihnen auf die Bierfilze gestellt, und die Herren tranken.

Nach einem kleinen Aufstoßen fuhr Friedrichsberg fort. »Weiter im Text. Dieser Wang hat mich beauftragt, ihm den Wandteppich wiederzubeschaffen. Das war ihm offensichtlich nicht genug oder es hat ihm zu lang gedauert und er hat sich selber auf den Weg gemacht, um an Infor-

mationen zu kommen. Vielleicht hat er auch seinen ominösen Diener losgeschickt. Und irgendeiner hat gepetzt,
hat ihnen gesteckt, wer den Wandteppich hat und wo derjenige zu finden ist. Und dort haben Herr Wang und sein
Diener ihn auch letztlich aufgetrieben und vernichtet.«

»Beweise?«

»Nö. Braucht meine Phantasie keine.«

»Aber die Kripo.«

»Deshalb hat die ja auch so selten Phantasie. Der
Wang'sche Diener hatte etwas Samuraihaftes an sich.
Und er schien mir blitzgefährlich zu sein. Das ist ein
Mensch, der nicht allein dafür angestellt ist, den Tee
oder mal ein heißes Süppchen reinzutragen. Eher im Ge-
genteil. Das ist ein Leibeigener, der in undiplomatischer
Weise Probleme aus der Welt schafft. Und das Problem
diesmal war dein Lieblingschinese.«

»Aber warum? Warum hat der Chinese den Teppich
gestohlen? Wie kommt der denn dazu?«

»Das hat einen kulinarischen Hintergrund, ganz klar.«

»Wie kommst du denn jetzt darauf?«

»Weil ich eins und eins zusammenzähle: Der Chinese wurde zu Frühlingsrollen verarbeitet und dazu noch
die leer geräumten Speisevorräte ... Immerhin war ja
nichts Essbares zu finden. Und das in einem Restaurant-
betrieb! Ich kann mir vorstellen, dass es um ein Rezept
gegangen ist.«

»Und was hat das alles mit dem Wandteppich zu tun?
Um den geht es doch schließlich.«

»Ich muss euch gestehen: Ich habe nicht die leiseste
Ahnung. Aber um das zu ändern, werde ich morgen Vormittag unseren Herrn Wang aufsuchen.«

Straaten schüttelte den Kopf. »Und dem willst du sagen, was du dir zusammengereimt hast? Bist du verrückt? Der packt sein Schwert aus und macht Sushi aus dir.«

»Das glaub ich nicht.« Der Dicke lachte. »So viel kann keiner essen.«

Der Chorleiter machte seine Runde und trommelte alle zum Weitersingen zusammen.

»Der geht mir auch gehörig auf die Nerven. Immer, wenn's gemütlich wird, wird's oft ungemütlich. Und wir haben so viel über Asiaten geredet … Ich hab richtig Appetit bekommen.«

* * *

Friedrichsberg hatte sich morgens angemeldet, gesagt, er habe Informationen; nun stand er vor der ehemals kahlen Wand, an der jetzt wieder in all seiner Prächtigkeit der Wandteppich mit dem roten Drachen prangte.

Langsam nickte er vor sich hin. »Hab ich's mir doch gedacht.«

Er griff rasch zu seinem Mobiltelefon und wählte eine Nummer.

Eine Papierschiebetür glitt zur Seite und Herr Wang betrat, wie über den Boden schwebend, den Raum. Er verneigte sich, Friedrichsberg tat es ihm nach, dann zeigte er mit einem seiner dicken Wurstfinger auf den roten Drachen und strahlte übers ganze Gesicht. »Schön, dass er wieder da ist.«

Über Wangs Gesicht huschte der leichte Anflug eines Lächelns, und er nickte. »Ehrlicher Finder hat ihn abgegeben.«

»Ja, das freut einen doch.« Friedrichsbergs Grinsen wurde noch etwas feister. »Oder hat Ihnen jemand gesteckt, wo Sie Ihren roten Drachen finden können?«

Wang wurde noch etwas freundlicher als bisher. »Leise Maus kann selbst Flöhe husten hören.« Verneigung. »Tee?«

Angeekelt verzog Friedrichsberg das Gesicht und schüttelte sich.

»Müssen viel trinken.«

»Aber doch nicht so was. Sie wussten also, wer Ihren Drachen hat.«

»Auch kleinste Flamme wackelt bei starkem Wind, behält aber Kraft, Orkan zu trotzen.«

Verneigung.

Friedrichsberg hob die Augenbrauen. »Also hat irgendeiner gepetzt. Mussten Sie dafür nachhelfen?«

»Weiser Bambus beugt sich mit Wind.«

Wieder Verneigung.

»Musste noch einer dran glauben und sein Leben lassen?«

Wang lächelte nur leicht.

»Hat Ihnen das einer aus Ihrer Familie gesteckt? Oder von einem befreundeten Clan, der wiederum mit dem Clan des Toten verfeindet war?«

»Auch dünne Bänder können über Jahrhunderte zusammenhalten. Manche reißen schnell und für immer.«

Verneigung.

»Also ja. Und warum das ganze Spektakel?«

Herr Wang ging mit leichten Schritten zu einem kleinen Schränkchen, auf dem ein Tässchen Tee stand; er benetzte leicht seine Lippen, und wurde dann sehr direkt: »Viele Jahrhunderte gibt in unserer Familie geheimes Rezept für streng gehütete Familiensuppe. Verspricht Gesundheit, Erfolg, Kraft, ewiges Leben. Rezept über die Jahrhunderte mündlich überliefert worden. Vorfahre hat auf Untergrund von Wandteppich mit rotem Drachen vor siebenhundertfünfzig Jahren Rezept von Familiensuppe eingestickt. Seitdem Rezept mit Bild in Familie. Viele andere Familien versucht, in Besitz von Suppenrezept zu kommen, wussten wir zu verhindern. Mir wurde entwendet, musste alles versuchen, Wandteppich mit Rezept wiederzubeschaffen und Wissenden zum Schweigen zu bringen. Auch Zusammenarbeit mit Detektiv Möglichkeit. Habe auch Vorräte und Speisen vernichtet, da nicht wusste, was er über Rezept wusste. Sonst man hätte können anhand von Speisen Suppe nachkochen. Chinesenmann wollte berühmtes Familienrezept. Zubereitung geheim. Diebstahl verletzte Familienehre.«

Verneigung.

»Und das rechtfertigt einen brutalen Mord? Oder vielleicht sogar zwei oder noch mehr?«

Schlagartig war Herr Wang wieder die Freundlichkeit in Person. »Meine Wahrheit ist, Herr Friedrichsberg: Finder hat roten Drachen zurückgegeben. Gibt mehr ehrliche Menschen, als glaubt.«

»Auch, wenn man zur Gewinnung dieser Ehrlichkeit mitunter etwas nachhelfen muss.«

Schlagartig schwand das leichte Lächeln aus Wangs Gesicht. »Was meinen?«

Friedrichsberg winkte ab. »Das muss ich Ihnen nicht beantworten. Genauso wenig, wie Sie mir irgendetwas erklären müssen.«

An den Wänden des Wohnbereichs flackerte blaues Licht auf.

»Die ganze Geschichte können Sie zusammen mit Ihrem getreuen Diener im Einzelgespräch mit der Kripo erledigen, die draußen bereits auf Sie beide wartet. Ich weiß jetzt, was ich wissen muss und empfehle mich.«

»Wollen mich verhaften lassen?«, fragte Wang mit schneidender Stimme.

Friedrichsberg schüttelte seinen dicken Kopf. »Zur Abwechslung komme ich Ihnen mal mit einer Binse: Auch der dicke alte Onkel weiß, wann er in seinem Bau zu verschwinden und den Rest der dreckigen Arbeit dem Fußvolk zu überlassen hat.«

Wang schaute ihn teilnahmslos an. Alle Farbe war aus dem Gesicht dieses fernöstlichen Pinselstrichs gewichen.

Friedrichsberg drehte sich zum Gehen weg, hielt dann inne, hob den Zeigefinger seiner linken Hand in die Luft und sagte zu Wang: »Ach, eins hätte ich fast vergessen.« Er griff in seine Innentasche und zog das Zettelchen hervor. »Ich möchte ja ungern päpstlicher sein als der Papst, aber: Das Bild hängt – und wer's war, also sowohl Diebstahl als auch Mord am Dieb, habe ich ja auch herausgefunden. Wollen Sie den Betrag jetzt überweisen oder gibt's das bar auf die Tatze?«

Wang blitzte sein dickes Gegenüber nur an. Dann rief er seinen Diener, der einen schwarzen Lederkoffer anschleppte und Friedrichsberg überreichte. Der grunzte nur wieder auf, lächelte die beiden an und sagte: »Bedankt. Und: Habe die Ehre.«

Es folgte noch der asiatische Abgang.

Nein, nicht Frühlingsrolle.

Verneigung.

DIE BLONDE IM TRENCH

Der Zug ratterte über die vereisten Gleise, an den Fenstern rauschte eine weiße Landschaft vorbei. Am Abend zuvor hatte es zu schneien begonnen, heute Morgen, als Alfons Friedrichsberg aus dem Fenster geschaut hatte, lag alles unter einer dicken, weißen Decke.

Es war Ende Januar.

Er hatte mit dem Zug nach Hamburg zu fahren, der jährliche Besuch bei Hilde und Walter stand an, zwei alten Freunden, die in Blankenese ein hübsches Häuschen mit Elbblick bewohnten, einem Kaffeeimperium sei Dank. Denen sollte er nun vier Tage zur Last fallen.

In gut zweieinhalb Stunden würde er da sein.

Der Zug hielt, er hatte den Hauptbahnhof Münster erreicht.

Friedrichsberg legte das Buch, in dem er las, beiseite und schaute zum Fenster hinaus. Dick eingepackte Menschen liefen hektisch Zügen hinterher, es war ein großes Aus- und Einsteigen, manche rauchten, viele starrten in ihre Mobilfunkgeräte.

»Ist da noch frei?«

Friedrichsberg schaute auf. Im Gang vor ihm stand eine circa 1,80 Meter große Blonde im Trenchcoat mit einem ausladenden Hut auf dem Kopf und einer Sonnenbrille auf der Nase.

Sie sah aus, als wäre sie dem Anfang eines Philip-Marlowe-Romans entsprungen.

»Ja, ja, bitte, nehmen Sie Platz, hier ist frei.«

Die Blonde nickte ihm zu und setzte sich neben ihn.

Aus dem Augenwinkel heraus beobachtete Friedrichsberg die seltsame Dame. Sie wirkte wie einem schlechten, französischen Kriminalfilm der 1970er Jahre entsprungen. So auffällig und dabei wieder so unauffällig, dass er, hätte er sie später zu beschreiben, nichts Aussagekräftiges über sie würde sagen können.

Doch, eines: Sie reiste ohne Gepäck. Das heißt, nicht ganz: Sie führte einen schwarzen Aktenkoffer mit sich, den sie direkt an den Sitz unter ihre Beine stellte.

Dass sie mit so wenig Gepäck reiste, konnte bedeuten, dass sie zu den unzähligen Berufspendlern gehörte und dass sie beim nächsten Bahnhof den Zug wieder verlassen würde.

Wie dem auch sei, dachte Friedrichsberg, eine komische Figur.

Er räusperte sich und schaute wieder in sein Buch.

Draußen schoss die weiße Landschaft vorbei, drinnen ein kleiner Servicewagen mit Kaffee, Brezeln, Süßigkeiten und kalten Getränken, die Fahrkarten wurden kontrolliert, der Zug hatte – aus wie immer unerfindlichen Gründen – eine Verspätung von fünfzehn Minuten und die Blonde saß angespannt und untätig neben ihm. Sie las nicht, sie telefonierte nicht, sie tippte nichts in ihr Handy, sie machte einfach nichts, sie saß nur da.

Irgendwann erreichte der Zug Osnabrück Hauptbahnhof, draußen dasselbe Bild wie in Münster: Dick eingepackte Menschen liefen hektisch Zügen hinterher, es war ein großes Aus- und Einsteigen, manche rauchten, viele starrten in ihre Mobilfunkgeräte.

Und die Blonde blieb sitzen.

Friedrichsberg wunderte sich still.

Der Zug fuhr wieder an.

Bisherige Verspätung: achtzehn Minuten.

Plötzlich beugte sich die bislang untätige Dame zu Friedrichsberg herüber und hauchte: »Ich glaube, Ihnen kann ich es sagen: Ich bin einer großen Verschwörung auf der Spur.«

Sie hatte eine äußerst angenehme Stimme, und beim Rüberbeugen konnte Friedrichsberg den Duft ihres teuren Parfums erschnuppern; sie war eine – optisch – angenehme Erscheinung.

Aber sie hatte nicht alle Latten am Zaun. So schien es jedenfalls.

Deswegen erwiderte Friedrichsberg: »Verzeihung?«

»Ich habe gesagt, dass ich einer großen Verschwörung auf der Spur bin.«

Friedrichsberg nickte: »Das habe ich schon verstanden, akustisch. Aber ich verstehe es inhaltlich nicht. Was meinen Sie?«

Die Blonde lehnte sich in ihrem Sitz zurück und sprach mit leiser, ruhiger Stimme: »Es geht um eine internationale Verschwörung, das ist eine ganz große Sache. Wenn die Bombe hochgeht, können einige einpacken. Ich habe davon durch Zufall erfahren. Und jetzt bin ich einem Geheimbund auf der Spur. Das Ganze reicht bis in höchste Berliner Kreise, sogar bis nach Russland und Amerika.«

Friedrichsberg staunte und zog die Augenbrauen hoch.

»Sie glauben mir nicht«, stellte die Blonde fest. »Ich kann Ihnen das nicht verübeln. Ich würde mir wahrscheinlich auch nicht glauben. In meinem Aktenkoffer hier«, sie beugte sich nach vorne und klopfte leicht auf das schwarze Leder des Gepäckstücks, »befindet sich brisantes und belastendes Material. Da sind einige hinter her. Also hinter mir und diesem Koffer. Ich muss mich vorsehen, mich geduckt halten. Und aus der Deckung angreifen. Wie in einem Schützengraben. Sonst haben sie mich. Ich befinde mich in Lebensgefahr.«

Friedrichsberg dachte an die *Versteckte Kamera* und grinste.

Die Blonde ließ die Mundwinkel hängen. »Ich dachte, Sie sind seriös«, machte sie weiter, »ich dachte, mit Ihnen könnte ich reden, Sie würden mich für voll nehmen.«

Friedrichsberg nickte langsam. »Gut. Nehmen wir mal an, ich nehme Sie ernst: Warum erzählen Sie mir das alles?«

»Irgendeinem muss ich es doch sagen.« Sie machte eine theatralische Pause und schaute sich in dem Abteil um; dann, leiser: »Ich habe die Befürchtung, dass ich diese Zugfahrt nicht überleben werde.«

»Aha. Und warum nicht? Haben Sie im Bordbistro das Tagesgericht gewählt, oder woran machen Sie Ihre Befürchtung fest?«

Sie schüttelte den Kopf und nickte zu einem Rucksacktouristen schräg gegenüber: »Sehen Sie den da?«

»Den jungen Kerl mit den Stöpseln im Ohr? Ja, den sehe ich. Wieso?«

»Der ist von der Russenmafia. Der ist schon seit meinem Hotel hinter mir her. Und der da«, sie wies auf einen rastazöpfigen Typen ein paar Sitze weiter, »der da beobachtet mich die ganze Zeit. Ich denke, den haben die Amis geschickt.«

Friedrichsberg strich sich über seinen Schnurrbart. Er hätte jetzt gerne eine Zigarre in Brand gesetzt. »Und warum sollten die alle hinter Ihnen her sein?«

»Ich muss vorsichtig, sehr vorsichtig sein. Die sind überall, die hören alles mit. Alles ist verwanzt, die haben ihre Ohren überall. Ich kann und darf auch Ihnen nicht zu viel erzählen. Aber es geht um Abhörskandale, Aktienmanipulationen im großen Stil, Doping, Cyber War, Terrornetzwerke, ein neu angelegter Regierungsbunker unter ganz Brandenburg, ähnlich wie früher der an der Ahr. Das ganz große Rad wird da gedreht. Und wir sind mittendrin und können nichts ändern. Aber ich bin einen Schritt weiter, ich habe aufgepasst, ich werde da etwas gegen unternehmen. Man muss nicht nur sehen, was passiert, sondern man muss ahnen, was passieren könnte. Und da greife ich ein. Ich habe Material gesammelt, ich habe alles bei mir, hier in meinem Koffer. Ich werde nachher einen Kontaktmann treffen in Hamburg, und mit dem geht es nach Berlin. Ich gehe mit meinem Wissen gleich an die Kanzlerin. Da muss doch etwas zu machen sein, wir können doch nicht tatenlos zusehen.«

Sie erzählte und erzählte und erzählte. Friedrichsberg hörte geduldig zu, dachte zwischendurch kurz, dass die Blonde aber so richtig einen an der Klatsche hatte, und warum sich nicht einfach eine häkelnde Oma neben ihn hätte setzen können. Aber nein, es musste so eine Verrückte sein.

Irgendwann sagte die Blonde: »Beim nächsten Halt muss ich ganz kurz raus, Kontaktleute treffen. Die haben wichtige Informationen für mich, die mir noch fehlen. Behalten Sie mich bitte im Auge, im Notfall brauche ich Zeugen.«

Friedrichsberg hatte nur genickt. Und die Blonde redete weiter: über internationale Verschwörungen, Verwicklungen, Spionage, Gefahr, Bedrohung, derlei.

Irgendwann hielt der Zug, sie hatten Bremen Hauptbahnhof erreicht, die Blonde nickte Friedrichsberg zu, sagte, er solle ihr den Platz freihalten, sie sei gleich wieder da und schon war sie verschwunden.

Der Dicke schaute aus dem Fenster und sah dasselbe Bild wie an den anderen Bahnhöfen: Dick eingepackte Menschen liefen hektisch Zügen hinterher, es war ein großes Aus- und Einsteigen, manche rauchten, viele starrten in ihre Mobilfunkgeräte.

Und er sah die Blonde im Trenchcoat, mit übergroßem Hut und Sonnenbrille. Aber er sah um sie herum nirgends mögliche Kontaktleute.

Die Blonde stand nur da und rauchte.

Eine Spinnerin.

Aber sie hatte den Aktenkoffer mitgenommen und hielt ihn mit ihrer linken Hand fest umklammert.

Die war bestimmt gleich verschwunden, hatte sich mit ihm altem Sack ihre seltsamen Scherze erlaubt und machte sich gleich einen schönen Abend zu Hause. Das dachte sich Friedrichsberg. Aber da sollte er sich irren.

Es ertönte das Signal zur Weiterfahrt, sie warf die angerauchte Zigarette auf den Boden, trat sie aus, stieg wieder in den Zug, der sich Augenblicke später in Bewegung setzte und Fahrt aufnahm, und setzte sich neben Friedrichsberg.

Sie sagte kein Wort, griff in ihre Innentasche und holte eine Visitenkarte hervor.

»Hier, wenn mir etwas passieren sollte. Und das wird es. Dann rufen Sie hier an.«

Es war die Visitenkarte eines Anwalts.

»Rufen Sie sofort dort an. Der Mann weiß über alles Bescheid, der gesamte Inhalt meines Aktenkoffers befindet sich als Kopie in einem Tresor in seinem Büro. Und dazu noch in einem Bankschließfach in Bad Münstereifel.«

Friedrichsberg stutzte: »Entschuldigen Sie die Nachfrage, aber wieso denn ausgerechnet da? In Bad Münstereifel?!«

»Ganz einfach: Da kommt doch keiner drauf!«

Das leuchtete natürlich ein.

Friedrichsberg ließ die Visitenkarte des Anwalts in der linken Außentasche seines Mantels verschwinden.

Die Blonde sagte nur noch leise zu Friedrichsberg gebeugt: »Wissen Sie, ich bin nirgendwo mehr sicher.«

Der Rest der Fahrt verlief ruhig. Der Zug hatte mittlerweile vierundzwanzig Minuten Verspätung. Friedrichsberg hatte Hilde und Walter, die ihn vom Bahnhof abholen wollten, angerufen und mitgeteilt, dass es später werden würde.

Hamburg-Harburg erreichten sie mit fünfundzwanzig Minuten Verspätung. Der Zug hielt kurz, die Türen öffneten sich, schlossen sich, der Zug fuhr weiter. Und die Blonde sagte Friedrichsberg, sie müsse mal eben zur Toilette, sie sei gleich wieder da.

Aber sie kam nicht mehr zurück.

Der Zug fuhr in den Hamburger Hauptbahnhof ein, der Zugführer fügte seiner Durchsage noch hinzu, dass bitte alle auszusteigen hätten, da der Zielbahnhof erreicht sei.

Friedrichsberg hatte seinen Mantel angezogen, seinen Koffer geschnappt, alle Fahrgäste des Großraumabteils sammelten ihr Gepäck zusammen und strebten zu den Türen, aber von der Blonden fehlte jede Spur. Einzig der schwarze Aktenkoffer stand noch unter ihrem Sitzplatz.

Sollte der Inhalt so brisant sein, würde sie den unter keinen Umständen hier vergessen, dachte Friedrichsberg.

Es sei denn, es war doch alles nur ein einziger großer Scherz gewesen.

Der Zug hielt und leerte sich zusehends.

Friedrichsberg wurde unruhig.

Wo war die blonde Frau im Trenchcoat?

Er ging in die Richtung, in die die Blonde gegangen war und zu der dem Abteil am nächsten gelegenen Toilette: Sie war leer. Er ging weiter zur nächsten: auch leer, zur übernächsten: ebenfalls leer, die überübernächste Toilette: leer.

Friedrichsberg hastete mit seinen über 120 Kilo zurück zu seinem Platz: keine Spur von der Blonden. Sie blieb verschwunden.

Und jetzt musste Friedrichsberg feststellen, dass der Aktenkoffer der Blonden auch weg war.

Friedrichsberg war kurz ratlos. Was wurde hier für ein seltsames Stück gespielt? Er nahm seinen Koffer, stieg aus dem Zug, raus auf den Bahnsteig und in die Kälte und suchte mit seinen Blicken den Bahnsteig ab. Er sah dick eingepackte Menschen, die hektisch Zügen hinterherliefen, es herrschte großes Aus- und Einsteigen, manche rauchten, viele starrten in ihre Mobilfunkgeräte. Aber nirgendwo konnte er die Blonde im Trenchcoat entdecken.

Dafür sah er den verstöpselten Rucksacktouristen (angeblich Russenmafia) aus dem Zug wieder, der gerade im Begriff war, Richtung Rolltreppe zu gehen und der, so wie er da entlanglief, um einiges grobschlächtiger aussah als im Sitzen im Zug vorhin.

Und dieser Typ trug nicht nur seinen großen Rucksack auf dem Rücken, sondern auch in seiner rechten Hand eine augenscheinlich höchst schwere, große Sporttasche, die Friedrichsberg vorhin im Zug nicht aufgefallen war.

Und irrte Friedrichsberg, oder sah er am unteren hinteren Rand der Sporttasche einen dunklen Fleck, der mit jedem Schritt und jeder Bewegung des Trägers zusehends größer wurde?

Friedrichsberg stutzte und blieb stehen. Sollte die Blonde vorhin auf der Zugtoilette von dem Typen da abgemurkst worden sein und jetzt blutend in der Sporttasche liegen?

Und jetzt entdeckte Friedrichsberg auch den Rastazopf wieder, der schon auf der Rolltreppe nach oben fuhr. Er konnte erkennen, dass über dessen rechtem Arm ein heller Trenchcoat hing. Und in seiner linken Hand hielt er einen schwarzen Aktenkoffer.

War das alles einfach nur eine unglaubliche Geschichte und eine Verkettung seltsamer Umstände, oder wurde hier gerade jemand wirklich mundtot gemacht und seltsame Dokumente sollten auf Nimmerwiedersehen verschwinden?

Friedrichsberg stand kopf- und ratlos auf dem kalten Bahnsteig. Was sollte er tun? Die Polizei benachrichtigen? Den Typen hinterherrennen und sie stellen? Und was, wenn in der Sporttasche nur eine Flasche Apfelsaftschorle ausgelaufen war?

Er kramte aus seiner Manteltasche sein Mobiltelefon hervor und machte mehrere Fotos von den beiden.

Plötzlich hörte er seinen Namen rufen, schaute sich um und sah von Weitem Hilde und Walter winken.

Er schüttelte den Kopf, fasste mit der flachen Hand von außen an die Tasche seines Mantels und murmelte: »Ich hab ja noch die Visitenkarte dieses Advokaten.«

Und ging seines Weges.

Als Friedrichsberg einen Tag später die Nummer auf der Visitenkarte anrufen wollte, hörte er nur ein: »Kein Anschluss unter der Nummer«. Dann hakte er nach: Sowohl den Namen als auch den Rechtsanwalt gab es unter der angegebenen Adresse natürlich nicht …

Die verschwundene Blondine tauchte nicht wieder auf.

Und Rastamann und Rucksacktyp? Der eine wurde drei Tage später tot aus der Alster gefischt, den anderen fand man fünf Wochen später erschlagen in einem Waldstück …

Es gibt mehr seltsame Dinge, die tödlicher enden können, als einem lieb sein kann.

EINE ART LIEBESGESCHICHTE

Eigentlich wollte ich euch das gar nicht erzählen, aber jetzt ist auch noch der Horst-Günther tot.«

»Hat er aber lange für gebraucht.«

»Nicht er. Seine Frau.«

»Hm?«

»Seine Frau hat nicht lange gebraucht, dass ihr Horst-Günther tot ist.«

»Hm. Lass gut sein. Nicht schon wieder Mord und Totschlag.«

Alfons Friedrichsberg und Willi Dahl saßen vor ihren Bieren, stierten in die Schaumkronen und schwiegen eine Weile.

Es war Mittwochabend, kurz nach acht, die erste Stunde der Chorprobe des Herrensingkreises Rheintreue 1898 e. V. lag hinter ihnen, es war Pause, und sie saßen an einem kleinen Tisch rechts vom Tresen von *Haus Aldenrath*.

»Ist Straaten schon wieder zur Toilette? Bei dem und seiner Sextanerblase würde es sich lohnen, eine Leitung zu legen.« Friedrichsberg lachte auf, griff zum Bier und leerte es in einem Zug. »Und wenn er nicht langsam erscheint, himmel ich auch noch sein Bier.«

Dahl schüttelte den Kopf: »Aber dass der Horst-Günther …«

Friedrichsberg unterbrach ihn: »Wie schon gesagt: Vielen Dank, kein Interesse. Behalte bitte deine Totengeschichten für dich.«

Jupp Straaten kam an ihren Tisch. »Ob normales oder anormales Ableben: Ich will's nicht hören. Ob in den Zeitungen, im Radio, im Fernsehen … Auch was sich die Leute am liebsten auf der Straße, beim Friseur, beim Metzger erzählen … Auch was sie am liebsten zwischen Buchdeckeln lesen: Wer ist umgekommen und woran hat's gelegen? Immer nur Mord und Totschlag, das macht einen doch mürbe. Will ich momentan nichts von hören, vielen Dank.«

Friedrichsberg seufzte auf, schaute in Richtung Wirt und deutete auf die geleerten Biergläser vor ihnen; der Wirt nickte.

Dahl saß da, seufzte und schüttelte den Kopf.

Friedrichsberg kommentierte das so: »Da siehst du mal, wie sehr dich diese Ehemordgeschichte mitnimmt. Kann es nicht auch mal was Schönes geben? Eine hübsche Liebesgeschichte beispielsweise? Die das Herz höher schlagen lässt?«

Der Wirt brachte die neuen Getränke, alle drei bedienten sich, tranken, Straaten stellte sein Glas ab und gluckste: »Ich glaube, da habe ich was für euch, die Geschichte könnte euch aufmuntern.«

Dahl schaute zum ersten Mal auf und seinen Freund Straaten an.

Auch Friedrichsberg stützte seine Arme auf der Tischplatte ab und beugte sich nach vorne: »Ist das so was ganz Klassisches, wo sie ihn liebt und er liebt sie, aber beide wissen das nicht voneinander und auch die verfeindeten Familien sind dagegen, und sie ist eine hübsche Erbsenprinzessin in einem großen Schloss, und er ist ein armer Schustergeselle und wohnt noch bei den Eltern, dann gibt es einige Überstürzungen und Zerwürfnisse, aber am Ende kriegen sich beide, die Familien liegen sich schluchzend in den Armen, der junge Mann besohlt alle Schlossbewohner, und wenn sie nicht gestorben sind, dann haben sie bis heute keine nassen Füße?«

Dahl schüttelte den Kopf: »Was dieser Mann faselt ...«

Straaten nahm noch einen Schluck vom Bier und schaute die beiden an: »Na ja, wie man's nimmt. So ähnlich jedenfalls. Oder eher ganz anders. Also ein bisschen ungewöhnlich ist die Geschichte schon.«

Friedrichsberg strahlte: »Ungewöhnliche Liebesgeschichten ... Ich bin ganz Ohr und höre.«

Straaten räusperte sich: »Die Geschichte ist mir erzählt worden von einem Nachbarn. Was letztlich dran ist ... Keine Ahnung. Also, es geht um einen Mann, sehr gut aussehend, zu gut aussehend, sportlich, trainiert, fit, eitel, arrogant, ein bisschen blöd.«

»Das geht ja meistens zusammen: Dummheit und Arroganz«, unterbrach ihn Friedrichsberg.

»Darf ich jetzt ungestört erzählen? Sonst lass ich's bleiben.« Straaten schaute die beiden abwechselnd an, die sich ihrerseits in Schweigen hüllten. »Also, dieser Typ, Mitte dreißig, ist keine große Leuchte, hat irgendeinen Job in einer Autowerkstatt, rennt jeden Tag nach Feierabend zum Training, Fitnessstudio. Und er hat ein großes Problem: Er liebt sich selber über alles. Seinen durchtrainierten Oberkörper, seinen Bizeps, seine Beine, seinen Hintern – also in seinem Falle eher seinen muskulösen Po –, seine Brust, seine glatte, rasierte Haut – alles natürlich sonnenbankgebräunt, schönste Tattoo-verzierungen über Ober- und Unterarm, auch am Rücken, im Nacken, strahlend blaue Augen, schwarze, gegelte Haare.«

»Nu ist mal gut, sonst krieg ich noch Appetit«, grunzte Friedrichsberg.

Dahl kicherte.

Straaten machte weiter: »Der Typ interessiert sich neben sich nur noch für Autos und hat ein einziges Hobby: Er rennt jedes Wochenende – und das fängt bei ihm meistens schon donnerstags an – in Diskos, Bars oder Cafés, reißt dort Frauen auf und schleppt sie ab. Und dabei ist dem auch völlig wurscht, ob die Frauen groß, klein, dick oder dünn sind, ob blond, braun oder brünett, ob alt oder jung, Hauptsache jeden Abend eine andere. Das ist bei dem fast wie eine Sammelleidenschaft, hat was Zwanghaftes. Natürlich will er keine Beziehung oder derlei, er will mit denen nur ins Bett, ist er dann auch immer, weil die Frauen natürlich auch auf ihn standen. Erst mal hat er sie zu sich nach Hause geholt und hat davon erzählt, wie toll er selber ist und was er alles kann. Der ist so von sich selbst überzeugt und eingenommen, da ist gar kein Platz für einen anderen Menschen gewesen. Und das kriegten die Frauen, die er mit zu sich nahm, aufs Übelste zu spüren.«

»Und wie?«, wollte Friedrichsberg wissen.

»Ganz einfach: Wenn er sie ins Bett gekriegt hat – und er kriegte sie immer ins Bett – und mit ihnen schlief, liebte er dabei immer nur sich selbst.«

Friedrichsberg zog einen Flunsch: »Jetzt sag nicht, dass sich eine der Frauen aus Enttäuschung und Wut im Affekt ein Küchenmesser oder einen Brieföffner geschnappt und den schmierigen Gigolo einfach abgestochen hat. Denn dann wären wir ja wieder bei einer Mordgeschichte.«

Straaten schüttelte den Kopf: »Nein, in einer Metzelei endet es nicht.«

»Und es taucht auch kein gehörnter Ehemann auf, der den Typen packt und aus dem Fenster haut?«

»Ich muss dich leider enttäuschen, auch das passiert nicht.«

Friedrichsberg lehnte sich beruhigt zurück: »Dann scheint das Ganze ja doch ein versöhnliches Ende zu nehmen. Und immerhin hat er reihenweise die Damenwelt beglückt. Oder besser: sich selbst. Aber wenn die Mädels gescheit genug waren, haben sie für sich das Beste draus mitgenommen.«

»So kann man es natürlich auch sehen«, nickte Straaten.

Friedrichsberg nahm einen letzten großen Schluck vom Bier, orderte noch eins und grummelte: »Nun, das ist bis hierhin eine ungewöhnliche und unkonventionelle Liebesgeschichte. Nimmt sie denn jetzt wenigstens ein gutes Ende? Ist er sich selbst treu geblieben?« Er grinste vom einen Ohr zum anderen.

Straaten wiegte den Kopf hin und her: »Wie man's nimmt ...«

»Was heißt denn, wie man's nimmt?«

»Er ist sich treuer geblieben, als gut für ihn war.«

»Aha.«

Straaten holte tief Luft: »Wie ich schon gesagt hab, der Typ ist Mitte dreißig. Und jetzt hat er sich wohl gesagt: Ich bin an einem Punkt in meinem Leben, wo ich so schön bin, wo mein Körper so perfekt ist, wo mein Äußeres mit dem Wunsch meiner Erscheinung so im Einklang ist, wo ich den absoluten Höhepunkt meiner Schönheit erreicht habe, vollendeter kann ich nicht werden. Und als er all das feststellt, sagt er sich, dass er diesen Punkt in seinem Leben nicht überschreiten will. Er möchte den Niedergang seines Körpers, den Fortgang, den Weggang seiner Schönheit, sein Alter nicht zulassen, nicht erleben. Aber er möchte ihn für die Nachwelt festhalten. Was macht er? Er lädt einen Freund zu sich nach Hause ein, oder vielmehr einen Bekannten. Dieser Bekannte ist seines Zeichens Kunstmaler. Hab den mal im Internet gesucht, ist kein Unbekannter in der Szene, hat schon die ein oder andere Ausstellung gemacht, den ein oder anderen Preis für sein Werk bekommen. Nun denn, dieser Maler packt also seine Staffelei beim Schönling zu Hause aus und seine Stifte und Pinsel und Farben, die beiden trinken Rotwein, unser junger, wunderschöner Freund zieht sich aus, setzt sich nackt wie Gott ihn schuf vor einen großen Wandspiegel in seiner Wohnung, schaut sich an, genießt den Anblick, und lässt sich dabei von dem Kunstmaler auf Leinwand bannen, beide trinken, unser Adonis leert alleine eine komplette Flasche Rotwein und nimmt schlussendlich zu dem Fusel einen todbringenden Medikamentencocktail ein. Die ganze Malerei hat sich selbstverständlich über Stunden hingezogen. Der Junge stirbt also, während er von dem Maler porträtiert wird. Mein Nachbar meinte, dass der Maler das auch gewusst hätte. Er sei sich also im Klaren darüber gewesen, dass er einem Menschen beim Sterben zusehen und ihn dabei malen würde. Und der Schönling hat sich für seinen Selbstmord einen Zeugen eingeladen, der ihn beim Sterben malt und bei seinem Hinübergang ins Jenseits anwesend ist. Alles in allem eine gruselige Angelegenheit.«

Straaten hatte seine Geschichte beendet, seufzte und schaute in die Runde.

Friedrichsberg fuhr sich mit der Linken über seinen Schnurrbart: »Hm … Den Punkt in seinem Leben, wo er sich selbst am schönsten fand, ließ er verewigen und setzte an diesem Punkt gleichsam ein Ende.«

»Genauso ist es gewesen.«

»Amüsante Geschichte«, musste Friedrichsberg zugeben. »Aber gibt's dabei denn noch eine Pointe?«

»Ja, eine kleine.«

»Und die wäre?«

»Nun, eine der Geliebten ist verhaftet worden, nachdem die Leiche des Schönlings gefunden worden ist. Die Geliebte ist Apothekerin, verheiratet, hatte mit dem Beau eine Affäre und der wiederum hatte auch die Medikamente von ihr, das beweisen jedenfalls die Quittungen.«

»Und?« Friedrichsberg grinste erneut bis über beide Ohren.

»Die Apothekerin sitzt in Untersuchungshaft.«

Friedrichsberg lachte laut auf.

»Was ich mich natürlich frage, nachdem ich das alles erzählt bekommen habe: Sollen wir der Polizei nicht unsere Geschichte erzählen? Also dass der Typ höchstwahrscheinlich Selbstmord begangen hat und die Apothekerin da gar nichts für kann?«

Friedrichsberg stutzte: »Wieso denn das? Lassen wir diese Apothekerin mal schön schmoren. Soll sie mal in der Zelle zu sich finden und überlegen, was sie da ihrem betrogenen Ehemann angetan hat. Und wer weiß ... Vielleicht war sie es ja auch selber?! Ist als Betrügerin vom Liebhaber mit sich selbst betrogen worden. Er bittet sie, sagen wir mal, um ein Mittel gegen Kopfschmerzen oder was weiß ich. Sie aber gibt ihm eine Überdosis Schlaftabletten und Ende. Vielleicht stimmt ja deine Version der Geschichte nicht. Was sagt denn der Herr Malerkünstler zu der ganzen Angelegenheit? Hat man ihn schon befragt?«

»Leider nein. Der ist wie vom Erdboden verschluckt.«

Friedrichsberg lachte wieder auf: »Siehst du.«

»Aber das Bild steht ja auf der Staffelei beim Toten in der Wohnung ...«

»Ach, weißt du, Bilder sind geduldig. Und vielleicht ist Frau Apothekerin ja auch kreativ tätig ... Malt und vergiftet den Schönling. Oder er sich selber. Oder der Maler ihn. Oder was auch immer. Wer weiß es schon?«

Der Wirt brachte ein letztes Bier, Friedrichsberg nahm einen genüsslichen Schluck. Er seufzte auf: »Na ja. Zwar wieder Mord und Totschlag, aber letztlich doch eine nette Art der Liebesgeschichte.«

Die drei alten Herren saßen einen Moment schweigend beisammen und tranken ihre Gläser leer. Der Chorleiter lief durch die Kneipe und trommelte seine Sänger zusammen.

Friedrichsberg wandte sich an Willi Dahl: »So, und bevor es wieder losgeht, noch einmal zu dir. Du sitzt ja hier wie ein Schluck Wasser in der Kurve. Also, was war jetzt mit Horst-Günther und seiner Frau?«

Dahl schaute auf und schüttelte den Kopf: »Tragische Geschichte. Mit Horst-Günther ging's doch die letzten Jahre rapide bergab. Letztens war er beim Arzt. Er hätte höchstens noch ein Vierteljahr gehabt. Und das hat seine Frau nicht ertragen und hat ihn vergiftet.«

»Und?«, wollte Friedrichsberg wissen. »Ist sie wenigstens verhaftet worden?«

Dahl schluckte. »Wär sie wohl. Wenn die Polizei nicht zu spät gekommen wäre.«

»Sie hat auch Gift genommen?«

»So ist es.«

Friedrichsberg seufzte auf: »Auch eine Art Liebesgeschichte.«

TOD UNTER GURKEN

Der dicke Alfons Friedrichsberg hatte vor einigen Wochen zum Geburtstag ein Wochenende in einem Wellnesshotel mit begleitender Entspannungsmassage und Candle-Light-Dinner geschenkt bekommen.

Wenn den Leuten gar nichts mehr einfiel, schenkten sie so etwas. Und sagten noch dazu, sie wollten einem damit etwas Gutes tun.

Wer ihm diesen Mist geschenkt hatte, wusste Friedrichsberg nicht mehr zu sagen. Er hatte ihn sofort von seiner Freundeskreisliste und aus seinem Gedächtnis gestrichen.

Er hatte noch kurz überlegt, ob er das Geschenk nicht einfach verfallen lassen sollte, es dann jedoch schlussendlich angetreten (es lagen einige graue Winterwochen hinter ihm und es keimte kurz die Hoffnung in ihm auf, sich ein paar Tage den Arsch nachtragen und die Seele baumeln zu lassen) und so schlurfte er nun in Stoffbadelatschen über die Hotelflure, den ausladenden Leib in einen Saunabademantel gehüllt.

Wenn er von der Rezeption aus auf sein Zimmer wollte, musste er mit dem Fahrstuhl in die zweite Etage, raus, dann rechts, Gang entlang, zweite links, wieder rechts, bis zum Ende des Flurs, dann wieder eine Links-Rechts-Kombination: Da lag sein Zimmer. Wollte er in den Wellnessbereich, musste er aus dem Zimmer links, links, rechts, links, rechts, Gang entlang, links, mit dem Fahrstuhl in den Bereich U2, raus, links, direkt wieder rechts, eine halbe Treppe nach oben, Rechts-Links-Kombination, dann zweite Türe links.

Gut, dass er ein ganzes Wochenende geschenkt bekommen hatte; an einem einzigen Tag wären diese Entfernungen nicht zu bewältigen gewesen.

Wo er das Abendessen mit Kerzenschein zu sich nehmen sollte, hatte er noch nicht ausgemacht. Vielleicht sollte er es sich aufs Zimmer kommen lassen. Würde jedenfalls die Gefahr minimieren, auf dem Weg zum Restaurant vor Erschöpfung zusammenzubrechen und auf einem der Gänge zu verhungern.

Diese ganzen Hotelflure mit Hinweisschildern und Richtungspfeilen waren einzig und allein dazu gemacht, den normalen Menschenverstand mit seinem Orientierungssinn ad absurdum zu führen.

Zunächst aber ging es erst mal um das Wohlfühlprogramm und nach einer längeren Odyssee hatte Alfons Friedrichsberg auch irgendwann sein Ziel erreicht, den Massage- und Entspannungsbereich: abgerundete Ecken in Ocker, Duftschälchen mit orientalischen Blüten und Weltmusik auf Klangschalenbasis. Solche Konstellationen ließen Friedrichsbergs Blutdruck sofort in die Höhe schnellen; da hatte die Tante von der Entspannung ganze Arbeit zu leisten.

Er war auch nicht alleine: zwei Bademäntel mit menschlichem Inhalt lagen nebeneinander, der eine Bademantel in hellem Blau und die Bademäntelin in zartem Rosa; es musste sich also um Mann und Frau handeln. Erkennen konnte er sie nicht, da ihre Gesichter mit einer Hauterfrischungspackung eingeschmiert waren.

»Quark und Gurkenscheiben ... Was beim Frühstücksbüfett halt so übrig bleibt ... Ich grüße meine Leidensgenossen und -genossinnen von der Gemüsefraktion«, grunzte Friedrichsberg mit Blick auf die beiden menschgefüllten Bademäntel und ließ sich in den Ruhesessel direkt neben den beiden plumpsen.

Eine Antwort erhielt er allerdings nicht; keine Regung unter Quark und Gurken.

»Oh. War Ihnen das etwa zu plump?«

Keine Antwort.

»Dann mach ich's etwas sanfter: Guten Tag, die Herrschaften.«

Nichts.

»Na, wenn Sie schon so entspannt sind, dass Sie gar nicht mehr reagieren können, dann will ich mal nicht stören.«

Friedrichsberg lehnte sich zurück, schloss die Augen, atmete lange aus und tief wieder ein und versuchte, sich zu entspannen, was ihm jedoch nicht leichtfiel, da ihm die Entspannungsweltmusik mit ihrem Klangschalengedudel den hinterletzten Nerv raubte.

Kurz bevor er wegduseln konnte, wurde eine Türe geöffnet und eine attraktive Blonde Mitte vierzig in weißem Polohemd und ebensolcher Jeans trat ein.

»Guten Tag, ich bin die Silke, und Sie haben jetzt einen Termin bei mir. Ich freue mich.«

Friedrichsberg streckte ihr seine Hand entgegen: »Und ich bin der Herr Friedrichsberg und gespannt. Können wir vielleicht die nervige Musik abstellen?«

»Leider nein. Die soll Sie ja entspannen.«

»Ach was.«

Dennoch ein adrettes Wesen, dachte er sich.

Die beiden Bademäntel neben ihm reagierten immer noch nicht.

»Was kann ich für Sie tun?«

»Ich hab Rücken, seit vier Tagen Nacken und irgendwie schmerzt mir die Schulter.«

Silke lächelte: »Na, wenn's mehr nicht ist … Dann wollen wir mal …«

Friedrichsberg nickte rüber zu den beiden Bademänteln: »Sie scheinen ganze Arbeit zu leisten. Die beiden sind so entspannt, da tut sich gar nichts mehr.«

Silke nickte: »Ja, lassen Sie sich einfach nicht von den beiden stören.«

Friedrichsberg wechselte auf eine Massageliege und wurde in den folgenden fünfundvierzig Minuten von Masseurin Silke durchgeknetet. Dann ging es zurück in den Ruhesessel und dort saß er dann und erholte sich.

»Ich lasse Sie jetzt mal alleine. Entspannen Sie sich«, sagte Silke und verschwand durch die Eingangstüre.

Friedrichsberg fühlte sich um mindestens zwei Kilo leichter und hatte dabei das Gefühl, drei Meter über dem Boden zu schweben; es war einfach himmlisch.

Nachdem er seinen kleinen Wohlfühlflug beendet hatte, stöhnte er laut auf, öffnete wieder die Augen und schaute zu seinen Mitliegenden rüber.

»Herrschaftszeiten, war das schön. So, und jetzt zu Ihnen, wie war denn Ihre Behandlung?«

Die beiden Gurkenmasken in Bademänteln lagen weiterhin unbeweglich da und gaben keine Antwort.

»Was könnte man das alles hier genießen, wenn sich die orientalischen Düfte nicht so penetrant auf die Atemwege legen würden und einem diese blöde Musik nicht die Ohren verstopfen würde, oder?«

Friedrichsberg schaute sich die beiden längere Zeit an, ließ sich dann wieder in den Sessel sinken und spitzte die Lippen: »Ja, sagen Sie mal ... Ich monologisiere hier vor mich hin ... Sagen Sie doch auch mal was. Na? Oder sind Sie etwa eingeschnappt? Hab ich zu viel geredet? Hab ich Sie etwa totgelabert, hahaha?« Es kam immer noch keine Reaktion. »Kommen Sie, sagen Sie irgendwas. Nicken Sie wenigstens, damit ich weiß, dass Sie noch leben.« Nichts. »Auch nicht. Vielleicht mal eben mit dem Zeh wackeln?« Keine Reaktion. Der Dicke verzog das Gesicht und schaute mit müdem Blick an die himmelblaue Decke; dann tat er einen Seufzer. »Wissen Sie, was ich glaube, was Sie sind? Mausetot, das ist, was sie sind.«

Nichts.

Plötzlich öffnete sich wieder die Eingangstüre, und Silke trat strahlend neben Friedrichsberg.

»Und, wie geht es Ihnen?«

Friedrichsberg strahlte sie an: »Also mir geht's blendend. Aber, wenn ich ehrlich sein darf, irgendwas scheint mit meinen Nachbarn hier nicht zu stimmen.«

»Wieso?« Silke schaute verwirrt.

Friedrichsberg holte tief Luft: »Also es gibt mehrere Möglichkeiten: Entweder sind die beiden taub, oder sie haben mich gehört, sind aber stumm, oder sie sind taub und stumm und sehen können sie mich auch nicht, weil sie Gurken auf den Augen liegen haben, oder die beiden sind so tiefenentspannt, dass sie eingeschlafen sind und über einen so gesunden Schlaf verfügen, dass selbst ich sie nicht zu wecken vermag, oder sie sind weder taub noch stumm noch weggenickt, sondern einfach nur unhöflich oder sie wurden professionell hypnotisiert und warten nur darauf, dass einer erlösend mit dem Finger schnippt, oder sie sind – und das hoffe ich, obschon ich sie gar nicht kenne, nicht für sie – schlicht und ergreifend tot.«

Friedrichsberg faltete seine Hände über dem Bauch zusammen und lachte auf.

Die Masseurin nicht.

Die beiden Bademäntel auch nicht.

Friedrichsberg schaute zwischen seiner Masseurin und den beiden Gurkenbademänteln hin und her: »Nun, ich tippe mal auf Mord. Denn dass die beiden hier zufälligerweise einem paarsynchronen Herzstillstand erlegen sind, das glaube ich nicht.«

Für einen Moment herrschte absolute Stille, einzig durch Klangschalenakzente unterbrochen.

»Wann könnte denn der Mörder oder die Mörderin zugeschlagen haben? Tot waren sie schon, als ich reingekommen bin. Haben Sie diesen Raum mal verlassen?«

Silke schluckte: »Einmal kurz, bevor Sie kamen, da habe ich mir einen Gemüseshake geholt.«

»Wie lange waren Sie weg?«

»Keine fünf Minuten.«

»Wir sehen keine Blutflecken am und keine Einschusslöcher im Bademantel, keine eingeschlagenen Schädel, nirgendwo ragt ein Messer heraus … Und da auch die Gurkenmaske sehr akkurat auf den Gesichtern liegt, gehe ich stark davon aus, dass der Mörder zwar behutsam

aber doch sehr zielorientiert nach der Behandlung zugeschlagen und sich den Hals vorgenommen hat.«

»In den fünf Minuten, in denen ich weg war? Fünf Minuten für zwei Menschenleben?«

»Das kann noch schneller gehen.«

»Und er hat sie …«

»Erwürgt, nehme ich an. Oder was denken Sie?«

»Ja, ja … Also ich … Ich denke eigentlich gar nichts.«

»Hm … Dachte ich mir. Er könnte ihnen natürlich auch
das Genick gebrochen haben.«

»Das Genick …«

»Da muss sich aber jemand mit den Griffen auskenn-
nen, die dazu führen, jemandem das Genick zu brechen.
Ein Mann mit Kampfkunsterfahrung zum Beispiel.«
Friedrichsberg zog die Nase hoch. »Oder eine Masseurin …«

Silke brauchte einen Moment, dann schreckte sie auf:
»Sie verdächtigen mich?!«

»Unsinn«, besänftigte der Dicke, »gar nichts tue ich.
Außer mutmaßen und kombinieren. Und vom Abwe-
gigsten aufs Naheliegendste schließen. Ich halte es für
sehr unwahrscheinlich, dass sich ein Mörder die Mühe macht, durch und über all die Gänge und Flure und
Fluchten zu irren und sich dann mit einer vorher entwen-
deten Hotelschlüsselkarte Zugang zu diesem Bereich
hier verschafft, vorbei an etlichem Personal, an zahllosen Gästen, also alles potentielle Zeugen, die ihn als Un-
bekannten identifizieren können. Da ist es doch naheliegender, dass der Täter jemand ist, der sich hier auskennt,
Zutritt zu allem hat und nicht auffällt. Also jemand vom
Personal. Stellen wir uns doch einfach mal vor, Sie hätten

die beiden hier umgebracht. Also vielmehr: Sie wollten es tun, wie hätten Sie das denn angestellt?«

»Wie ich die beiden hier … Also ich weiß nicht …«

»Rein hypothetisch, lassen Sie einfach Ihre Phantasie schweifen …«

»Ich hätte sie … Also … Wenn ich die beiden …«

»Na?«

»Ich kann mir so was nicht vorstellen.«

»Sie können sich nicht vorstellen, jemanden umzubringen? Sie haben in Ihrer Phantasie noch nie einem den Hals umgedreht oder ihn erschossen, erschlagen, erstochen oder vor den Bus geschubst?«

»Äh … Nein.«

»Also dann stimmt was nicht mit Ihnen. Sie sollten sich mal untersuchen lassen. Ich hab ständig solche Phantasien.«

»Und?«

»Ich bin mopsfidel.«

»Aber warum sollte ich diese Menschen umbringen? Was habe ich für ein Motiv?«

Friedrichsberg schaute sie freundlich an: »Also da gibt es doch unzählige Möglichkeiten und Motive. Schauen wir uns die beiden doch einmal an. Eigentlich kann man überhaupt nichts erkennen. Das sind zwei Menschen in Bademänteln. Der eine ist blau, der andere leicht rosa. Das lässt darauf schließen, dass es sich um ein Männchen und ein Weibchen handelt. Die Gesichter können wir aufgrund der Gurkenmasken nicht erkennen, leider, aber anhand der Hände und Füße sehen wir sehr deutlich, dass es zwei ältere Menschen sind. Also eher in meinem Alter als in Ihrem. Ein Fußpaar hat auch noch lackierte Zehennägel, was wiederum auf ein weibliches Paar Füße schließen lässt. Außer wir haben es hier mit einem Mann mit etwas obskuren Hobbys und Gewohnheiten zu tun. So. Jedenfalls handelt es sich bei den beiden, so ist meine Meinung, um ein Paar. Es könnten zwei Gäste gewesen sein, die Ihnen unsittlich nähergekommen sind und Sie mussten sich wehren. Es könnten aber auch zwei Stammgäste sein, die Ihnen schon seit geraumer Zeit den letzten Nerv rauben. Es gibt aber auch eine andere Möglichkeit, Fräulein Silke: Bei den beiden Toten im Bademantel könnte es sich um Ihre Eltern handeln.«

»Wie kommen Sie denn darauf?«

Friedrichsberg atmete laut aus. »Ganz simpel: Ich schaue mir die ganze Situation einfach etwas genauer an. Wir haben da den weiblichen Bademantel mit auffallend schönen Locken. Eine ähnliche Lockenpracht finde ich an Ihnen. Der außergewöhnlich stark ausgeprägte Daumen der linken Hand findet sich sowohl bei dem Mann im Bademantel als auch bei Ihnen. Und die – mit Verlaub – leicht knubbelige Nase des Bademantels springt einem auch trotz Gurkenmaske ins Auge. Dass man die bei Ihnen sofort sieht, nun, das muss ich Ihnen nicht erst sagen. Und diese Distanz, körperlich wie geistig, die Sie zu den beiden haben, die hat nur ein Kind zu seinen ungeliebten Eltern. Reicht Ihnen das als Erklärung oder darf's ein bisschen mehr sein?«

»Und weshalb soll ich meine Eltern getötet haben?«

Silke bekam einen hochroten Kopf.

»Was jetzt folgt, das sind alles wilde Spekulationen. Aber spinnen wir doch einfach etwas herum. Ihre Eltern könnten Sie malträtiert haben, als Sie Kind waren, indem sie eine Art Wunderkind aus Ihnen machen wollten. Sie wollten, dass aus Ihnen eine große Pianistin wird. Schließlich waren Sie begabt an den Tasten …«

»Ich? Begabt?« Silke schaute verwirrt.

»Dann ist es das also nicht«, grunzte Friedrichsberg auf. »Dann das andere Extrem: Sie haben Sie nicht geliebt, wussten nichts mit Ihnen anzufangen, haben Sie links liegen lassen, haben Sie mit achtzehn Jahren rausgeschmissen, Sie waren auf sich allein gestellt, mussten sich durchkämpfen, die Eltern haben den Kontakt zu Ihnen abgebrochen und wollten nichts mehr mit Ihnen zu tun haben.«

Silke musste schlucken. »Dann hätte ich meine Ausbildung zur Physiotherapeutin ganz alleine machen müssen.«

»Selbstverständlich. Alles Sie alleine. Aber das kannten Sie ja nicht anders, Sie sind ja schon zur Schulzeit ganz auf sich allein gestellt gewesen.«

»Das kann einen verzweifeln lassen.«

»Da gehe ich von aus.«

»Man zweifelt ja nicht nur an seinen Eltern, sondern vor allen Dingen an sich selbst. Das kann einen umbringen.«

»Wenn man keinen hat, mit dem man darüber sprechen kann …«

»Man flieht davor. Ich mache jetzt Kurse, täglich, arbeite ganze Wochenenden durch und dazu die Massagen, alles als Therapie für den Körper, was sich natürlich auch auf die Seele auswirkt. Wie heißt es? Nur in einem gesunden Körper haust ein gesunder Geist.«

Friedrichsberg nickte: »Aber nur wenn der Körper gesund ist, bedeutet das nicht, dass auch mit der Seele alles in Ordnung ist.«

Silke schwieg.

»Sie arbeiten jetzt in einem 5-Sterne-Superior-Hotel. Und Sie sind zufrieden und erfolgreich. Sie sind endlich glücklich und scheinen in Ihrem Leben angekommen zu sein. Und was passiert auf einmal? Nach dreißig Jahren haben Ihre Eltern ausgerechnet in dem Hotel ein Wellnesswochenende gebucht, in dem ihre Tochter arbeitet. Und man trifft hier zum ersten Mal nach all den Jahren überraschenderweise aufeinander. Mit all dem Hass, der Wut, der Unzufriedenheit. Oder Ihre Eltern haben bewusst dieses Hotel gebucht, um sich endlich mit der Tochter zu versöhnen. Aber so einfach geht das nicht. Man kann kein verlängertes Wochenende zum Schnupperpreis mit Überraschungsmassage buchen und glauben, danach sei alles in bester Ordnung. Sie haben sich mit Ihren Eltern unterhalten, grundentspannt mit Klangschalenbegleitung, Sie reiben sie mit Ölen ein, massieren sie, Ihre Eltern sind entspannt, gelockert, relaxt, mit Maske versehen, Gurken drauf, doch dann ein falsches Wort, eine abfällige Bemerkung: Kurzschluss: Ihre Hand greift an Mutters Hals, ein kleiner Griff, ein kurzer Ruck, ein Knacks und das war's. Vater fragt, blind unter Gurken, was Sie getan haben, da haben Sie auch ihm schon das Genick gebrochen. Leichtes Spiel. Grad für eine Masseurin.«

Für einen Moment war es vollkommen still.

Dann sagte Silke kraftlos: »Sie können nichts beweisen.«

»Anders: Ich will gar nichts beweisen. Das tut die Polizei. Ich grübel, wie bereits gesagt, nur ein bisschen rum. So was macht mir Spaß.« Friedrichsberg kicherte. »Und? Wie sieht's aus? Habe ich mit meinen Vermutungen zumindest teilweise ins Schwarze getroffen?«

Aber er bekam keine Antwort mehr. Er hörte nur noch, wie die Eingangstüre zuschlug. Nur, um kurz drauf wieder geöffnet zu werden: Der Hoteldirektor trat ein. Ein hoch gewachsener Mann in dunklem Anzug mit weißem Hemd und perfekt gebundener Krawatte, der sich zunächst in Richtung Eingangstüre zurückdrehte und murmelte »Na, die hatte es aber eilig«, dann aber wieder nach vorne schaute, dabei freudestrahlend in die Hände klatschte und ausrief: »Einen schönen guten Tag wünsche ich. Und, ist alles zu Ihrer Zufriedenheit bestellt?«

Friedrichsberg musste schmunzeln: »Also unter uns, aber das sind wir trotz der beiden Leichen hier ja sowieso, ich für meinen Teil kann mich nicht beschweren, mir geht's gut. Entspannter als ich kann man eigentlich gar nicht sein. Das heißt, doch: die beiden hier neben mir. Die sind nämlich hinüber. Hübscher Tod unter Gurken. An Ihrer Stelle würde ich jetzt die Polizei rufen. Und dann schnappen Sie sich bitte recht fix Ihre Masseurin. Die hat die beiden hier nämlich auf dem Gewissen. Und jetzt ziehen Sie sich bitte zurück und somit von dannen und lassen mich hier ruhen. Das soll ich nämlich fünfundvierzig Minuten lang. Und davon sind bereits zehn unruhige Minuten um. Die nächsten fünfunddreißig bis zum Eintreffen der Polizei möchte ich also für mich nutzen. Und zwar alleine und in Ruhe. Und wegrennen tun Ihnen weder die beiden hier noch ich.« Friedrichsberg strahlte den überrumpelten Hoteldirektor an. »Vielen Dank.«

In die Weltmusik auf Klangschalenbasis hinein nahm man kurz drauf nur noch zwei Dinge wahr: den Geruch der Duftschälchen mit orientalischen Blüten und das laute Schnarchen der Klangschalen von Alfons Friedrichsberg.

EIFEL-MORD

Gerade hinter der Gemütlichkeit hockt das Böse und Makabre.

Zwischen Hirschgeweih, Landschaft in Öl und speckigem Mobiliar saßen die drei bei Kaffee und Kuchen und hingen ihren spärlichen Gedanken nach.

Alfons Friedrichsberg, Jupp Straaten und Willi Dahl waren in die Eifel nach Hillesheim gefahren und hatten dort einen Landgasthof aufgesucht.

Nach diversen und viele Jahrzehnte zurückliegenden, dafür umso gruseliger in Erinnerung gebliebenen Schulausflügen in die Eifel, wollten die drei dieser Landschaft noch einmal einen Besuch abstatten. Grad und besonders hier, wo die Mord- und Krimilandkarte am dichtesten besiedelt zu sein schien und wo hinter jeder noch so idyllischen Ecke ein Meuchelmörder lauern könnte.

»Bei der Flut dieser ganzen Eifelkrimis kommt es mir so vor, als müsste die komplette Eifel mittlerweile leergemetzelt sein«, brummte Friedrichsberg und schlürfte an seinem Milchkaffee. Er stellte das Porzellan wieder ab, deutete mit dem Daumen seiner linken Hand auf die Tasse vor ihm und sagte: »Ohne Cognac schmeckt mir das heute nicht.«

»Aber du hast doch schon Milch drin und nahezu alle Zuckervorräte des Hauses reingeschüttet«, gab Straaten zu bedenken.

»Na und?« Friedrichsberg drehte sich Richtung Bedienung: »Junges Fräulein, hätten Sie vielleicht noch einen netten kleinen Cognac für mich? Kann auch groß sein! Die Plörre hier schreit nach Aufhübschung. Danke.«

Die opulente Bedienung nickte und suchte nach einer Flasche. Eine seltsame Erscheinung. Niemand wusste, woher sie kam, also wer da Mutter und wer da Vater war. Man munkelte, sie sei das Ergebnis eines Beischläfchens zwischen promiskuitivem Dorfgeistlichem und eutersatter Milchkuh.

Die Bedienung war mit einem Male im Dorf aufgetaucht. Und weil sie sich sofort einbrachte, Bier zapfte und der drüsensatte Vorbau das wettmachte, was im Oberstübchen fehlte, fragte auch keiner weiter nach. Manch einer von der freiwilligen Feuerwehr oder aus dem Schützenverein fand an so was Gefallen und stand einem Gelegenheitsbeischlaf im Heuschober nicht im Wege.

»Also früher«, sagte Dahl an einem Stück Butterkuchen in seinem Mund vorbei, »früher sahen die Krimis noch ganz einfach aus. Da gab's die größtenteils nur im Fernsehen, wir saßen mit der ganzen Familie davor, und meine Oma sagte immer nach nur fünfzehn Minuten: ›Der Mörder is der dicke Finanzbeamte mitte Hornbrille.‹ So. Dann ist sie eingeschlafen, wurde fünf Minuten vor Schluss wach, genau zu dem Zeitpunkt, als der dicke Finanzbeamte mit der Hornbrille vom Kommissar festgenommen wurde, und sagte immer nur: ›Sisse, wat sarrich?!‹«

Straaten nickte versonnen: »Ja, so ähnlich war das früher.«

Dahl lachte auf: »Ich erinnere mich, einmal hat sie's nicht erraten. Da haben wir sie auf'm Klo eingesperrt.«

»Sehr witzig«, Friedrichsberg schüttelte den Kopf, seine Miene hellte sich aber augenblicklich auf, als der Cognac an ihn herangetragen wurde. Mit einem Schwung kippte er ihn in seinen Milchkaffee.

»Da gab's keine Forensiker«, stöhnte Straaten, »keine Profiler, keine DNA-Vergleiche, keine Hetzjagden ...«

»Da standen alle zusammen im Kaminzimmer, der Kommissar in der Mitte, der lief im Kreis an den Verdächtigen vorbei, erzählte die ganze Geschichte und dann hat sich der Mörder einfach verplappert. Danach sagte er noch »Huch!« oder so was, alle um ihn rum haben ihn länger angeguckt und alle wussten: Ach, das ist der Mörder.« Friedrichsberg nahm einen üppigen Schluck von der Brühe, stellte ab: »Ja, das schmeckt mir. Wir kommen der Sache schon erheblich näher.« Er grinste: »Und wenn Klaus Kinski um die Ecke kam, wusste man: Oh, jetzt wird's brenzlig für Grit Böttcher. Und dann wurde so viel Trockeneis um das Pappmaché-Schloss gepfeffert, dass man den Mönch mit der Peitsche, den Frosch mit der Maske, die Frau ohne Unterleib oder den Bullen von Tölz gar nicht mehr gesehen hat. Ja, da waren die Mörder noch ganz einfache Mörder. Das gab's früher. Nicht so Serienkiller, die als 56-jährige Müttersöhnchen immer noch zu Hause wohnen und die jeden Mittwochabend um 19:23 Uhr in einem Prinzessinnenkostüm blonden, Mitte 20-jährigen, weiblichen Dorfschönheiten auflauern und diese hinterrücks erdrosseln, auf einen selbst gebauten Thron setzen, den vor eine Kirche stellen und mit Kerzenlicht erstrahlen lassen.« Friedrichsberg schob sich ein ordentliches Stück Schokotorte in den Mund und sagte im Kauen: »Die gibt's ja mittlerweile öfter als den ganz hundsgemeinen Nachbarn. Gut, was von beiden Möglichkeiten da die bessere ist ... Ich weiß es nicht.«

»In diesen Krimis wurde früher sehr oft mit Gift gearbeitet.« Dahl schaute die beiden an. »Ein tiefer Schluck aus dem Whisky-Glas und schon konnten die Opfer tot aber gemütlich in der Deko rumliegen. Oder es gab Kumpels, die in einer unaufgeräumten, chaotischen Männer-WG lebten und einen leuchtenden mörderischen Hund übers schaurige Moor jagten.«

Straaten nickte: »Das waren noch Helden!«

»Und heute«, stellte Friedrichsberg fest, »heute gibt's auf allen Privatsendern Navi CIS, CSI LA, CSI New York, CSI Miami, CSI Wanne-Eickel, vorher aber die Nachrichten von VOX und RTL 2: Grubenunglück in Taiwan, Explosion in Aachen, Wahldebakel in Köln, zunächst aber unser Top-Thema: Stolperfalle Flip Flops. Es ist zum Kotzen.«

»Nein, nein«, schüttelte Dahl den Kopf, »früher hätt's das alles nicht gegeben. Da gab's den altmodischen Kommissar, der so viel weggequarzt hat, dass du im Studio keinen mehr erkennen konntest.«

Straaten nickte: »Richtig, der hatte immer einen Magenbitter im Anschlag und war mittags schon lattenstramm, und er hat Frauen nicht für voll genommen.«

»Das waren doch herrliche Zeiten!«, freute sich Friedrichsberg und orderte noch einen Cognac. »Heute haben wir den nordschwedischen oder südnorwegischen Ermittler, der sich in Zucker, Schwermut und Alkohol auflöst. Oder den Jaguar fahrenden, englischen Dandy, der im Tweedjackett mit einem Drink in der Hand über Leichen stolpert. Oder den bis zum Bauchnabel nackten

Commissario, der zwischen Risotto und Espresso auf der Jagd nach Leichen und Mördern der Amore nachgeht und dabei von Gondel zu Gondel hüpft.«

»Aber doch nicht in der Eifel«, sagte Straaten streng.

»Nee, das alles gibt's hier nicht.« Friedrichsberg schüttelte heftig den Kopf. »Und warum sind wir dann überhaupt hier?!«

»Erholung, Ausspannen, Landschaft genießen ...?«, versuchte es Straaten.

»Ach, wisst ihr, ich hab in meinem Leben schon so viel Landschaft gesehen ... Mir ist das zu öde.« Friedrichsberg winkte ab.

»Ich hab jetzt schon so viele Krimis aus der Eifel gelesen, und du ja auch, Jupp, dass wir dachten, es wär doch bestimmt ganz spannend, sich hier mal umzusehen und dieser Mordsgegend einen Besuch abzustatten«, sagte Dahl.

Friedrichsberg schüttelte den Kopf: »Nee, nee ... So viele Leichen, wie hier literarisch rumliegen, so viel Leben gibt's hier ja gar nicht. Und wenn man sich mal umschaut: Kein Baumeister, kein Matzbach, kein Feldmann, kein Mörder nix und niemand, auch Eichendorf hat die Küche heute geschlossen. Das ist Einöde hier, weil diverse Autoren schon alles weggemordet haben. Die Leute ziehen hier nicht weg, die werden um die Ecke gebracht.«

Die drei schwiegen eine Weile und widmeten sich ihren Kuchen und Torten.

Dann fing Dahl wieder an: »Hat sich nicht letztens hier ein Typ seine abgesägte Schrotflinte geschnappt und ist zu seinen Expartnerinnen und hat die alle niedergemäht?«

Friedrichsberg schaute ihn streng über den Rand seiner Brille hinweg an: »Das scheint mir aber eher ein städtisches Problem zu sein.«

»Wieso?«

»Ja, nun, hier auf dem Land, da triffst du doch mit zwölf den Partner deines Lebens, den heiratest du mit 18 und bei dem bleibst du, bis du volltrunken in den Gülletrog fällst und ersäufst.«

»… und deinen Mann ereilt dasselbe Schicksal. Nur etwas früher«, lachte Straaten.

»Nette Aussichten.« Friedrichsberg nickte und strich sich über seinen Schnurrbart.

»Guck dich doch mal um. Was soll denn hier Schlimmes passieren?«

»Massenmorde, Serientäter, unheimliche Meuchelmörder …«

»Hier? Wo sich Fuchs und Hase aus dem Weg gehen?« Straaten zog die Augenbrauen hoch. »Was soll es denn hier für Morde geben?«

»Besoffen vom Traktor fallen nebst Genickbruch oder in der Jauchegrube ersaufen, das ist hier doch keine ungewöhnliche Todesart, das fällt hier doch unter den Begriff Volkskrankheit als olympische Disziplin.«

Straaten und Dahl schauten Friedrichsberg an und schüttelten den Kopf.

»Außerdem«, machte der weiter, »außerdem sind die hier gerissener und abgebrühter als man glauben möchte.«

»Wieso?«, wollte Dahl wissen.

»Nun …«, Friedrichsberg lehnte sich genüsslich zurück und verschränkte die Arme vor der Brust. »Gab es hier nicht mal vor nicht allzu langer Zeit einen Mord in einer

Autowerkstatt? Da hat einer jemanden mit zwei Schüssen erledigt, und dann hat das ganze Dorf zugesehen, dass niemand etwas davon mitkriegt. Also die haben zusammen die Leiche verschwinden lassen, den Tatort gereinigt und unsere Freunde und Helfer von den Bullen schön außen vor gelassen.«

»Aha. Und wie ist das Ganze aufgeflogen?«, fragte Dahl.

Friedrichsberg grinste übers ganze Gesicht: »Die haben den Toten auf einer Mülldeponie entsorgt. Und erst als aus Versehen ein Leichenbeinchen aus dem Müllberg ragt, ist alles aufgeflogen. Die haben sie erst mal alle festgenommen.« Er nahm einen Schluck cognacangereicherten Milchkaffee. »So kann man eine Dorfgemeinschaft auch dezimieren.« Er lachte schallend auf.

Für eine Weile herrschte Stille.

Der Erste, der wieder Worte fand, war Straaten. »Ja, aber wie machst du's denn dann?«

»Wie: Was mach ich wann dann?«, fragte Friedrichsberg.

»Ja, also …«, machte Straaten weiter, »nehmen wir mal an, also gesetzt den Fall … Also, es könnte ja … Ich meine, nicht, dass ich vorhätte … Mensch, du weißt doch, was ich meine.«

Friedrichsberg beugte sich nach vorne, legte die Arme auf die Tischplatte und wurde etwas leiser: »Ach so. Du meinst: Wie lässt man Tote verschwinden?! Also wenn bei einem zu Hause mal eine Leiche anfällt: wohin damit?« Friedrichsberg kratzte sich am Kopf, oberhalb des Haarkranzes. »Eine Möglichkeit von vielen: Im Keller klein hacken und dann verfüttern.«

Straaten fuhr hoch: »Verfüttern? Ich bitte dich! An was willst du das verfüttern? Nehmen wir mal an, du hast zu

Hause im Wohnzimmer im Vogelbauer einen Wellensittich hocken. Wie lange willst du dem Piepmatz die Leichenteile in den Bauer drücken, bis das arme Tier das alles weggepickt hat?!«

»Oder würdest du eher«, Dahl schaute Friedrichsberg streng an, »ins Streichelgehege vom Tierpark und den Toten in appetitlichen Happen den Ziegen oder sonst einem Getier unterjubeln?«

Friedrichsberg schüttelte den Kopf: »Nichts da, Tierpark, von wegen Sittich. Schweine! Die fressen schließlich alles. Portionierst du schön die Leiche, ab in den Müllsack mit den Stückchen, ins Auto und ab aufs Land gefahren, an den Niederrhein oder hier in die Eifel, wahllos auf irgendeinen Bauernhof und den Schweinen die Toten im Trog unterjubeln. Die fressen alles. Und das mit großer Begeisterung.«

»Und die Knochen?«, wandte Straaten ein.

»Sammelst du später wieder ein und drückst sie durch die Knochenmühle.«

»Und das Knochenmehl? Wohin damit?«

»Meine Zeiten, Straaten, sei mal ein wenig kreativ. In die Sanduhr damit. Kannst du dann im Advent irgendwem aus der Familie schenken.«

»Aber mal was ganz anderes«, nickte Straaten. »Vielleicht hat der Mörder ja auch ein Bötchen.«

»Na und? Was dann?«, blaffte Friedrichsberg.

Straaten räusperte sich: »Du hast die Leiche vor dir liegen, wickelst sie in eine Plane, rollst sie schön darin ein und lässt ein bisschen Platz, damit du da noch richtig dicke Wackersteine reintun kannst.«

»Fein. Und nun?«

»Ab aufs Boot, raus auf irgendeinen See und die Leiche versenken.«

Friedrichsberg verzog skeptisch das Gesicht: »Da wird sie aber nicht für immer weg sein. Bis jetzt ist noch jede Leiche wieder hochgekommen.«

»Auch wenn sie tot ist?« Dahl machte große Augen. »Wie stellt die das denn an?«

»Stimmt«, pflichtete Straaten bei. »Das kommt alles wieder hoch. Außer, die Steine sind schwer genug. Und wenn sie wieder emporsteigt, musst du eben vorsorgen.«

»So. Und das mache ich wie?«

»Kopf ab, Hände weg. Damit man die Tote nicht mehr identifizieren kann.«

»Ach, das ist doch ekelerregend«, winkte Dahl ab. »Und was machen wir mit den Resten? Die kommen bei mir auf den Kaminsims, direkt neben den Sparstrumpf, oder was?«

»Nein, nein. Die nimmst du mit, wenn du in die nächste Sommerfrische aufbrichst. Und an irgendeinem Rastplatz in der Pampa fährst du ran, öffnest das Fenster und wirfst das Zeug raus. Natürlich nachdem du es vorher ordentlich bearbeitet hast.« Straaten schien die Vorstellung zu gefallen.

»Bearbeitet …«, sprach Friedrichsberg zur Decke und orderte noch einen Cognac.

»Ja, dass man keine Rückschlüsse auf die Existenz der Leiche mehr ziehen kann.«

»Willst du ihr noch das Gesicht zertrümmern?«, wollte Dahl wissen.

»Zum Beispiel.«

»Bah! Jetzt brauch ich auch einen Cognac.«

»Und das alles auf dem Weg in die Sommerfrische?«

»Ja, sicher.« Straaten hielt kurz inne und überlegte. »Oder besser nicht. Da haben die Zeitungen ihr Sommerloch. Die werden sich ja mit Gebrüll auf so ein Dingen stürzen. Nee, lass das besser. Mach's in den Herbstferien.«

Friedrichsberg und Dahl bekamen ihren Cognac serviert. Dahl nippte zögerlich und Friedrichsberg schüttete alles in einem Rutsch runter. Er schmatzte dem Geschmack nach, während er vor sich hinsprach: »Entsorgung auf dem Rastplatz ... So ergeht es vielen Haustieren in den Wochen nach Weihnachten. Oder Oma und Opa, wenn der Heimplatz die finanziellen Möglichkeiten sprengt ... Aber die Entsorgung einer Leiche ... Also nee, ich würde es ganz anders machen.«

»So«, Straaten verschränkte die Arme vor der Brust und lehnte sich zurück. »Und wie?«

»Ich sag nur Säurebad.«

»Was?«

»Badewanne voller Säure, Leiche rein, das war's dann. Löst sich doch von selber auf.«

»Und die Knochen?«

»Die jubel ich im Heimatmuseum in einer Ausgrabungsvitrine einem anderen Skelett unter. Merkt keine Sau.« Über Friedrichsbergs Gesicht huschte ein Grinsen. »Die alte Wagner ist ihren Mann ja auch auf recht subtile Weise losgeworden.«

»Saß deren Mann nicht im Rollstuhl?«, hakte Dahl nach.

Der Dicke nickte. »Er ist ertrunken.«

»Hat sie ihn in der Badewanne ersäuft?«, wollte Straaten wissen.

»Nö.«

»Wie kann denn ein Rollstuhlfahrer außerhalb seines Badezimmers ertrinken?«

»Ganz einfach: Seegrundstück.«

»Wie?«

Man konnte Friedrichsberg eine gewisse Freude nicht absprechen. »Abschüssiges Grundstück. Parkst den Alten im Rollstuhl auf der Terrasse, lockerst die Bremse und ab dafür. Und in der Zeit machst du in der Küche den Abwasch. So hat's jedenfalls die olle Wagner gemacht.«

Jetzt winkte Straaten der Kellnerin und orderte für sich auch einen Cognac. Nach einer Weile sagte er: »Man könnte so eine Leiche ja auch einfach verfeuern.«

»Es geht weiter, herrlich!« Friedrichsberg rieb sich die Hände. »Und wie und wo?«

»In einem ziemlich großen Ofen.«

»Du könntest die Leiche ja auch einfrieren.«

»Da brauch ich aber keinen Ofen für.«

»Das stimmt.«

»Und wie frier ich die ein? Und was mach ich dann mit der?«

Friedrichsberg stellte die Ellbogen auf die Tischplatte, faltete die Hände und stützte sein Kinn auf dem Gebilde ab. »Na ja, du machst eine Schiffstour in die Arktis, hast die Leiche mit in einem Seesack, und eines Nachts, wenn's eisigkalt und hübsch dunkel draußen ist und keine Sau mehr an Bord, stellst du dich an den Bug des Schiffes, wo die Eisdecke aufgebrochen wird, dann nimmst du deinen Seesack, holst die eingefrorene Leiche raus und lässt sie schön zu Wasser. Die findet kein

Schwein mehr wieder. Eis zu Eis. Und wenn das Schiff passiert hat, kommen die Eisplatten wieder zusammen. Und unter ihnen deine böse Tat.«

Straaten schüttelte den Kopf. »Nee, das wär nichts für mich.«

»Wieso? Zu kalt?«

»Nee, zu teuer. Und zu weit weg. Und dann noch mit dem Seegang … Das wär's mir nicht wert. Und so eine Leiche muss ja auch erst noch mal über'n Zoll.«

»Auch wieder wahr«, gab ihm Friedrichsberg recht. »Dann doch lieber deine Version mit dem Verbrennen.«

»Vollkommen richtig. Ist es wenigstens schön warm.«

»Und wo willst du deiner Hänsel-und-Gretel-Version nachkommen?«

»Nun, vielleicht beim Bäcker meines Vertrauens.«

»Iihhh … Du meinst zwischen Spritzgebäck, Apfelkuchen, Croissants und Mohnbrötchen?«

»Warum denn nicht? Oder bei irgend so einem Töpfermeister. Was der mir mit seinem selbst gebrannten Mist die Anrichten vollgestellt und somit die Augen beleidigt hat über die Jahrzehnte, da kann er mir doch gerne mal entgegenkommen.«

»Eine Variante, die durchaus interessant wäre.«

Jetzt mischte sich Dahl plötzlich wieder ein: »Oder die Leiche einem anderen Toten, einem legal Gestorbenen, in den Sarg legen. Als toter Untermieter, sozusagen.«

»Aha«, Friedrichsberg horchte auf. »Und du bist dir sicher, dass der Tote auf dem legalen Weg aus dem Leben gegangen ist?«

»Ja, wieso denn nicht?«

»Was glaubst du, wie viele Ärzte mit der Witwe schlafen und den Giftmord als Herzinfarkt ausgeben? Wie viele durch Männerhand hervorgerufene Genickbrüche von Hausfrauwitwen als Treppenstürze beim Fensterputzen deklariert werden? Wie oft ...«

»Ist ja schon gut, ist ja schon gut«, winkte Dahl ab.

Straaten nahm den Faden wieder auf: »Ja, der Einfachheit halber kurz vor einer Beerdigung in die Trauerhalle schleichen, Sargdeckel auf, Leiche rein, also zu der anderen eben, Sargdeckel wieder drauf. Merkt doch keiner.«

»Sicher. Außer vielleicht der Organist, der irgendwas von Händel in die Orgel dilettiert.« Friedrichsberg rümpfte die Nase.

»Da dürfte natürlich sonst kein Mensch drin sein, in der Halle.«

»Und wenn die Trauergemeinde ihren lieben Anverwandten noch mal sehen möchte? Da kämst du aber in Erklärungsnot.«

»Ach was«, sagte Dahl. »Ich wär doch schon gar nicht mehr da.«

»Ah ja«, nickte Friedrichsberg.

»Na, und dann wär die Leiche da im Sarg, ab in die Grube und gut ist.«

»Da bist du aber nicht der Einzige, der es so macht.«

»Meinst du, Alfons?«

Friedrichsberg nahm im Sitzen Haltung an. »Wenn du an jedem Grab, in dem ein Sarg mit zwei Toten drin liegt, von dem einer davon dort eigentlich nichts zu suchen hat, einen weiteren Stein aufstellen würdest, du würdest vor lauter Steinhaufen auf dem Friedhof die Bäume nicht mehr sehen.«

»Du scheinst dich ja auszukennen.«

»Ach, Straaten … Nicht mit Friedhöfen und auch nicht mit Steinen oder Bäumen. Aber mit Menschen. Und das reicht mir auch schon. Und wer weiß, wer in Schrebergärten alles gemordet unter Gurken liegt …« Der Dicke grinste. »Nehmen wir noch einen?«

Alle drei nickten.

Sie orderten noch drei weitere Cognacs.

»Wer fährt denn jetzt eigentlich nach Hause?« Dahl wurde etwas unruhig.

»Der, der bis jetzt am wenigsten getrunken hat. Und da wir deinen zweiten Cognac gerecht zwischen uns beiden aufteilen werden, fährst du«, erklärte Friedrichsberg.

Der Cognac kam, wurde von den beiden getrunken, Dahl schaute schweigend zu.

Dann sagte Friedrichsberg: »Wär natürlich auch eine Möglichkeit.«

»Was?«, fragte Straaten.

»Verkehrsunfall.«

»Wie?«

»Du wirst deine Leiche bei einem Verkehrsunfall los. Vorausgesetzt, sie ist vorher noch keine Leiche.«

»Versteh ich nicht.«

Friedrichsberg atmete laut aus: »Also, du schnappst dir dein potenzielles Opfer, füllst es mit Alkohol ab, wenn es keinen Alkohol trinkt, schüttest du ihm irgendeine ungesunde Substanz ins Getränk, auf jeden Fall machst du es willen- und kraftlos. So. Dann setzt du es ins Auto, fährst mit ihm Spazieren, am besten über Landstraße und setzt das Auto mal ordentlich und final vor einen Baum oder einen Brückenpfeiler. Der Drops ist dann gelutscht.«

142

»Und … äh …«, wandte Dahl ein, »was … ähem … ist dann mit dir?«

»Na ja, das wäre ein unschöner und eher kontraproduktiver Nebeneffekt: Du wärst auch tot.«

Straaten nahm sich den Cognacschwenker von Dahl vor: »Oder beim Waldspaziergang.«

»Was meinst du?«, fragte Friedrichsberg und zeigte mit der Nase auf sein bereits geleertes Glas.

Straaten teilte also. »Du schubst die potentielle Leiche, mit der du grade noch spazieren gehst, vor einen Zug und lässt es wie einen Selbstmord aussehen.«

»Wie soll das denn gehen?«

»Wie viele Waldwege laufen entlang von Bahnstrecken? Von Gleisen? Genügend. Und über wie viele Gleisstrecken führen Brücken? Wirf dein Opfer von der Brücke.«

»Da sind doch überall viel zu viele Zeugen«, gab Dahl zu bedenken.

»Unsinn.« Friedrichsberg nahm einen kleinen Schluck. »So schlecht ist die Idee gar nicht. Nehmen wir der Einfachheit halber nur mal nachts eine Nebenstrecke für Güterverkehr. Da ist doch nichts los. Schneller und unauffälliger wirst du niemanden quitt.«

»Auffallend ist es schon.« Straaten lächelte: »Es fällt auf: Zug!«

»Ja, richtig«, Friedrichsberg lachte laut auf. »Und die Mutmaßung?«

»Selbstmord.«

»Herrlich!« Friedrichsberg rieb sich genüsslich die Hände und winkte der Kellnerin.

»Du trinkst doch nicht etwa noch einen Cognac.«

Friedrichsberg schüttelte den Kopf. »Nö. Ich nehm gleich zwei. Und noch einen Milchkaffee. Und so ein Stück von der Buttercreme.«

Dahl schüttelte den Kopf.

»Und wie würdest du jetzt eine Leiche entsorgen?«, wollte Straaten wissen.

Friedrichsberg schmatzte auf: »Ich würd erst gar keine produzieren. Und wenn doch, einfach offen liegen lassen. Fällt sie am wenigsten auf. Grad hier in der Eifel.«

»Das ist aber auch nicht nett.«

»Wer oder was ist schon nett?« Friedrichsberg grinste: »Der schlimmste Mord in der Eifel, den musst du gar nicht groß suchen, von dem wird nie was in der Zeitung zu lesen sein, und wenn, dann nur höchst indirekt. Aber der findet hier tagtäglich statt. Der schlimmste Mord in der Eifel, das ist der Tod durch Langeweile. Ist hier ja fast Massenmord. Und du kannst da auch keinen für verhaften.« Er schob sich ein Stückchen Buttercreme in den Mund. »Ganz geschickt hat's ja die Babette angestellt.«

»Welche Babette denn nun schon wieder?« Straatens Stirn zog sich kraus.

»Als würdest du gleich mehrere Babetten kennen. Ich meine die Babette, die bei uns zu Hause den kleinen Friseursalon in der Altstadt hat.«

»Ach die. Die hat's ja faustdick hinter den Ohren.«

»Und auch zwischen den Möpsen.«

»Ach,« stutzte Dahl, »die hat Hunde?«

Die drei Alten lachten dreckig.

»Und was ist jetzt mit Babette?«, fragte Straaten.

»Die hat ihr Opfer auf all diese Arten umgebracht. Die hatte einen Typen beim Tanzen in einem Club kennengelernt. Bisschen rumgemacht, dann lief das ein paar Wochen, und dann wollte er wohl nichts mehr von ihr wissen, hat Schluss gemacht. Und dann ist sie ausgetickt. Hat ihn erst im Affekt erschlagen, dann ihrer Wut Luft gemacht, indem sie mit einer Heckenschere siebzehn Mal auf ihn eingestochen hat. Dann konnte sie ihn wohl nicht mehr sehen und hat ihn auseinandergenommen, ihn zerkleinert. Einen Teil vom Toten hat sie an Schweine verfüttert, die Eltern haben irgendwo im Sauerland einen Bauernhof, den anderen Teil in Säure aufgelöst, den letzten Teil eingefroren. Kann sie sich die Leicheneisstückchen im Sommer in den Cocktail drücken. Jedenfalls: Das Mädel war beschäftigt. Komplett wirst du den Typen nicht mehr kriegen. Wohlsein!«

Die beiden schauten ihren dicken Freund erstaunt an. »Aber woher weißt du das denn? Dass die Babette eine Mörderin ist?«

»Sie hat's gebeichtet.«

»Dir?!« Straaten stutzte. »Du als Beichtvater?! Dir was anvertrauen, na, so naiv möchte ich auch mal sein.«

»Sie hat mir gar nichts anvertraut. Sondern in St. Joseph, letzten Sonntag nach der 10:30-Uhr-Messe dem Pfaffen ihres Vertrauens.«

»Und der hat gegen das Beichtgeheimnis verstoßen und es dir gepetzt?!«

Friedrichsberg winkte ab. »Der hat gar nichts. Aber die hat schon immer ein zu lautes Organ gehabt, die Babette. Und saß im Beichtstuhl und hat alles brühwarm dem Pfaffen gebeichtet. Und ich saß keine fünf Meter entfernt in der Kirchenbank und hab die hübschen Chorfenster bestaunt.«

Straaten nickte langsam. »Du. In der Kirche. Die Fenster angeglotzt ... Sag mal, willst du uns für dumm verkaufen?! Es ist bestimmt so gewesen: Du bist Kunde bei der, hast gemerkt, dass was nicht mit ihr stimmt, weißt, dass die kreuzkatholisch ist, bist der am Sonntag von zu Hause aus gefolgt und hast es dir in richtiger Reichweite neben dem Beichtstuhl bequem gemacht. War's nicht so?«

Friedrichsberg grinste und nahm von der Buttercreme. »Lass mich bitte nicht lügen. Würde nur höchst ungern zur Beichte müssen und dort zufällig auf Mörder treffen.«

»Gehst du damit zur Polizei?«

Friedrichsberg dachte nach, schüttelte dann den Kopf. »Die hatte zehn *Gegrüßet seist du, Maria* und zwanzig *Vater unser*. Das ist Strafe genug. Amen.« Geräuschvoll zog er die Nase hoch. »Und ich lass mir von der nicht mehr die Haare schneiden. Und wenn sie mir was zu trinken anbietet, achte ich drauf, dass da keine Eiswürfel drin sind. Wer weiß, was da zu Tage tritt, wenn die sich auflösen. Kann ich gut drauf verzichten, dass mich da ein Auge aus dem Glas heraus anstarrt.«

Straaten und Dahl schauten ihn konsterniert an.

Friedrichsberg bestellte sich noch einen Cognac.

Selbstverständlich ohne Eis.

ZWÖLF DUNKLE LÖCHER

Alles eine Verzweiflung. Wie auch das Wetter. Diese unglaubliche Hitze lähmte seit nunmehr drei Wochen alles und jeden. Menschen trugen kurz bis nichts, die Freibäder und Parks waren überfüllt, man ernährte sich von verbrutzeltem Grillgut und Weizenbieren, die Mauersegler schrien, die Menschen schwitzten, die Tage waren lang.

Alfons Friedrichsberg lehnte sich in dem Gartenstühlchen zurück, verschränkte die Arme hinter dem Kopf und streckte die Beine von sich, woraufhin das Stühlchen gefährlich ächzte. Er wollte gerade nachsehen, was das Stühlchen hatte, als ein bedrohliches Krachen zu hören war, der Stuhl nachgab und Friedrichsberg auf dem Rasen saß. »Scheiß Gartenmöbel«, knurrte er. Bei dem Plumps auf den Boden hatte er versehentlich auf seine Zigarre gebissen; die lag nun in zwei Teilen vor ihm. »Das auch noch«, knurrte er weiter, erhob sich, setzte sich in das Gartenstühlchen neben sich, fingerte aus der Innentasche seiner Jacke eine neue Zigarre hervor, entzündete ein Streichholz und setzte sie genüsslich paffend in Brand. Dann legte er seinen Revolver mitten auf den Campingtisch, wo bereits die Pistole seines Gegenübers lag.

Sie saßen vor einem alten Wohnwagen – in der Anlage einer von vielen und mit Abstand der älteste – mit Blick auf die Ruhr.

Friedrichsberg beugte sich zu seinem Nebenmann. »Ich könnte Sie jetzt einfach so über den Haufen schießen. Muss nur meinen Arm ausstrecken, abdrücken, die Kugel würde direkt in Ihren Kopf eindringen. Und es wäre kein Verlust.«

Aus müden Augen schaute ihn sein Gegenüber an. Das Einzige, was er hervorbrachte, war ein »Soso«.

»Ja, soso«, echote Friedrichsberg.

Ein Rotkehlchen kam angeflogen und schwang sich in einen Meisenknödel. Sie schwiegen eine Weile.

»Elf Männer umbringen und die eigene Frau … Das nenne ich sportlich.«

Er seufzte auf. »Sie können mir glauben, das war letztlich die einfachste Tat.« Lange Pause. »Wenn auch die abscheulichste.«

Friedrichsberg schüttelte den Kopf, schaute in den Himmel hinauf und paffte Rauchringe hinein. »Sagen Sie mal, haben Sie vielleicht ein Bier? Aber bitte in der Flasche. Ungeöffnet. Bei Ihnen möchte ich lieber auf Nummer sicher gehen.«

Der Mann nickte, stand auf und holte zwei Falschen Pils.

»Wie ist Ackermann ums Leben gekommen?«, wollte Friedrichsberg wissen, nachdem beide ordentliche Schlucke vom kalten Bier genommen hatten.

»Ackermann … Ich glaube, er ist überfahren worden«, gab der Mann zur Antwort.

»Er ist mit Ihrem PKW absichtlich überfahren worden«, konkretisierte Friedrichsberg und nahm noch einen Schluck. »Und Kranzler?«

Er schwieg.

»Den haben Sie von der Dachterrasse eines Hochhauses runtergestürzt.«

»Bin noch nie in einem Hochhaus gewesen.«

»Hm … Warum fand man dann Ihre Jacke auf der Dachterrasse?!«

Er schwieg wieder.

Friedrichsberg winkte ab und paffte ein paar Mal vor sich hin. »Frings? Was ist mit Frings?«

Es dauerte eine ganze Weile und er schien ernsthaft nachzudenken; dann ein zögerliches: »Erschossen worden?«

»Ja. Mit einer Waffe, die man bei Ihnen gefunden hat. Im Sekretär im Wohnzimmer«, unterbrach Friedrichsberg ihn.

»Ach, die Waffe … Die hatte ich immer in einer Dokumentenkassette. War ein Erbstück von meinem Großvater.«

»Und die hier?« Friedrichsberg deutete mit seinem dicken Zeigefinger auf die Pistole auf dem Tischchen. »Was ist mit der?«

»Das ist die zweite Waffe, die mir mein Großvater vermacht hat. Die hatte ich hier im Wohnwagen. Er sagte immer, wenn mal wieder schlechte Zeiten kommen.«

»Und die kamen dann? Bei Frings und auch bei Wepperberg?«

»Der ist auch erschossen worden?«

Friedrichsberg grunzte auf. »Beide, also Frings und Wepperberg, sind erschossen worden, genau. Frings an einem glühend heißen Sommertag in seinem Schrebergarten und Wepperberg nachts um halb zwei, auf dem Weg von seiner Stammkneipe nach Hause. Dass das keinem aufgefallen ist, das ist mir klar. Da war kein Schwein mehr unterwegs. Aber Frings in seinem Schrebergarten … Das ist ein Ding. An dem Tag war Sommerfest dort, da wimmelte es nur so von Leuten, Kindern … Da waren Karussells aufgebaut, Hüpfburgen, Schminken, Dosenwerfen, Bierbuden, Bratwürste … Es war da rappelvoll.«

»Die werden Luftballons steigen gelassen haben. Den Schuss aus der Waffe hielten die meisten wohl für einen zerplatzten Luftballon.«

Friedrichsberg nickte. »Sie müssen es ja wissen. Wieso haben Sie die Leiche dann eigentlich in seine Stachelbeeren gelegt?«

Er zuckte mit den Schultern.

»Ich sag's Ihnen: Die waren schlecht einzusehen, deswegen wurde der Tote auch erst drei Tage später gefunden. Raben hatten dem schon die Augen ausgepickt. Kein schöner Anblick.« Friedrichsberg trank, wischte sich den Bierschaum aus dem Schnurrbart, wartete einen Augenblick und machte dann ein Bäuerchen. »Ob Sie den toten Frings direkt in den Stachelbeeren erschossen haben oder in seiner Schreberlaube oder mitten auf der Wiese, das weiß ich alles nicht. Und die Kriminalpolizei wird es auch nicht herausfinden, denn nachts gab es ein heftiges Gewitter mit Hagelschauern. Danach haben sich keine Spuren mehr finden lassen auf dem Grundstück. Tabula rasa.«

»Schade.«

»Ihre Ironie können Sie sich sonst wohin stecken.«

»Und Wepperberg? Dem habe ich aufgelauert?«

»Jawohl«, Friedrichsberg zog die Augenbrauen zusammen. »Sie sind ihm von zu Hause aus gefolgt, haben vor der Kneipe gewartet, und als er stramm wie ein Amtmann aus der Kneipe kam und nach Hause schwankte, haben Sie ihn erschossen. Wieso haben Sie die Waffe danach nicht entsorgt?«

Er zuckte nur wieder mit den Schultern und schwieg dazu.

Friedrichsberg stieß noch mal auf, diesmal etwas lauter. »Des Weiteren: Siller erstickt, Krause erschlagen, Martini und Jachter vergiftet.«

Er nickte stumm.

»Man fand bei der Obduktion von Martini und Jachter Rückstände von Arsen. Und Eierlikör. Sie haben also den Eierlikör mit Gift versetzt?«

Zum ersten Mal zog so was wie ein Lächeln über sein Gesicht. »Selbst gemachter Eierlikör. Den macht meine Frau schon seit vielen Jahren. Das ist eine ihrer Spezialitäten.«

»Wohl eher: war.«

Er seufzte.

Friedrichsberg beugte sich über den Tisch und schaute sein Gegenüber aus strengen Augen an; dann nahm er einen Schluck Bier.

»An beiden Tatorten fand man keinen Eierlikör. Deshalb wissen auch die ermittelnden Beamten nicht, ob die ganze Flasche vergiftet war oder ob das Gift ins jeweilige Glas geträufelt wurde.«

»Ja, wer weiß …«

Friedrichsberg schlug mit der flachen Hand donnernd auf den Tisch, dass die beiden Flaschen kurz tanzten. »Fakt ist, die beiden sind elendig zu Hause krepiert. So wie Siller. Der wurde qualvoll mit einem Samtkissen auf seinem Sofa erstickt. Kein schöner Tod.«

»Bei strömendem Regen vom Bus überfahren werden, ist aber auch nicht besser.«

Der Dicke winkte ab. »Spuren am Kissen und im Gesicht des Toten lassen darauf schließen, dass Siller erstickt wurde, indem sich der Mörder auf das Samtkissen und somit auch auf Sillers Gesicht gesetzt hat. Das hat nichts Gemütliches mehr, das ist einfach nur makaber. Und Krause wurde mit einer Gipsbüste in seinem Atelier erschlagen. Kennen Sie die Büste?«

»Ich … Ich kann mich daran nicht mehr erinnern.«

»Sie haben ihn hinterrücks mit seinem eigenen Kunstwerk erschlagen. Übrigens ein scheußliches Teil.«

»Das war doch ein eitler Fatzke.«

»Aber ihn deshalb erschlagen?« Der Dicke schaute verblüfft.

Die beiden machten eine kleine Pause, die sie nutzten, um Bier zu trinken. Ein Ruderboot passierte ihren Ausblick. Zwei Jogger rannten hinterher.

»Und wie soll ich diesen … na, diesen …« Krampfhaft dachte er nach. »Ja, diesen Färber umgebracht haben?«

Friedrichsberg paffte dicke Rauchkringel in die Luft. »Man fand ihn auf dem Golfplatz. Da war er wohl jeden Mittwoch. Er lag vor Loch neun. Man hatte derart auf seinen Schädel eingeschlagen, dass nicht mehr viel von seinem Haupt übrig geblieben ist. Und in seinem Mund fand man einen kleinen, weißen Golfball.«

Er lachte ein wenig auf. »Das zeugt von Phantasie.«

»War aber bestimmt auch viel Arbeit. Auch, dass Sie Granter und Hilvenbeck einfach so ein Messer mehrmals in die Seite gerammt haben und sie blutend liegen gelassen haben, stimmt mich nicht milder oder heiterer. Ich find's nur schäbig.«

»Da stand was in der Zeitung von. Man fand den einen im Park, den anderen im Wald, wenn ich mich richtig erinnere.«

»Beide sind während eines Spaziergangs niedergestochen worden. Und nirgendwo auch nur ein einziger Zeuge. Weder bei diesen beiden Spaziergangmorden, noch bei den übrigen neun Taten. Geschickt gemacht. Ich würde meinen Hut ziehen, hätte ich einen auf.«

Für einen Moment schwiegen die beiden und schauten auf die ruhig dahinfließende Ruhr. Ein Mann ging mit seinem Hund spazieren, der kläffend um die zurückkehrenden Jogger rannte.

»Und wie sind Sie auf mich gekommen?«

»Durch die Männer. Denn bei all den Ermordeten fanden sich Hinweise, die auf Ihre Frau deuteten. Zu all diesen Männern hat Ihre Frau Beziehungen unterhalten. Ihre Frau hatte amouröse, platonische, sexuelle, was auch immer, aber auf jeden Fall Kontakte zu ihnen. Deswegen haben Sie all diese Männer umgebracht und zum krönenden Abschluss Ihre Frau. Warum auch immer Sie die getötet haben. Vielleicht aus Rache, vielleicht auch, weil Ihre Frau Ihnen auf die Spur gekommen ist und rausgefunden hat, dass Sie ihre Liebhaber ums Eck gebracht haben und sie Sie schlussendlich verlassen wollte. Irgendwas wird's schon gewesen sein.«

Er nickte nur verhältnismäßig müde vor sich hin. Dann seufzte er auf und sagte: »Meine Frau war ich, der Rest war meine Frau.«

»Was? Wie hab ich das zu verstehen?« Friedrichsberg spuckte seinen kalten Zigarrenstumpenrest in hohem Bogen aus dem Mund auf die Wiese vor sich.

»Ja, ich erinnere mich… Das war zwar mein Auto, gefahren hat es an dem Abend aber meine Frau. Ich fahre schon seit Jahren nicht mehr Auto. Mein Arzt hat es mir verboten. Zu gefährlich. Also für die anderen Verkehrsteilnehmer. Und die Jacke hat sie sich von mir geliehen. Das war ja so eine multifunktionale Outdoorjacke. Die hat sie immer gehabt, wenn sie mit dem Rad gefahren ist und ich sie nicht gebraucht hab. Und an dem Tag wird sie wohl mit dem Rad unterwegs gewesen sein. Gegolft hat sie auch, das weiß ich. Und dieser Golfer war nicht nur ihr Liebhaber, sondern auch einer ihrer Golfpartner. Wer weiß, mit wie vielen anderen Golfern sie noch in die Kiste gesprungen ist … Die haben mittwochs immer gegolft und dann gevögelt. Oder umgekehrt. Sie wird ihn einfach mitten auf dem Grün erschlagen haben. Muss im Bett wohl eher eine Niete gewesen sein, so wie sie seinen Schädel zertrümmert hat.« Er kicherte leise. »Da steckt viel Wut und Enttäuschung drin. Den Golfball im Mund empfand sie wohl als nette Schlusspointe. Meine Frau hatte immer schon ein etwas spezielles Humorverständnis. Und die beiden Spaziergänger … Wie hießen die noch gleich?«

Friedrichsberg wunderte sich, dass er die Namen nicht mehr wusste und sagte: »Hilvenbeck und Granter …«

»Ja, ja, die … Eigentlich hatten sie sich ursprünglich mal getroffen, um gemeinsam zu walken. Aber was haben sie? Rumgemacht wie die Karnickel. Genauso wie die anderen alle, die Sie genannt haben vorhin. Wie sie auch alle geheißen haben, ich kann es mir nicht mehr merken, konnte es mir noch nie merken, ein paar habe ich sicherlich auch vergessen. Hab den Überblick verloren.« Er trank. »Mit wem meine Frau etwas hatte, das weiß ich nicht. Das war mir irgendwann auch egal. Mir war sie entglitten, ich kam nicht mehr an sie heran. Ihr fehlte etwas in ihrem Leben. Und ich war das ganz bestimmt nicht. Es waren aber auch nicht … Na … Ja, Kranzler oder … oder Siller oder … äh … Krause oder wie sie alle heißen und hießen und geheißen hätten. Die gaben ihr nur kurz ein bisschen, etwas Besonderes, bis auch das nicht mehr reichte und etwas Neues her musste. Und auch daran verlor sie bald das Interesse und die Lust. Und wenn ihr das, was sie da hatte, nicht reichte, so hat sie es mir erzählt, kurz vor ihrem Tod, als ich meine Hände schon um ihren Hals gelegt hatte, dann hat sie das ein für alle Mal ausgelöscht. Weil das, was sie nicht hatte und nicht bekommen sollte, was ihr also fehlte, das sollte auch niemand anderes haben. Ich … Ich habe sie erwürgt. Mit meinen bloßen Händen einfach erwürgt. Dann hab ich sie von unserem Haus direkt nebenan in die Garage getragen, in den Kofferraum geworfen und dann in der Ruhr versenkt. Hier, direkt vor unseren Augen. Als kleine Erinnerung. Sollte ich sie weitermachen lassen? Sie auf der Suche nach dem nächsten Kick, der dann auch nicht kommt, nicht stoppen? Und was macht sie dann? Bringt wieder jemanden um? Nein, das wollte ich nicht. Und ich wollte ebenfalls nicht, dass sie auf einmal feststellt, dass ich ihr auch nicht mehr genüge und ich eines ihrer nächsten Opfer werde. Was haben wir hier schöne Sommer verbracht. Jedes Jahr. Fast ein Vierteljahrhundert. Schauen Sie sich doch um …

diese Idylle. Das zerstört man doch nicht freiwillig. Sie hat's getan. Einfach so erwürgt. Das dauerte zwar länger, als ich gedacht hatte, aber es ging dann doch ganz einfach. Wissen Sie, mir ist es eh egal. Hab Alzheimer. Wird nicht mehr lange gut gehen, sagen die Ärzte. Knappes halbes Jahr vielleicht noch ...«

Friedrichsberg schaute ihn an.

»Und auch von dem, was Sie erzählt haben ... Da weiß ich auch nur noch die Hälfte.« Er zuckte mit den Schultern. »Es ist zum Verzweifeln. Da sind viele dunkle Löcher ... So geht das im Leben.«

Friedrichsberg grummelte etwas vor sich hin, nahm noch einen Schluck Bier, stieß kurz auf, griff dann neben sich auf den Tisch und steckte seinen alten Revolver ein. Die Pistole daneben ließ er liegen.

Er zwängte sich aus dem engen Campingstuhl, erhob sich, fingerte eine neue Zigarre aus seiner Jacke, setzte sie in Brand, nickte seinem Gesprächspartner am Tisch zu und ging die paar Schritte zum Ruhrufer hinunter.

Konnte er ihm glauben? Wusste er wirklich nicht mehr, was er da im Einzelnen getan hatte?

Einige Hundert Meter weiter hatte man die aufgedunsene Wasserleiche seiner Frau vor ein paar Tagen gefunden.

Was für eine krude und verzweifelte Geschichte, dachte er.

Auch, wenn es langsam Abend wurde, war es immer noch heiß.

Friedrichsberg schaute über den Fluss.

Vom Pistolenschuss aufgeschreckt, flog ein Schwanenpaar davon.

EINE MÖGLICHKEIT

Hätte, wäre, könnte.

Eigentlich – und uneigentlich – alles eine Frage der Möglichkeiten.

Sie hätten sich auch am frühen Abend in Radtkes Haus treffen können. Seine, Radtkes, Frau habe noch etwas Bohneneintopf eingefroren, hätte es geheißen.

Nun, den Bohneneintopf einer auf gewaltsame und brutale Weise Getöteten zu essen … Das wäre Alfons Friedrichsberg nicht in den Sinn gekommen, und so hätte er, Friedrichsberg, gemeint, dass er ein Treffen auf neutralem Boden bevorzuge, man könne sich ja in Radtkes Stammkneipe treffen. Ob alles anders gekommen wäre, hätten der Klavierlehrer, der Stadtbibliotheksdirektor, der Caféhausbetreiber, der Bademeister und der Florist – und die hier Erwähnten sollten nur eine schmale, müde Auswahl bilden – keine Rolle im Leben der Radtkes, hier eher noch im Leben der Frau Radtke, gespielt?

Die ermittelnden Polizeibeamten hätten in Richtung Raubmord ermitteln können, da Frau Radtke tot im Ankleideraum ihrer Villa aufgefunden worden wäre, und zwar, wie der Gerichtsmediziner hätte feststellen müssen, drei Tage nach ihrem gewaltsamen Tod, zunächst entdeckt durch die Putzfrau, die wie jeden Dienstag vorbeigekommen wäre.

Die Polizei hätte Folgendes protokolliert: Einbruchsspuren, durchwühlte Schubladen, der entwendete Familienschmuck und nicht zuletzt die erschossene Gattin in der ersten Etage.

Und Herr Radtke würde auf Dienstreise weilen.

Die Spuren einer möglichen Einbrecherbande würden über kurz oder lang im Sande verlaufen.

Auch Friedrichsberg würde der Todesfall nicht unangenehm aufstoßen, wüsste er, Friedrichsberg, doch nicht, wie Herr Radtke unter seiner Frau gelitten habe.

Jahrelang sei er an der kurzen Leine gehalten worden, so Radtke, habe eine Art Taschengeld zur Finanzierung seiner Hobbys (Modelleisenbahn und Angelsport) bekommen, habe, wenn er ausgehen durfte, spätestens um Punkt 22:00 Uhr zu Hause sein müssen, habe die Fahrradausflüge mit seinen Freunden streichen müssen und über all die Jahre immer mehr gelitten. Daneben die amourösen Eskapaden von Frau Radtke, deren einzig positiver Aspekt die Tatsache zu sein scheine, dass sie zwecks Beischlafes stets aushäusig war.

Sei die Liebe nicht eine außerordentliche Himmelsmacht? Sollte nicht dem eine gerechte Strafe zukommen, der immer wieder einen eigentlich Liebenden hinterging?

So, so Radtke, sei es mit seiner, Radtkes, Frau gewesen. Und das bereits seit ihrer mehr oder weniger gemeinsamen Hochzeitsnacht, in der sie mit dem kleinwüchsigen Organisten im Getränkeschuppen gevögelt habe, was nur aufgefallen sei, weil die dicke Susi heimlich dort eine Flasche Limonade trinken wollte und auf diese Weise dem unerlaubten Liebesspiel beigewohnt hatte und dies, geschwätzig wie die dicke Susi nun mal gewesen sei, direkt ihrem Vater und dem noch anwesenden Geistlichen mitgeteilt habe, der ihr, der dicken Susi, direkt eine schallende Backpfeife verpasst habe – sehr zum Wohlgefallen des Erziehungsberechtigten – , was aber nichts an dem Fremdgang geändert habe.

Radtke habe seine Frau zur Rede gestellt. Sie, Frau Radtke, habe in dem ständig neuen Verliebtsein eine Form der Unendlichkeit finden wollen; wie auch im ständigen Liebesreigen mit stets wechselnden, zumeist männlichen Partnern.

Sie, Frau Radtke, solle immer gesagt haben, sie, Frau Radtke, sei – auch für sich selber – stets eine von vielen gewesen; auch in sich selber. Und Monogamie sei schließlich nur etwas für Eintagsfliegen.

Friedrichsberg hatte fast den Drang verspürt, aufzuspringen und zu gehen.

Ob die Möglichkeit bestehe, dass Radtke seine Frau ermordet habe, Dienstreise hin oder her, hatte Friedrichsberg wissen wollen.

Radtke seufzte, dass es der Möglichkeiten stets viele gebe, es mangele auch nicht an krimineller Energie, aber ob man zum letzten Schritt in der Lage sei, das sei doch der Kern der Frage.

Ob er, Radtke, letztlich seine Frau kaltblütig erschossen habe, das wollte Friedrichsberg jetzt wissen und er schlug mit der Faust auf die Tischplatte.

Was schon kaltblütig sei, wollte Radtke wissen. Sie, Frau Radtke, sei über all die Jahre so kaltblütig gewesen, da wirke so eine Mordtat doch fast wie eine milde Retour. Die Zeit, so heiße es doch im Sprichwort, die

Zeit heile angeblich alle Wunden. Es sei denn, die Zeit laufe immer weiter und weiter und reiße die alten Wunden wieder auf, auf dass man irgendwann keinen anderen Ausweg mehr wisse, als die Zeit gewaltsam anzuhalten, dass sie stillstehe und endlich Schluss sei.

Ob das durch eine Schusswaffe geschehen wäre oder durch ein simples Erwürgen, Erschlagen, Erstechen, Vergiften, da hätte es viele Möglichkeiten gegeben, man hätte sich nur für eine entscheiden müssen.

Und es hätte ihm nie an Möglichkeiten gemangelt, seine Frau umzubringen und endgültig zu beseitigen.

Ob das jetzt so etwas wie ein Geständnis sei, wollte Friedrichsberg wissen.

Nun, so Radtke, er sehe es eher wie ein Gespräch unter Vertrauten, aber wenn man es kritisch und genau nehme, sei es so etwas Ähnliches wie ein Geständnis; jedenfalls früher oder später.

Die beiden Herren saßen sich gegenüber.

Die Türe wurde aufgestoßen, ein altes Weib füllte den Rahmen aus, stemmte seine Arme in die Hüften und keifte durch die Kneipe mit Ziel Radtke: »Hast du mal auf die Uhr geschaut? Es ist kurz vor Mitternacht! Muss ich dich hier etwa rausholen?!«

Radtke schaute aus trüben Augen Friedrichsberg an und zuckte müde mit den Achseln. Träge erhob er sich und folgte gehorsam seinem Weib.

Hätte, wäre, könnte.

Auch eine Möglichkeit.

DER TOD WAR EIN GEDICHT

Viel Papier im Mund.
F. sieht die Leichen, tut kund:
Des Dichters Rache.[1]

---

[1] Eigentlich handelt es sich um eine Notiz, die seit ein paar Jahren wie zur Mahnung auf einem kleinen Zettelchen an Alfons Friedrichsbergs Kühlschranktüre hängt, verfasst von ihm selber. Die Kürze und Ausgefallenheit dieser winzigen Geschichte, die weitaus größer und dramatischer ist, als man hier auf den ersten Blick vermuten möchte, erklärt sich verhältnismäßig schnell: Wer erinnert sich nicht noch alles an den großen Throstwart Granzke, einer der ehemals bedeutendsten Dramatiker

und Prosaisten des 20. Jahrhunderts. Seine Stücke *Herbst – eine Achtung* oder *Gefüllte Dackel auf der Promenade* wurden auf allen großen Bühnen gespielt und von der Kritik in den Himmel gelobt. Auch sein Romandebüt (immerhin mit Mitte fünfzig!) *Was wer wie ich?!* wurde mit etlichen Literaturpreisen ausgezeichnet. Aber schon bei seinem zweiten Werk, auf das anfänglich noch alle sehnsüchtig gewartet hatten (»Wann kommt er, der neue Granzke?«) schieden sich die Geister, und alle folgenden Werke wurden einhellig verrissen (einige Schlagworte: »Dilettantensauerei«, »Pennälerprosa!«, »jämmerlicher Unsinn«, »Scheißdreck!«). Die Folge: Die Verlage wandten sich von ihm ab, weigerten sich, ihn zu veröffentlichen, was wiederum zur Folge hatte, dass die Theater keinen Throstwart Granzke mehr spielen wollten. Er wurde also weder gedruckt (also gelesen), noch gespielt (also gesehen). Throstwart Granzke fand nicht mehr statt; für die Kulturwelt und auch für sich selber nicht. Jahre der Melancholie und Depression folgten, mit gewisser Regelmäßigkeit lieferte sich Granzke eigenständig in Nervenheilanstalten ein, um dort wochenlang unterzutauchen und behandelt zu werden. Alfons Friedrichsberg kannte Granzke recht gut; man kann fast sagen, bei Friedrichsberg handelte es sich um einen Granzke-Anhänger, er mochte diesen ganz speziellen Granzke-Ton in seinen Schriften: direkt, leicht zynisch, humoresk und immer dialektgefärbt. Über diese Freude am Werk kamen die beiden in Kontakt und freundeten sich an, auch wenn es sich dabei um eine eher lose Freundschaft handelte. Granzke tat Friedrichsberg leid. War er früher noch in allen Kulturfernseh- und radiosendungen ständiger und beliebter Gast (berühmt-berüchtigt die Sendung, in der Granzke tat, als wäre er just am gleichen Morgen ertaubt und demgemäß außerstande, auf die Fragen des Interviewers einzugehen; was für ein Kulturskandal, wochenlang sprach man von nichts anderem), so rissen diese Einladungen mit einem Mal ab und niemand wollte mehr etwas von Granzke wissen. Seit fünfzehn Jahren war es noch stiller um ihn geworden. Auch Friedrichsberg hätte ihn fast vergessen, wäre er nicht in einer kleinen Buchhandlung am Niederrhein (die mehr Lottoannahmestelle und Zeitschriftengrab als Literaturoase war) beim Wühlen in einer Grabbelkiste mit Mängelexemplaren über einen dicken Schmöker gestolpert. Es war ein Buch von Throstwart Granzke. Granzke hatte sich – ob durch Ideenlosigkeit oder mangelnde Inspiration – in den letzten zehn Jahren auf das Verfassen unsinniger Haikus spezialisiert, diese gesammelt und im sowohl kleinen als auch unbedeutenden Eigenverlag veröffentlicht, Bücher, die wie Blei in ausgesuchten (den Plunder wollte ja kein Schwein kaufen) Buchhandlungen lagen und vom – überaus spärlich rezensierenden – Feuilleton (Lokalpresse, Wochenblättchen etc.) einstimmig verrissen wurden (und das noch nicht mal ganzseitig, sondern in kleinen Kästchen am Rande). Eine Kritik brachte das Dichterfass wohl zum Überlaufen. Zu finden war sie in einem norddeutschen Provinzblatt. Friedrichsberg hatte eine Kopie dieser vernichtenden (ja, fast wegspülenden) Kritik in seinem Briefkasten gefunden nebst dem handschriftlichen Vermerk: *Nun ist es aber auch gut. TG* Es bedurfte keiner großen geistigen Anstrengung zu schlussfolgern, dass mit *TG* selbstverständlich nur Throstwart Granzke gemeint sein konnte. Er hatte Friedrichsberg diese Kopie in den Briefkasten geworfen. Danach war Granzke für ungefähr acht Wochen verschwunden; wieder mal hatte er sich selber in eine Nervenheilanstalt eingewiesen.

Und dann nahm eine seltsame Serie ihren Lauf: Landauf landab wurden Kritiker umgebracht: in ihren Wohnungen, Feriendomizilen, Büros, in Zugabteilen, in Parks ... Die Liste ließe sich ins Endlose weiterführen, führte sie zu irgendetwas. Der nördlichste Auffindungsort einer Kritikerleiche war der Sylter Ellenbogen, an dem eine tote Kritikerdame in den Dünen liegend aufgefunden wurde, der südlichste Auffindungsort war das Haldenwanger Eck, wo ein fetter, toter Kritiker im Gras saß, der östlichste Rothenburg/Oberlausitz (Kritiker, tot, hager und verwachsen), der westlichste war Isenbruch (Kritikerin, tot, asketisch und streng). All diese Toten hatten auf den ersten Blick keinerlei Gemeinsamkeiten, bis auf die Tatsache, dass sie alle Kritiker waren; in Funk und Fernsehen, aber auch in Zeitungen und Zeitschriften, auch im Internet. Manche schienen sich flüchtig gekannt zu haben, andere wiederum wussten nichts voneinander, wenige schienen so etwas wie befreundet gewesen zu sein. Das Einzige, was ihnen allen offensichtlich gemein war, war die Todesursache: Sie waren alle erstickt. Worden. Man fand sie alle mit weit aufgerissenen Mäulern, in deren Schlünden zusammengeknülltes Papier steckte. Alfons Friedrichsberg hatte selbstverständlich Notiz davon genommen und kontaktierte seinen Bekannten bei der Kriminalpolizei, Hauptkommissar Heidenreich. Der wusste zu berichten, dass alle Kritiker mit einem Blatt Papier erstickt worden seien, einer Buchseite, auf der ein Haiku abgedruckt war mit dem Titel *Stille*. Friedrichsberg musste nicht lange überlegen; er wusste sofort, dass es sich bei dem Haiku *Stille* um ein Gedicht von Throstwart Granzke handelte; er hatte es in dem dicken Wälzer gelesen, den er in der kleinen, niederrheinischen Lottozeitschriftenbuchhandlung gefunden hatte. Täter und

Motiv standen für Friedrichsberg sofort fest. Nach dem Telefonat mit dem Hauptkommissar hatte Friedrichsberg Granzke telefonisch kontaktiert. Ja, meinte dieser, ihm, dem ehemals großen deutschen Dichterfürsten, sei es genug gewesen, und er habe all seine schärfsten Kritiker ermordet, indem er eine bestimmte Seite aus seinen Haiku-Gedichtbänden ausgerissen, sie zusammenknüllt und sie seinen Opfern in den aufgerissenen Rachen gestopft habe, auf dass sie elendig ersticken sollten an dem, was sie kritisierten. Und er habe darauf geachtet, dass es sich bei dem todbringenden Haiku um das Gedicht *Stille* handelte.

Auf die berechtigte Frage, warum er, Granzke, all diese Morde verübt habe, was ja aufgrund der Entfernungen der Orte und der Anzahl an Leichen (letztlich vierundzwanzig an der Zahl) einen nicht unbeträchtlichen Aufwand darstellte, antwortete Granzke ganz schlicht, dass sie ihn zugrunde gerichtet hätten, dass er es leid gewesen sei und er einfach habe Rache üben wollen. Nun sei aber auch gut, meinte Granzke weiter, er wolle nicht mehr dem ermüdenden Alltagsleben nachgehen und sich ab sofort für immer und ewig an die Nervenheilanstalt binden. Die Koffer seien gepackt, er des Lebens und seiner Taten müde. Suppen, Tabletten und Bettruhe, das sei seine Zukunft. Mit diesen Worten unterbrach Dichter Granzke die Verbindung. Alfons Friedrichsberg tat er leid; er wollte nichts weiter unternehmen. Aber die Angelegenheit ließ ihm keine Ruhe, und so bestellte er in der Buchhandlung seines Vertrauens bei ihm ums Eck den Haiku-Gedichtband (in dem auch das Gedicht *Stille* enthalten war) von Throstwart Granzke und schickte es Hauptkommissar Heidenreich; sollte der doch entscheiden, ob Nervenheilanstalt oder Gefängnis.

Ändern würde es nichts.

LORELEYTOD

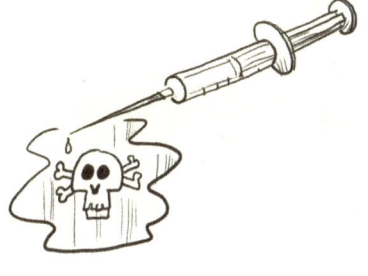

Die Mördersuche hing nur von der Qualität der Aufnahmen ab.

Die Natur hatte ihren Aquarellmalkasten hervorgekramt und den Herbst in den buntesten Farben in die Landschaft getuscht: grüne, gelbe und rote Farben wechselten sich lustvoll ab und zeichneten die Hänge und Weinberge des Mittelrheintals in den bezauberndsten Tönen.

Alfons Friedrichsberg hatte sich nach einem ausgiebigen Frühstück in sein Auto gezwängt und sich über die A3 gequält, hatte dann bei Limburg einen Schlenker gemacht und schlich jetzt über Landstraßen seinem Ziel entgegen: der Loreley.

Sein Freund Jupp Straaten hatte am Vorabend angerufen und ihn gefragt, was er denn von einem gepflegten Sonntagsausflug halte.

Nun, das war leicht zu beantworten gewesen: wenig.

Aber der Gruppenzwang – Willi Dahl hatte schon begeistert zugestimmt – untersagte es ihm, die Einladung auszuschlagen.

Allerdings bat Friedrichsberg darum, erst etwas später dazuzustoßen, denn Straaten und Dahl wollten vorher noch einen Abstecher nach Koblenz machen und dort zünftig zu Mittag essen.

Nichts gegen ein Mittagessen. Aber Friedrichsberg war träge und wollte nicht in der Herrgottsfrühe aufbrechen.

Nun saß er also in seinem Wagen und schlich über die Landstraßen, weil um ihn herum nur minderbemittelte Sonntagsfahrer die Bahn versperrten.

»Wer zu blöd ist, das Gaspedal zu finden und seinen Führerschein als Dankeschön für treue Zusammenarbeit von seinem persönlichen Klapsrat bekommen hat, der sollte doch lieber die Bimmelbahn nehmen«, grunzte der Dicke vor sich hin. Er trommelte ungeduldig mit seinen Wurstfingern auf dem Lenkrad herum.

Friedrichsberg dachte an den Idioten, der mal gesagt hatte, dass der Weg das Ziel sei.

Für heute hatte er schon deutlich zu viel Weg gesehen.

Auf WDR 3 spielten sie irgendein Violinkonzert. Nach dem dritten Satz erfuhr Friedrichsberg durch einen näselnden Moderatorenfatzke, in welchem Verhältnis der Komponist zu seinen Stücken, seinen Mätressen, seinen Auftraggebern und den Mätressen seiner Auftraggeber gestanden und was er gerne zu Mittag gegessen habe; letztlich sei er an Syphilis verstorben.

Na ja, dachte Friedrichsberg, weiß man wenigstens, woher's kommt.

Dann war er angekommen.

Er parkte sein Automobil und erklomm die Höhen zum Loreleyfelsen.

Größtenteils verhielt es sich mit Sehenswürdigkeiten doch so: Man stand davor und schaute andächtig hinauf. Hier war's kurioser: Man fuhr quasi unten dran vorbei, konnte sie aus der Nähe sehen und fuhr dann hinauf, um auf die winzig kleine Loreley hinabzusehen. Idiotisch.

Und hier am Aussichtspunkt sah er, was er schon vermutet hatte: Unmengen an Japanern und Chinesen, alle fröhlich, alle lachend und alle mit Fotoapparaten und Videokameras bewaffnet, die auf alles draufhielten und alles filmten, was sich nicht früh genug retten konnte.

Friedrichsberg ließ seinen Blick schweifen. Eine fantastische Landschaft. Er schaute auf seine Armbanduhr. Er war zu früh, was selten genug vorkam. Und er war außer Atem; was oft genug vorkam.

Einige Bänke standen hier oben, die meisten besetzt, nur hinten links stand eine im Schatten, da saß zwar ein älterer Herr in Beige mit Sonnenbrille auf der Nase, aber es war noch genügend Platz für Friedrichsberg daneben frei.

Er trat an die Bank, grüßte und fragte, ob der Platz auf der Bank noch frei sei. Er erhielt keine Antwort.

Friedrichsberg setzte sich daneben.

Er schaute sich um.

Diese Asiaten knipsten ja wirklich alles und das ständig, dachte Friedrichsberg. Was machten die mit den ganzen Fotos? Daumenkinos?

Friedrichsberg lachte auf.

Der beigefarbene Alte neben ihm reagierte nicht.

Vielleicht schlief er auch, dachte Friedrichsberg.

Über ihm zog ein Falkenpärchen seine Kreise, er hörte die Schiffe tuten, er hörte die Japaner und Chinesen knipsen: die Felsen, die Burgen, die Schiffe, die Weinstöcke, die Souvenirs, die Loreley, sie knipsten sich vor einem Baum, neben einem Baum, hinter einem Baum, sie knipsten sich gegenseitig.

Friedrichsberg sah vereinzelte Paare, die ob der Fotoschießwut kopfschüttelnd vorbeiflanierten, Kinder, die deswegen weinten, und Hunde, die jaulten.

Der Einzige, an dem das alles spurlos vorbeizuziehen schien, das war der Alte in Beige mit der Sonnenbrille, der neben Friedrichsberg auf der Bank saß, ungerührt und irgendwie fern von allem, fast jenseitig.

Jenseits …

Friedrichsberg schaute zu dem Beigefarbenen hinüber.

Er lehnte sich zu ihm hin.

Er beugte sich ganz nah an ihn heran.

Der war im Jenseits. Und mausetot.

Friedrichsberg rückte wieder von ihm weg.

In dem Moment kam Straaten auf ihn zugeeilt: »Entschuldige die Verspätung, aber es war kein Durchkommen. Ganz entsetzlich. Und dann haben wir keinen Parkplatz gefunden. Dahl sucht immer noch.«

Friedrichsberg nickte ihm nur zu: »Soso.«

»Guten Tag, ist da noch frei?«, Straaten wies auf den Platz zwischen seinem Freund und dem Beigefarbenen und schaute ihm auf die Sonnenbrillengläser.

Keine Reaktion.

Straaten setzte sich, beugte sich zu Friedrichsberg und sagte: »Na, der ist ja ungehobelt. Kein Benehmen, der Mann.«

»Ich würde eher sagen: kein Leben mehr. Der rührt sich seit exakt 24 Minuten nicht. Seitdem sitze ich hier neben diesem stummen Buben. Und da kam zwischenzeitlich keiner daher und hat ihn niedergestochen oder angeschossen oder mit einem Halstuch erdrosselt. Wer weiß also, wie lange der schon kein Tönchen mehr von sich gibt.«

»Und da bleibst du hier in aller Seelenruhe sitzen?! Da rufst du nicht die Polizei?!«

Friedrichsberg winkte ab: »Tot ist tot, da helfen auch keine Bullen mehr. Außerdem: Wenn ich aufstehe und Hilfe hole, ist der Sitzplatz weg. Und ich hatte mich auf einen ruhigen Nachmittag gefreut. Gleich gibt's ein schönes Stück Schwarzwälderkirsch und ein Kännchen Kaffee. Das lass ich mir doch nicht von so einem Toten zerhageln. Und wegrennen tut uns der hier auch nicht.«

Sie saßen eine Weile schweigend nebeneinander.

»Sag mal«, sagte Straaten mit einem Mal und schaute zu der Leiche rüber, »irgendwoher kenne ich den Mann ... Aber woher? Aus dem Fernsehen? Moderiert der was?«

»Nicht ganz. Schlimmer. Der schreibt. Das ist der große Heimatdichter Franzwerner Pauls.«

Straaten schüttelte den Kopf. »Sagt mir nichts.«

»Sei froh. Unbekannt geblieben ist er durch seinen Landschaftsband *Wiesen im Tau*, mit Fotografien seiner Frau, oder seine Familienchronik *Meiers – Ein Name geht seinen Weg* oder dem Coming-up-age-Roman *Klaus, du bist die Frau, die ich immer werden wollte*. Ferner Gedichte, Aphorismen, Abreißkalender und Mundart-Stücke für den Hunsrück. Also ist die Tatsache, dass er hier so tot dasitzt, kein nennenswerter Verlust.«

»Ja, aber der wird doch Familie haben, die das Oberhaupt jetzt betrauert.«

Friedrichsberg rieb sich die Hände: »Fein, und schon wären wir bei den Motiven. Denn betrauern trifft's in diesem Fall nicht so ganz. Vielmehr: Drei Weiber hätten vermutlich gute Gründe, ihn zu beseitigen.«

»Aha.« Straaten schaute Friedrichsberg interessiert an. »Und wieso das?«

»Ich muss meinen Ausführungen kurz voranschicken, dass ein entfernter Bekannter von mir einen noch entfernteren kennt, der mit diesem Heimatpoeten hier befreundet ist. Oder mittlerweile«, Friedrichsberg wies auf den Toten neben sich, »vielmehr war. Und dieser Bekannte wusste zu berichten, dass er dreimal verheiratet war und auch von der dritten angetrauten Gattin mittlerweile getrennt lebte. Ein bestimmtes Muster verfolgte er bei seinen Gattinnen nicht. Die erste war bieder und blond, die zweite konservativ und schwarz, die dritte sportlich und brünett. Die Frauen waren die treibenden Kräfte, was die Trennungen anging. Das allerdings nicht vollkommen grundlos. Denn dieser Dichter hier muss ein ziemliches Riesenarschloch gewesen sein. Als Quartalssäufer hat er all seine Frauen, wenn der Monat mal wieder rum war und er seinen Arsch amtlich vollhatte, grün und blau geprügelt. Und in den vier Wochen dazwischen ist er jedem Rock nachgestiegen und hat alles beschlafen, was sich nicht wehren konnte. Bei dem kann ich mir sogar vorstellen, dass er's mit Tieren getrieben hat, wenn nichts anderes zur Stelle war. Dass seine Frauen das nicht lange mitmachten und sich von dem trennten, das liegt ja nur auf der Hand. Sie haben ihm die Pest an den Hals gewünscht. Verständlicherweise. Die Anzeigen gegen ihn liefen, aber ihm war das egal. Im Gegenteil, er hat so getan, als ob nichts wär, verkehrte in der gehobenen Gesellschaft und pfiff drauf. Hat sich sogar über seine Ex-Konkubinen lustig gemacht. Also alles in allem: ein Prügelknabe, der sexuelle Beziehungen zu mehreren Frauen und anderen Wesen unterhalten hat. Und auch diese libidinösen Nebenschauplätze sollen nicht ohne Hauen und Verhautwerden abgelaufen sein. Haben wir als mögliche Motive Rache und oder Eifersucht, Demütigung, gekränkte Eitelkeit und seelische Grausamkeit nebst Kränkung. Starke Triebfedern für einen Mord.«

Straaten nickte: »Und was ist möglicherweise mit Selbstmord, weil er sich nicht entscheiden konnte zwischen seinen Frauen?«

»Musste der sich doch nicht. Der war doch glücklich und zufrieden so.«

»Vielleicht war er sich auch selber leid. Hat festgestellt, was er für ein Arschloch ist.«

Friedrichsberg schüttelte kräftig den Kopf: »Nö. Das ist so Leuten wurscht. Außerdem ...«

Friedrichsberg beugte sich erneut zu dem toten Heimatdichter hinüber. Er besah sich das Gesicht genauer, die Haare, die Ohren, die offen stehenden Augen hinter der Sonnenbrille, den ebenso geöffneten Mund, den Hals und den Nacken. Dann nickte er, lehnte sich auf der Bank zurück, streckte die Beine aus, schlug sie übereinander und verschränkte die Arme vor der Brust.

»Außerdem weist unsere Leiche hier im Nacken, unterhalb des rechten Ohrs, eine kleine Einstichstelle auf, die vermutlich von der Spitze einer Nadel herrührt, was auf eine Spritze schließen lassen dürfte. Also ist unser Sitznachbar hier mit Gift ins Jenseits befördert worden. Und die Einstichstelle liegt so, dass er akrobatische Verrenkungen hätte anstellen müssen, um sich selbst die Spritze zu setzen. Und er war Dichter und nicht etwa Kontorsionist. Nein, Selbstmord können wir ausschließen, es war Mord. Obwohl ...« Friedrichsberg schürzte die Lippen, »obwohl er an diesem Ort ja eigentlich hätte ertrinken müssen.«

»Wie soll er das denn machen? Auf einer hundsordinären Parkbank?«

Friedrichsberg deutete ausladend in die Gegend: »Loreley, du fleischgewordener Geistesblitz.«

»Ja und wer war's jetzt?«, wollte Straaten wissen.

Friedrichsberg atmete lange und laut aus: »Das müsste verhältnismäßig leicht herauszufinden sein. Hier laufen gefühlt dreitausend Japaner rum und fotografieren und filmen seit den frühen Morgenstunden alles. Jede noch so kleine Unwichtigkeit wird dokumentiert. Und ich gehe mal ganz stark davon aus, dass auf einigen der Kameras, also somit auf einigen Filmen und Fotos, Datenträgern und Chipkarten, auch der Mord an unserem dichtenden Sitznachbarn festgehalten worden ist. Die Bullen, die wir auf dem Nachhauseweg mal kontaktieren werden, müssen sich nur ein paar Hundert asiatische Touristen schnappen, das ganze Material sichten und dann haben sie die Tat und den Täter. Leichter geht's ja wohl kaum.«

Von Weitem sahen die beiden Dahl auf die Bank zueilen.

Außer Atem fragte der: »Was schaut ihr mich denn so an? Hab keinen Parkplatz gekriegt. Bis auf einmal vor mir einer frei wurde, weil eine mittelalte Brünette in ihrem Cabrio mit quietschenden Reifen aus einer Parklücke geschossen kam.«

Friedrichsberg und Straaten grinsten Dahl an und sagten nichts. Dahl schaute zwischen beiden hin und her. »Was guckt ihr denn so? Hab ich was verpasst?«

DIE DREIZEHNTE GESCHICHTE

Es begann alles mit dreizehn unterschiedlichen Todesarten.

Aber zunächst einmal zu Julius Birnbaum, seit Jahrzehnten zuständig für Lokales, war er ein kleines Licht bei einer Tageszeitung, Junggeselle, Einzelgänger, passionierter Minigolf-Spieler, Schallplattensammler (spezialisiert auf die deutschen Schlager der 1950er Jahre), einmal in der Woche am Warmbadetag dreißig Bahnen Rücken im Hallenbad, Freitag ab 13 Uhr war Wochenende; alles in allem ein blasser Langweiler mit freudlosem Leben.

Das Einzige, was ihn aus dieser Eintönigkeit riss, war seine jahrelange Arbeit an seinem ersten Roman; leider drohte dieses Projekt an seiner eigenen, nicht vorhandenen Kreativität zu scheitern. Doch als es fast zu einem Durchbruch kommen sollte, bedeutete eben das Julius Birnbaums Ende.

* * *

Alfons Friedrichsbergs Telefon klingelte Sturm; zum bereits dritten Mal in Folge. Er ging nicht dran. Es war kurz nach 18 Uhr, und heute Abend wollte er seine Ruhe haben. Er saß im Wohnzimmer in seinem roten Ohrensessel, die Füße hochgelegt, neben sich auf einem

Beistelltischchen ein Weißbier, daneben Knabberbrezeln, vor seiner Nase einen Kriminalroman.

Das Telefon verstummte.

Er nahm einen großen Schluck vom Weißbier, steckte sich vier Knabberbrezeln in den Mund, rückte seine Brille zurecht und las weiter.

Als sich grad drei finstere Gestalten daranmachen wollten, den abgehalfterten Privatdetektiv zu vermöbeln, klingelte das Telefon erneut.

Friedrichsberg stieß eine lang anhaltende Schimpfkaskade aus, warf den Krimi in die Ecke und wuchtete sich hoch.

»Was denn?!«, bellte er übel gelaunt in den Hörer.

»Hier ist Schmalfuß.«

»Wer ist da?«

»Schmalfuß.«

»Schmalfuß … Schmalfuß … Wer ist denn Schmalfuß?«

»Frau Schmalfuß…«

»Ach, die Nachbarin aus dem Nebenhaus.« Friedrichsberg kannte die alte Schmalfuß vom Grüßen; nette, alte Dame. Er atmete lange aus. »Was kann ich für Sie tun?«

»Ich hab schon mal von Ihnen gelesen. In der Zeitung.«

»Dankenswerterweise noch nicht schwarz umrandet.«

»Über Ihre detektivischen Nachforschungen habe ich schon mehrmals gelesen.«

Friedrichsberg atmete lange aus. »Und weiter.«

»Ja.« Frau Schmalfuß schien nachzudenken. »Also ich rufe Sie an, weil ich ein Problem habe.«

»Ein Problem. Aha.«

»Wissen Sie, bei mir tropft es durch.«

Friedrichsberg hatte Mühe, die Ruhe zu bewahren. »Bei Ihnen persönlich oder in Ihrer Wohnung? Wenn Sie nicht ganz dicht sind, würde ich mal beim Klapsrat vorsprechen. Sollte Ihre Wohnung lecken, müssen Sie einen Handwerker anrufen, der leckt dann zurück.«

»Was meinen Sie?«, fragte Frau Schmalfuß unsicher nach.

Er lenkte ein: »Also, wenn's bei Ihnen tropft, meine ich, dann kann ich da nicht wirklich helfen. Da müssen wir einen Handwerker rauskommen lassen. Ich könnte höchstens zur Nervenstärkung mit Kaffee mit Schuss vorbeikommen.«

»Was für ein Schuss?«

»Eierlikör.«

»Dann kommen Sie mal.« Frau Schmalfuß strahlte durchs Telefon. Und Friedrichsbergs gemütlicher Abend war dahin.

* * *

Die beiden standen in Frau Schmalfußens Esszimmer und starrten an die Decke.

»Sie haben recht«, stellte Friedrichsberg knurrend fest und fuhr sich mit der linken Hand über seinen Schnurrbart, »die ist feucht. Sieht nicht gut aus.«

»Ist ja auch alles nass. Kann ja gar nicht gut aussehen.«

Friedrichsberg nickte. »Was ist denn hier drüber?«

»Mein Nachbar.«

»Logisch.« Er verdrehte die Augen und schaute wieder zur Decke. »Hat der hier drüber auch sein Esszimmer?«

»Ich glaube nicht, nein. Der Herr Birnbaum hat hier drüber sein Arbeitszimmer oder so was. Der ist ja bei der Zeitung. Aber gleich daneben hat der das Bad. Wie hier unten bei mir.«

Friedrichsberg zog den Mund kraus. »So. Ihre Vermutung?«

Frau Schmalfuß hob die Arme und ließ sie wieder gegen ihre Hüfte fallen. »Die Waschmaschinen haben wir unten im Keller. Also kann nur was mit dem Bad sein.«

»Rohrbruch?«

»Auch möglich.«

Friedrichsberg setzte sich stöhnend auf einen der Stühle, die am großen Esstisch standen. »Oder er hat sich Badewasser eingelassen, hat aber den Wannengang nicht mehr erleben können und liegt jetzt tot in seiner Wohnung. Oder er nahm ein Wannenbad und sich darin das Leben.«

»So was Grausames. Nein.« Frau Schmalfuß war entsetzt. Sie suchte krampfhaft nach einer anderen, weit weniger schlimmen Möglichkeit. »Vielleicht hat er es auch vergessen.«

Friedrichsberg nickte heftig und spitzte den Mund. »Durchaus möglich. Und er vergisst es so sehr, dass er mit mittlerweile nassen Füßen auf dem Sofa hockt und sich im Vergessen suhlt. Tut mir leid, Frau Schmalfuß, aber das ist eher unwahrscheinlich.«

»Sie meinen, er ist tot?«

»Ich meine nichts, ich nehme nur an. Wir nehmen jetzt noch einen guten Schluck Kaffee mit Eierlikörschuss und dann gehen wir einfach mal hoch und schauen nach.«

* * *

Frau Schmalfuß rief von ihrer Wohnung aus zunächst den Hausmeister an, der auch verhältnismäßig prompt erschien und ein ungepflegter, grauer Kittel war.

Aber er hatte einen dicken Schlüsselbund und bekam im Nu die Türe zur Birnbaum'schen Wohnung auf.

»Der ganze Boden ist ja nass«, folgerte der Hausmeister scharf.

»So ist es«, gab Friedrichsberg ihm recht. Er sah sich um. »Aber das Wasser scheint weder aus dem Bad noch aus der Küche zu kommen.«

»Ja, aber wo kommt's denn dann her?!«, wollte Frau Schmalfuß schrill wissen.

»Also, wenn mich nicht alles täuscht«, Friedrichsberg schaute sich noch einmal um, »dann kommt das Wasser allem Anschein nach aus dem Arbeitszimmer.«

»Wieso das denn? Da hab ich doch mein Esszimmer.« Die alte Dame schaute zwischen Friedrichsberg und dem Hausmeister hin und her.

Friedrichsberg zuckte mit den Schultern. »Gibt's in diesem Raum«, er deutete auf die Türe vom Arbeitszimmer, »auch einen Wasseranschluss? Wasserrohr? Derlei?«

Heftig schüttelte der Hausmeister den Kopf. »Nicht, dass ich wüsste.«

»Na ja«, sagte Friedrichsberg, »dass Sie was nicht wissen, das heißt ja nichts. Können Sie ausschließen, dass da irgendwas Wässriges durchfließt?«

»Nun, ausschließen …«

Friedrichsberg pustete Luft aus, stellte sich vor die Türe vom Arbeitszimmer und inspizierte sie.

189

Sowohl durch das Schlüsselloch als auch unter der Türe durch und an den Seiten vorbei rann Wasser. Friedrichsberg steckte seine Zeigefingerspitze in das Wasser, führte den Finger zum Mund und schmeckte nach. »Stinknormales Wasser … Hm …«

Er drückte die Klinke behutsam hinunter: die Türe war verschlossen. Er ging in die Hocke; von innen steckte ein Schlüssel im Schloss.

»Der hat sich eingeschlossen und, so scheint es jedenfalls, unter Wasser gesetzt. Niemand ist in den übrigen Räumen der Wohnung, diese Türe hier ist von innen verriegelt und zwangsläufig muss Herr Birnbaum in diesem Zimmer sein, aus dem seit einiger Zeit Unmengen Wasser laufen.« Und an den Hausmeister gewandt: »Und Sie, Sie kleine Schlüsselfee, haben Sie eventuell etwas Passendes am Mann, dass wir diese Tür hier aufkriegen ohne dass wir uns dagegenwerfen müssen?«

Der Hausmeister faselte an seiner Kornfahne vorbei irgendwas in seinen Siebentagebart, kramte den immensen Schlüsselbund aus seiner Kitteltasche und suchte nach etwas Geeignetem.

Keine Minute später sagte der Hausmeister nur: »Ist jetzt offen.«

Friedrichsberg bewegte langsam die Klinke nach unten, drückte die Türe mit einiger Kraft nach innen auf – und ein enormer, fast nicht enden wollender Wasserschwall ergoss sich über die Diele.

Die drei blickten in das unter Wasser gesetzte Zimmer. Alles hatte hier unter Wasser gestanden. Auch Herr Birnbaum selbst, der leblos und vornübergebeugt am Schreibtisch saß.

»Ja, was ist das denn?!«, fand Frau Schmalfuß als Erste die Worte wieder.

»Das, verehrte gnädige Dame, wird Ihr toter Nachbar Birnbaum sein.«

»Ja, aber was macht der da?«

»Der sitzt am Schreibtisch und ist tot.«

»Ja, aber gestern habe ich ihn doch noch vom Einkauf kommen sehen.«

»Gestern war ja auch gestern und der hier vermutlich etwas lebendiger.« Friedrichsberg löste sich aus der Dreiergruppe, ging Wasser tretend zum Schreibtisch rüber und schaute sich die Szene etwas genauer an.

»Nicht, dass Sie hier Spuren hinterlassen«, steuerte der Hausmeister neunmalklug bei, »sonst werden Sie noch festgenommen.« Er grinste breit über sein blödes, kittelgraues Gesicht.

Nach hinten zum Türrahmen sagte Friedrichsberg: »Sie, Herr Hausmeister, rufen mal besser die Polizei. Fragen Sie nach einem Heidenreich, Hauptkommissar. Der soll sich das hier mal ansehen.«

Der Hausmeister verschwand nach hinten.

Und bis die Polizeibeamten eintreffen sollten, wollte Friedrichsberg die Zeit nutzen.

Das Fenster war ebenso von innen verschlossen wie die Zimmertüre; ein Sicherheitsschloss hing am Rahmen.

In dem Zimmer befand sich kein Wasserhahn, auch kein aufgeplatztes Rohr, aus dem das Wasser hätte laufen können. Nichts deutete also auf die Ursache des Wassers hin. Und die Decke schien trocken zu sein: also war vom oberen Stockwerk ebenfalls nichts gekommen.

Das Zimmer mochte fünfzehn Quadratmeter haben, und die Frage blieb: Wie setzt man so was unter Wasser?

An den Wänden standen Regale mit Aktenordnern und Büchern, auf dem Boden lagen unzählige Stapel beschriebenen oder bedruckten Papiers, auf dem Schreibtisch standen ein Rechner, ein Wasserglas und wieder haufenweise Papier. Der Rechner war dahin: ein Opfer der Wassermassen.

Birnbaum selbst schien nicht nur Opfer des Wassers, also nicht nur ertrunken zu sein, nein, im Rücken dieses blassbleichen, fast ausgebluteten wirkenden Mannes steckte ein langes, scharfes Messer, um seinen Hals war ein Halstuch geschlungen, ein Einschussloch zierte seine rechte Schläfe, und er hatte Schaum vor dem Mund.

Friedrichsberg kratzte sich am Hinterkopf. Das war kein natürlicher Todesfall. Und nach Selbstmord sah das Ganze auch nicht aus, dafür hätte der Tote gleich mehrere Anläufe gebraucht.

Friedrichsberg runzelte die Stirn, hatte er es hier doch mit einem höchst obskuren Mordfall zu tun. Wieso brachte man jemanden in einem mit Wasser angefüllten Raum um? Und wo kam genau das her? Und wie kam der Mörder aus diesem Raum wieder heraus, obwohl sowohl Fenster als auch Türe verriegelt und verrammelt waren? (Eine Tatsache, die doch wieder für die Selbstmordtheorie sprechen würde; aber all die anderen Todesumstände … Ein sinnloses Drehen im Kreis.)

Er ließ seinen Blick erneut über den Schreibtisch schweifen.

»Was machen Sie denn da so lange?«, wollte von hinten Frau Schmalfuß wissen.

»Ich schaue mich um«, gab Friedrichsberg zur Antwort.

»Ach so. Und? Haben Sie schon was herausgefunden?«

»Ja. Herr Birnbaum ist tot.«

Frau Schmalfuß war eingeschnappt.

Bücher, Grammatiken, Rechnungen (Strom, Wasser, Telefonanbieter), Briefe (Anschreiben von Firmen, Liebesbekundungen – wie altmodisch! –, Beschwerden aufgrund miserabler Zeitungsartikel), Korrespondenzen mit befreundeten Kollegen der schreibenden Zunft, die Einladung irgendeines Clubs, Ausdrucke von Mails (einiges an Hin-und-Her-Geschreibe, eher berufliches Zeug, nichts Wichtiges auf den ersten Blick, Absagen von einigen Verlagen). Aha.

»Und wie ist er ums Leben gekommen?«, wollte der zurückgekehrte Hausmeister wissen.

»Verschiedenartigst. Lassen Sie einfach Ihre Phantasie spielen und suchen Sie sich dann was aus. Von erstochen bis zu erschossen ist hier einiges dabei.«

»Dann war das hier ein Mörder?!« Der Hausmeister starrte Friedrichsberg an, drehte sich dann rasch um und hechtete zum Bad des Toten, wo er sich lautstark übergeben musste.

Frau Schmalfuß verzog angewidert das Gesicht und Friedrichsberg rief in Richtung Toilette: »Jetzt sind Sie aber der, der hier die Spuren hinterlässt, nicht wahr?!«

Wieder ein Würgegeräusch aus Richtung Bad.

»Und das Abziehen nicht vergessen und hinterher schön sauber machen!«

Friedrichsberg zog die Nase hoch und kehrte sowohl dem Schreibtisch als auch dem Toten den Rücken; er hatte fürs Erste genug gesehen.

»Also, Herr Heidenreich, was sagt denn der Polizei-
arzt?« Friedrichsberg hatte seine Arme auf dem Rücken
verschränkt und stand zusammen mit dem Hauptkommissar in der Diele des Toten.

»Der sagt, dass er so etwas auch noch nicht gesehen hat.«
Der Kommissar grinste. »Ich im Übrigen auch nicht. Und
dann hat er gesagt, dass der Tote allem Anschein nach auf
dreizehn verschiedene Arten umgebracht worden ist. Und
somit ein Selbstmord völlig ausgeschlossen ist.«

Friedrichsberg stutzte. »Was haben Sie gesagt?«

»Soll ich alles noch mal wiederholen?«

»Nein, nein«, Friedrichsberg winkte ab. »Nur das mit
den Todesarten.«

»Sie haben völlig richtig gehört: Unser Toter hier, also
Julius Birnbaum, ist auf dreizehn verschiedene Arten
ums Leben gekommen.«

Einen Moment lang herrschte Schweigen; nur die Polizisten in ihren Schutzanzügen wuselten durch die
Szene und gingen geschäftig ihrer Arbeit nach.

Friedrichsberg unterbrach dieses Schweigen: »Möchten Sie eine Tasse Kaffee mit einem schönen Schuss
Eierlikör? Ich hab ein kleines Zwischenlager bei meiner Nachbarin hier, der Frau Schmalfuß, aufgeschlagen.
Und da ließe es sich weit kommoder plaudern als in dieser unruhigen Atmosphäre.«

Ein Lächeln flog über das Gesicht des Hauptkommis-
sars. »Da sag ich nicht nein.«

* * *

Die beiden saßen am Küchentisch, vor sich jeweils eine große Tasse mit Kaffee und Schuss. Frau Schmalfuß hatte zum Kegeln gemusst, Tod hin, Tod her.

Friedrichsberg und der Kommissar durften sich noch ein wenig in ihrer Wohnung aufhalten, sollten nur, wenn sie gingen, die Türe ordentlich ins Schloss ziehen.

»Wieso denn verschiedene Todesarten?«, wollte Friedrichsberg wissen.

»Das weiß ich nicht«, gab Heidenreich zur Antwort. »Wenn ich's wüsste, wäre ich ein gutes Stückchen weiter. Wir stehen ja auch noch ganz am Anfang. Das heißt: Tatortuntersuchung, Anwohner befragen, Nachbarn, nach Zeugen suchen, vielleicht gibt es auch im Haus oder am Haus oder in der näheren Umgebung eine Kameraüberwachung, auf der irgendetwas zu sehen ist. Wir müssen uns das Arbeitszimmer genau vornehmen ... Da scheinen wir ja unzählige Informationen finden zu können. Bis wir da durch sind ... Oder besser: Bis die erst mal alle trocken sind ...«

»Aber zurück zu den Todesarten. Welche sind denn festgestellt worden?«

Heidenreich lehnte sich zurück. »Er ist erstochen, erwürgt und erschossen worden. Reihenfolge beliebig. Genaueres werden wir vermutlich nach der Obduktion wissen. Und da das ganze Zimmer mit Wasser angefüllt war, wird er wahrscheinlich auch ertrunken sein, wenn er vorher nicht schon tot war. Der Arzt sagte auch, er habe ein kleines, mit der Steckdose verbundenes Radio entdeckt. Das lässt darauf schließen, dass er auch an einem Stromschlag gestorben ist. Suchen Sie sich Ihre Lieblingstodesart aus.«

Die beiden Männer schauten sich über die Tischplatte hinweg an.

»Kannten Sie ihn?«

»Birnbaum?« Friedrichsberg schüttelte den Kopf. »Vom Sehen, schon. Man hat sich auch gegrüßt, wenn man sich im Supermarkt über den Weg lief. Aber sonst …? Ich glaube Frau Schmalfuß hier hatte etwas mehr Kontakt. Sie wohnte ja auch drunter.«

»War Birnbaum in irgendeiner Weise auffällig?«

Friedrichsberg dachte nach. »Auch nicht, nein. Verschlossen, ruhig, fast verhuscht. Ich hatte das Gefühl, man kam dem schon zu nahe, wenn man ihm nur grüßend zunickte. Ob der Grund dafür nun seine eventuelle Schüchternheit war oder ob er irgendetwas zu verheimlichen hatte … Keine Ahnung.«

Heidenreich schob seinen Stuhl nach hinten und erhob sich. »Ich gehe wieder hoch und schau mich um. Wir hören voneinander.«

»Und viel Spaß beim Sammeln«, rief Friedrichsberg ihm nach.

»Was für ein Sammeln?«

»Das Sammeln weiterer Todesarten.«

* * *

Einige Tage später meldete sich Heidenreich bei Friedrichsberg. Der hatte grad in seiner Küche am Herd gestanden und große Speckscheiben zu den Kartoffeln und den Zwiebelstückchen in die Pfanne geschnitten. Gleich würde er noch drei Eier drüberschlagen und seine Bratkartoffeln wären fertig.

Dann kam ihm aber der Kommissar dazwischen.

Dieser berichtete, dass sie keine weiteren Spuren gefunden hatten. Also nichts, was auf den Täter hätte schließen können, auch die Befragung des Umfelds (Nachbarn, Anwohner, Kollegen bei der Zeitung, Freundeskreis, Familie) brachte keine Fortschritte, die Auswertung einer Videokamera an einem nahegelegenen Supermarkt führte zu keiner neuen Erkenntnis, auch die detaillierte Untersuchung des ganzen Papierkrams brachte nichts. Die Ermittlungen führten zu nichts.

Das Einzige, was neu war, war die Tatsache, dass Birnbaum nicht nur erschossen, erstochen, erdrosselt, ertränkt und per Stromschlag ums Leben kam, sondern dass er auch noch erstickt, erhängt, erschlagen, erdrückt, zu Tode erschreckt, vergiftet und ausgeblutet wurde sowie mit einer Überdosis Heroin zu Tode gespritzt wurde.

Friedrichsberg schlug drei Eier über die Bratkartoffeln und bedeckte die Pfanne mit einem Deckel.

Kurzum, Julius Birnbaum war auf dreizehn verschiedene Arten ums Leben gekommen.

Entweder hatte der Mörder Sinn für Humor oder war abergläubisch oder hatte einfach nur eine ordentliche Schraube locker.

Der einzige Kommentar von Friedrichsberg war danach nur: »Aha.«

»Und, was sagen Sie dazu, Herr Friedrichsberg.«

»Hören Sie was?«

»Nein.«

»Sehen Sie.«

»Ich glaube, Sie brennen bestimmt darauf, Ihre Nase wieder in diese Angelegenheit zu stecken, die Sie eigentlich gar nichts angeht, oder?«

Friedrichsberg winkte ab. »Ich glimm noch nicht mal.« Die beiden Männer trennten die Verbindung.

Friedrichsberg nahm die Pfanne vom Herd, stellte sie auf einen Korkuntersatz, den er auf den Esstisch gelegt hatte, und schaufelte sich eine ordentliche Portion Bratkartoffeln auf seinen Teller. Dazu machte er sich eine Flasche Bier auf, goss sich ein, trank einen Schluck und führte die erste Gabel Richtung Mund.

Genüsslich aß er vor sich her, wischte sich ab und an mit einer Serviette den vor Fett triefenden Mund ab, leerte seinen Teller und belud ihn von Neuem mit einer ausgewachsenen Portion. Auch die zweite Flasche Bier ließ nicht lange auf sich warten. Und dann, auf einmal, schoss ihm ein Gedanke durch den Kopf. Er musste unbedingt Jupp Straaten anrufen, denn er hatte plötzlich einen Lösungsansatz für das Problem um die dreizehn Morde an ein und demselben Opfer.

* * *

»Also, ich hab das Ganze immer noch nicht verstanden.« Ratlos saß Jupp Straaten neben seinem alten Freund Alfons Friedrichsberg in dessen Arbeitszimmer vor dem Laptop.

»Ist auch nichts Neues.«

»Du willst also«, machte Straaten unbeirrt weiter, »wenn ich dich richtig verstanden habe, diesem seltsamen Club beitreten.«

»Genau.«

»Weil du ein Problem hast?«

»Richtig.«

»Bei dem die dich unterstützen können.«

»Korrekt.«

»Aber eigentlich willst du da nur einmal hin.«

»Exakt.«

»Weil das alles Mörder sind.«

»So sieht's aus.«

»Ja, sag mal, bist du denn bescheuert?!« Straaten schaute seinen Freund fassungslos an. »Wenn das alles Mörder sind, warum gehst du denn da hin? Und wieso sind das alles Mörder? Woher nimmst du das denn?«

»Das reim ich mir zusammen.«

»Oh, der Herr Dichter reimt sich was. Na, wunderschön. Sag mal, hast du sie noch alle beisammen?! Kannst du mir mal erklären, was das soll?!«

Friedrichsberg setzte eine seiner dicken Zigarren in Brand und paffte Rauchringe an die Decke. »Julius Birnbaum, der Nachbar einer Nachbarin, ist auf dreizehn verschiedene Arten ums Leben gekommen. Er ist mit einer Todesspritze getötet worden, Inhalt war Heroin, dann ist er noch erhängt, vergiftet, ausgeblutet, erdrosselt, erschossen, erstochen, vergiftet, erstickt, erschlagen, ertränkt, erdrückt, zu Tode erschreckt und mithilfe eines Stromschlags umgebracht worden.«

»Und das alles an einem Tag? Das ist aber eine Menge. Das schaffen manche ihr ganzes Leben nicht.«

»Du sagst es.« Friedrichsberg legte seine Zigarre in einem Aschenbecher ab.

»Und wie ist der ertrunken? Oder ertrunken worden?«, hakte Straaten nach.

»Der saß in seinem Arbeitszimmer, das komplett unter Wasser stand.«

Ungläubig schüttelte Straaten seinen Kopf. »Wie soll das denn gehen?«

»Hab ich Heidenreich auch gefragt. Und es geht wohl einfacher, als man meinen mag. Also: Die Häuser hier sind ja alle Altbau. Für die ersten Etagen hatten die vor dem zweiten Weltkrieg wohl noch Geld und genügend Material. Aber je höher die kamen, umso spärlicher wurde alles, also sowohl Konto als auch Zeug zum Bauen. Und bei den dritten Etagen und den Speichern, die da drüber liegen, haben sie richtig gespart und gehudelt. Pfusch am Bau, würde man heutzutage sagen. Früher sagte man dazu: Das passt schon. Und solang sich keiner beschwert ... Das heißt in unserem Fall: Die Decken der dritten Etage sind gleichzeitig die Böden des Speichers. Und Decke sowie Boden bestehen aus schlichten Holzbalken. Das heißt für die dritte Etage: Holz, Rigipsplatten drauf, Tapete drüber, ein Anstrich, und der Drops ist gelutscht. Nicht viel Arbeit also, um vom Speicher mithilfe von Bohrungen durch die Decke in die dritte Etage zu kommen.« Friedrichsberg pfiff zwischen den Zähnen hindurch. »Am Tatort fand man ein ungefähr zehn Zentimeter großes Loch in der Decke, in einer Ecke hinter der Türe. Fiel nicht sofort auf. Ich zum Beispiel hab's gar nicht gesehen. Der/die/das Mörder hat das Loch in die Decke gebohrt, höchstwahrscheinlich zu einem Zeitpunkt, als Birnbaum nicht zu Hause war, hat dann einen Schlauch durch dieses Loch in der Decke geführt, den Schlauch an einen Wasseranschluss auf dem Speicher geschlossen, ja, und dann Wasser marsch!«

»Da hat er aber lange laufen lassen müssen.«

»Jawohl. Aber wie heißt es noch? Steter Tropfen höhlt das Menschsein. Und bei Birnbaum war es eine von dreizehn Todesarten.«

Straaten schüttelte ungläubig den Kopf.

»Die Polizei hat selbstverständlich Nachforschungen angestellt, aber nichts Wesentliches herausgefunden. Dabei liegt es doch ganz offensichtlich auf der Hand, vielmehr auf dem Tisch.«

»Was für ein Tisch denn jetzt schon wieder?«

»Auf seinem Schreibtisch. Da lag einiges an Ausdrucken, Korrespondenzen, unter anderem auch eine Einladung zu einem Treffen des *Clubs der 13*. Ich hab den Wisch gesehen, mir aber nichts weiter dabei gedacht. Und heute Mittag bei den Bratkartoffeln, da kam es mir. Heidenreich hatte mich über die verschiedenen Todesarten informiert. Doch dann, auf einmal, war es da: dreizehn Todesarten trafen sich plötzlich mit dem *Club der 13*. Und da hat's dann hinter der Hirnschale geknistert.«

»Dass du das überhaupt gehört hast, bei deinem Brummschädel.«

»Ja, ja, ist gut. Und was haben wir beide jetzt im Netz herausgefunden? Dass das ein Club ist, der sich einmal im Monat trifft, und zwar am 13., das ist nächste Woche Freitag, das Treffen findet nicht weit von hier entfernt statt, vielleicht gerade mal dreißig Minuten Fahrtzeit, das heißt also, dass ich da nächste Woche mal aufschlage.«

»Ja, aber was machen die denn? Und was hast du für ein Problem?«

»Das Problem ist gar kein reales Problem. Da muss ich mir noch was ausdenken.«

»Versteh ich nicht.«

Friedrichsberg steckte die Zigarre wieder zurück und genoss. »Als ich meine Gedanken nach dem Mittagessen ein bisschen sortiert hatte, habe ich Heidenreich wieder angerufen und ihn gefragt, ob er irgendwas im Computer des Toten gefunden hat, das mit der Zahl 13 zu tun hat. Er wollte sofort nachschauen. Julius Birnbaum war, wie gesagt, ein Zeitungsfritze, aber seit vielen Jahren arbeitete und schrieb er an seinem großen ersten Roman, der in verschiedene kleine Geschichten unterteilt war, die aber letztlich einen großen ganzen Roman abgeben sollten. Er war aber wohl über Monate nur bis – und jetzt halt dich fest, mein alter Freund – zur dreizehnten Geschichte gekommen. Heidenreich hatte dieses Romanfragment in dem Rechner gefunden, und siehe da: Seit wenigen Tagen schien es voranzugehen, Birnbaum schrieb am dreizehnten Kapitel.«

»Langsam dämmert's mir.«

»Als ich die Türe zum Tatort geöffnet hatte, schaute ich mich ein wenig um. Und auf dem Schreibtisch fand ich eben auf handgeschöpftem Bütten eine Einladung zum monatlichen Treffen des *Clubs der 13*. Wir beide haben jetzt in den unendlichen Weiten des medialen Zwischennetzes rumgestöbert und sind recht fix auf die Heimatseite dieses ominösen Clubs gestoßen. Bei diesem Club handelt es sich allem Anschein nach um eine Gruppe von dreizehn Leuten, nie mehr, aber auch nie weniger, darunter sind Autoren, Komponisten, Musiker, Bildhauer, Maler, Komiker, Lyriker, was weiß ich, was da noch für ein Gesocks zusammenkam, letztlich allesamt verhältnismäßig kreative Leute, die an ihrem dreizehnten Werk gescheitert sind.«

»Was denn für ein dreizehntes Werk?«

Friedrichsberg schnaubte laut auf. »Was weiß ich! Die dreizehnte Geschichte, vielmehr das dreizehnte Kapitel, wie in unserem Fall, der dreizehnte Song, die dreizehnte Platte, die produziert werden sollte, das dreizehnte Bild, der dreizehnte Lyrikband, die dreizehnte Skulptur und so weiter und so weiter ...«

»Ach so. Da treffen sich also all die Leute, die an ihrem dreizehnten Wasauchimmer scheitern und nicht vorankommen.«

»So ist es. Der *Club der 13* scheint folglich eine seltsame Formation vergeistigter Artgenossen zu sein, die ein wenig zu sehr dem Aberglauben anhängen.«

»Und du meinst, die haben ...«

»Ich meine nicht, ich könnte mir denken, heißt: mir schwant, ich vermute, nehme an, mutmaße und so fort, dass dieser *Club der 13* hinter den dreizehn Morden an Julius Birnbaum steckt.«

»Und da willst du nächsten Freitag hin? Da nimmst du aber Verstärkung mit. Alleine gehst du mir da nicht hin.«

Friedrichsberg verzog gespielt schmerzvoll sein Gesicht: »Ich fürchte, ich muss dich enttäuschen. Mir bleibt nichts anderes übrig, als alleine da hinzugehen. Wie gesagt: Da sind stets nur dreizehn Leute. Einer ist weggefallen. Ich bin die neue 13.«

»Du stürzt dich in dein Unglück.«

»Da magst du recht haben. Aber es ist nicht mein dreizehntes Unglück. Bin grad mal bei der acht. Also kein Grund zum Aberglauben.«

* * *

Der Raum, in dem sie saßen, befand sich in einem mit einer Laura-Ashley-Tapete versehenen Altbau mit Stuck an der Decke, dritte Etage eines Mehrfamilienhauses aus den Zwanzigerjahren des 20. Jahrhunderts. Schien eine Privatwohnung zu sein, an der Klingel hatte der Name *Laubund* gestanden.

Sie saßen in einem großen Gesprächskreis. Alle dreizehn. Sie hatten einen Kieselstein im Uhrzeigersinn weitergereicht und sich alle nur mit Vornamen vorgestellt; man wollte doch etwas anonym bleiben. Nur das sogenannte Oberhaupt war mit vollem Namen bekannt: Oswaldo Maria Laubund.

Ein weltberühmter, epochemachender bildender Künstler – wenn er nicht so unbekannt geblieben wäre.

Das jedenfalls war Friedrichsbergs Eindruck, nachdem er ein intensiveres Zweiergespräch mit ihm die Ehre gehabt hatte geführt haben zu dürfen.

»Ja«, eröffnete Laubund nun groß die Runde, »schön, dass wir uns alle wieder eingefunden haben, heute am 13., diesmal sogar ein Freitag, na, wenn das mal nicht ein gutes Omen ist. Wir haben auch einen Neuzugang, das ist der Alfons, herzlich willkommen, Alfons.«

Zwölf Paar Hände gaben spärlichen Applaus.

»Danke«, sagte Friedrichsberg nett.

»Nun ist es an dir, lieber Alfons, uns zu sagen, was dich zu uns führt.«

»Ja, also …« Friedrichsberg tat unsicher; in Wirklichkeit war er es natürlich nicht, er wollte nur nicht allzu vorschnell sein und eventuell jemanden vergraulen.

»Mein Name ist ... Ich heiße Alfons, ich bin schon seit längerer Zeit in Pension und habe mich vor ein paar Jahren mal drangesetzt und wollte einen Roman schreiben. Ich lese sehr viel und liebe Bücher über alles, und da dachte ich mir, ich möchte das auch mal, grad jetzt, wo ich die Zeit dazu habe. Und da kommen wir auch schon zu meinem Problem, mein erstes Buch droht am dreizehnten Kapitel zu scheitern.«

»Da hast du ja Glück gehabt, dass frisch ein Platz bei uns frei geworden ist.«

Friedrichsberg schaute sich um. »Ach, hat's bei der Person mit dem dreizehnten Problem geklappt?«

»So ähnlich. Wie bist du denn auf uns gekommen?«

Friedrichsberg druckste zunächst etwas herum. »Das war eigentlich ganz einfach. Ich habe das im Netz gesucht. Ich habe als Suchbegriffe die Dreizehn und das Wort Problem eingegeben, da kamen natürlich viele Informationen zu der Unglückszahl und Aberglaube und so weiter, aber dann kam ich auch auf den *Club der 13*. Die nächsten Schritte waren recht simpel: Ich habe bei dem Link *Kontakt* eine Mail geschrieben, ja, und dann hast du, Oswaldo, dich ja auch schon gemeldet. So ist es gewesen.«

»Schön, dass du da bist, Alfons«, sagte die dürre Dorothee ihm schräg gegenüber.

»Danke, Dorothee«, sagte Alfons. »Was ist denn dein Problem?« (Neben den offensichtlichen Essstörungen und der Unfähigkeit, sich vernünftig anzuziehen: sackweites Leinen in Erdfarben war nun nicht grad das, was in Paris zum neuesten Schrei zählte.)

Kraftlos antwortete Dorothee: »Ich mache ambitionierte Katzenfotos, also die Katze irgendwie im Kontext der Zeiten so, und ich sitze grad halt an meinem dreizehnten Fotoband und da fehlt mir grad echt ein Stück weit auch die Inspiration irgendwie so. Ja.«

Der haben sie doch ins Gehirn geschissen, fuhr es Friedrichsberg durch den Kopf, sagte aber alternativ: »Du, das versteh ich total.«

»Ich bin ja der Dietmar, wie gesagt«, meldete sich ein adipöses Oberlippenbärtchen zu Wort, der genaue Kontrast zur Vorrednerin, »und ich male, wie gesagt, an einem ostpreußischen Landschaftszyklus. Und da hänge ich, wie gesagt, irgendwie am dreizehnten Bild fest.«

»Wie gesagt«, sagte Friedrichsberg.

»Ja, wie gesagt, aber das hab ich ja gesagt, wie gesagt.«

»Schön, Dietmar«, sagte Laubund verständnisvoll.

»Gar nicht schön, wie gesagt.«

»Ja, stimmt, Dietmar.«

»Ich schreib Kurzkrimis«, krächzte plötzlich ein weibliches Vogelwesen. Sie war so groß wie breit – auch im Sitzen – und hatte winzig kleine Augen hinter kreisrunden Brillengläsern; sie hatte etwas Käuzchenhaftes. »Für Romane hat's noch nie gereicht. Ist mir aber egal. Hab schon etliche Preise gekriegt. Hab bis jetzt zwölf dünne Kurzkrimibändchen veröffentlicht. Die haben aber immer nur zwölf Geschichten, weiter traue ich mich nie. Und jetzt müsste ich eigentlich mein dreizehntes Bändchen schreiben. Und … Ja, es klappt eben nicht.«

»Verstehe«, nickte Friedrichsberg und verstand nichts. Eine seltsame Versammlung seltsamer Gestalten, die allesamt – dabei jeder für sich – über die Zahl 13 zu stolpern schienen.

»Weißt du«, machte Heidrun weiter, »wir sitzen hier schon seit vielen Jahren. Also ich seit sieben.«

»Ich auch«, sagte eine Baskenmütze links von ihr.

»Zehn sind's bei mir«, sagte ein Ringelpullunder.

»Gut Ding will Weile haben«, pflichtete ihm eine Häkelnde bei.

»Ich seit neuneinhalb Jahren, wie gesagt«, steuerte Dietmar bei.

»Ich heiße Detlef. Ich sitz seit fünf Jahren an meinem ersten Album. Bin Liedermacher. Läuft scheiße. Schaff den dreizehnten Protestsong nicht. Und das Konzept meines Albums gibt vor, es müssen siebzehn Lieder werden. Ist doch echt kacke.«

Und auch Dorothee ließ sich nicht lumpen: »Und ich seit, und jetzt halt dich irgendwie auch ein Stück weit fest«, Friedrichsberg verkrampfte seine Hände in der Stuhllehne, »seit irgendwie dreizehn Jahren halt ein Stück weit.«

Friedrichsberg schaute seine Mitkreissitzenden der Reihe nach an; dann wandte er sich an Laubund: »Und wie lange gibt's den *Club der 13*?«

»Seit 18 Jahren.«

»Gab's eine große Feier zum Dreizehnjährigen?«, versuchte Friedrichsberg einen kleinen Scherz, rannte aber damit mit Anlauf gegen eine Wand.

»Ich habe den Club gegründet, ich leite und führe ihn.«

»Und darf ich mal ganz interessiert fragen, was dein Problem ist?«

Oswaldo Maria Laubund schaute Friedrichsberg streng an.

Dietmar lachte. »Der hat auch ein Problem mit der 13.«

»Und welches wäre das?«, wollte Friedrichsberg wissen.

Oswaldo atmete qualvoll aus. »Auch ein Romanproblem. Ich schaffe das dreizehnte Kapitel nicht.«

Dietmar präzisierte: »Das dreizehnte Kapitel deines ersten Romans, wie gesagt.«

Betretenes Schweigen verschaffte sich kurz Raum und wurde ohrenbetäubend laut.

Friedrichsberg nutzte den Moment und hing seinen Gedanken nach.

»Nicht übers dreizehnte Kapitel hinausgekommen? Kommt mir bekannt vor.« Friedrichsberg überlegte, ob er zum jetzigen Zeitpunkt schon seinen Joker aus dem Ärmel ziehen sollte.

Und er zog: »Sagt euch der Name Julius Birnbaum etwas?«

Zwölf entsetzte Augenpaare starrten ihn an; man hätte eine Stecknadeln fallen hören können, hätte irgendjemand eine fallen lassen.

Es ließ aber niemand eine Stecknadel fallen.

Dietmar ergriff als Erster das Wort: »Wer?«

Laubund hatte sich auch wieder gefangen, nahm Haltung an, räusperte sich und sagte: »Ja, und da kann ich für alle hier sprechen, den kennen wir. Das ist derjenige, der vor dir da war.«

»Ach«, Friedrichsberg tat stutzend, »ich sitz also auf seinem Platz? Und wo ist Birnbaum?«

»Der wollte nicht mehr kommen. Deswegen ist ja auch Platz für dich.«

»Und wieso wollte er nicht mehr kommen?«, hakte Friedrichsberg nach.

Dorothee: »Er hatte uns halt irgendwie wohl nicht mehr nötig.«

»Langsam, Dorothee, langsam«, unterbrach sie Laubund. »So kann man das nicht sagen. Er hatte unsere Hilfe nicht mehr nötig.«

Dietmar setzte noch hinzu: »Im Stich gelassen hat er uns!«

Die Baskenmütze: »Eine absolute Unverschämtheit! Das waren doch gute Jahre miteinander! Macht man das so? Streift man seine Leute einfach so ab? Ich denke nicht.«

Die Einlassungen der Gesprächskreisteilnehmer führte dazu, dass auch die anderen sich untereinander miteinander unterhielten, manche riefen auch »Verräter!« oder »Lump!« dazwischen, es kam ein leichter Tumult auf, offene Aggressionen schlugen Friedrichsberg entgegen, und er hatte das Gefühl, dass sich auch Laubund nur mit einiger Kraft unter Kontrolle halten konnte.

Noch hatte er sich aber im Griff, und er beschwichtigte das Ganze: »Wir waren ihm wohl keine Hilfe mehr. Aber woher kennst du Birnbaum?«

Darauf war Friedrichsberg vorbereitet. »Von der Zeitung. Er hat mit mir mal ein Gespräch geführt, investigativer Journalismus. Es ging um das Jubiläum eines Karnickelzüchtervereins. Bin da im Vorstand. Ist ein paar Jahre her. Und da haben wir festgestellt, dass wir beide an einem Roman arbeiten. Wann war Birnbaum das letzte Mal hier?«

»Vor vier Wochen.«

»Und da hat er gesagt, dass er nicht mehr kommt?«

»Genau«, sagte die Baskenmütze. »Da hat er uns im Stich gelassen.«

Friedrichsberg schaute sich einmal im Kreis um. »Aber sagt mir doch mal, warum er der Meinung war, nicht mehr kommen zu müssen.«

Wieder das Stecknadelschweigen.

Dann Dietmar: »Wie gesagt: Der hat weitergeschrieben.«

»Was heißt: weitergeschrieben?«

»Er hat die 13 gepackt.«

»Was für eine 13?« Friedrichsberg stellte sich absichtlich blöder als er war.

»Sein dreizehntes Kapitel. Das, wo er so lange festhing. Er hat's geknackt, wie gesagt.«

»Ach so, er hat seine Blockade gelöst.«

»So ist es.«

»Das Arschloch«, kommentierte Detlef trocken.

Laubund ging direkt dazwischen: »Also bitte.«

»Ja, er kann uns doch nicht einfach so im Stich lassen«, krächzte jetzt auch Heidrun.

»Fühlt sich das so für dich an?«, wollte Friedrichsberg von ihr wissen.

»Das fühlt sich nicht nur so an, das ist auch so.«

»Das Arschloch hat uns nicht mehr nötig gehabt«, hakte jetzt wieder Detlef nach.

Und auch Dietmar machte weiter: »Wie kann man das denn machen? Wie gesagt: Das geht doch nicht! Das ist doch nicht im Sinne unserer Sache.«

Heidrun wieder: »Wir müssen zusammenhalten! Unser *Club der 13*!«

»Wir dulden keine Verräter!«, die Baskenmütze.

»Er hat uns hintergangen!«, Dorothee, diesmal ohne »halt« und »irgendwie« und »ein Stück weit«.

»Hat sich noch über uns lustig gemacht, uns verhöhnt!«, empörte sich ein anderer.

»Er hat die Sache verraten!«, ein weiterer.

Sie fingen an, sich langsam in Rage zu reden. Friedrichsberg hatte nur die Ruhe zu bewahren und abzuwarten.

Laubund hatte die ganze Zeit eisern geschwiegen, doch dann platzte es plötzlich aus ihm raus: »Was glaubst du eigentlich?! Glaubst du, das macht uns Spaß?! Weißt du, wie viele Künstler an der 13 scheitern?! Wie viele eine unüberwindliche Hemmschwelle verspüren, nur weil sie sich mit der 13 konfrontiert sehen? Das leere Blatt ... Wie viele Autoren klagen über die Angst vor dem leeren, weißen Blatt! Das leere Blatt ist gegen die 13 der blanke Hohn! Ich weiß von einem Fotografen, der an seinem Mammutprojekt gescheitert ist. Der wollte jede Hausnummer aller Straßen seiner Heimatstadt fotografieren und in einem Fotoalbum und in einer Ausstellung präsentieren. Gescheitert, weil er die Hausnummer 13 nicht fotografieren konnte. Er hat es einfach nicht geschafft. Und schau uns an! Wir alle sind hochintelligente, gescheite, kreative Menschen. Wir sind doch keine Idioten!« Nun gut, dachte Friedrichsberg, die einen sagten so, die anderen sagten so. Letztlich sagten sie aber alle nur so. »Ganz im Gegenteil! Wir sind eine Gruppe, wir sind offen, wir nehmen jeden bei uns auf, der will. Wie dich auch. Du bist willkommen! Herzlich willkommen sogar, bei uns im *Club der 13*. Und Birnbaum? Er war der Erste! Das hat vor ihm noch keiner gewagt. Klar, es gab die Aufgeber, die Versager, die irgendwann die Flinte ins Korn geworfen haben und gesagt haben, dass es nichts mehr bringt. Die Treffen nicht und auch nicht die Arbeit an ihren Projekten. Sie haben aufgegeben! Sich und ihre Sache! Da kann man nichts machen, da können selbst wir nicht mehr helfen. Und glaub mir, es gibt genug Menschen, denen wir, denen der *Club der 13* helfen kann und muss! Die, die aufgegeben haben sind gegangen, neue sind nachgerückt. Aber Birnbaum war der Erste, der uns allen knallhart vor den Kopf gesagt hat, dass er uns nicht mehr braucht, auf uns verzichten kann. Und warum? Weil er mit einem Mal weiterkommt, er kann weiterschreiben, er hat die 13 für sich überwunden. Und damit uns alle und den Geist der Gruppe verraten. Und das konnten wir uns doch nicht gefallen lassen, diesen Affront, diesen Angriff auf uns und unsere Existenz. Da mussten wir etwas unternehmen. Ja, und das haben wir getan.«

Seine Augen hatten sich geweitet, sein ganzer Körper sich aufgebäumt, und da Oswaldo Maria Laubund im Gegenlicht saß, konnte Friedrichsberg sehr gut erkennen, wie zunächst vereinzelte, dann immer stärker in Erscheinung tretende Spucketropfen aus seinem Mund befördert wurden; und je stärker er sich in Rage redete, umso mehr Tropfen kamen herausgeschossen, später, am Schluss seines Donnerwetters, einer Wasserfontäne gleich; ein Zimmerspringbrunnen.

Dann brach Laubund kurz erschöpft in sich zusammen.

Seine Gruppe schaute ihn ungläubig an.

In dieses Schweigen brach Friedrichsberg ein. »Hab ich das grad eben richtig verstanden, Oswaldo? Ihr alle habt Julius Birnbaum auf dem Gewissen?«

»Ja. Wir alle haben ihn umgebracht. Und jeder auf seine eigene Weise. Wir haben ihn umgebracht! Wir alle!«

Friedrichsberg spitzte den Mund. »Ich glaub, ich hab grad ein Déjà vu. Hat irgendwas mit Zügen und einem Kimono zu tun, seltsam.« Er unterbrach dann aber seinen eigenen Gedankengang. »Gut, also wenn ihr alle es wart, wie ist das denn dann abgelaufen? Lasst mich mal überlegen. Ihr schließt euch mit diesem Hausmeister kurz, zahlt ihm wahrscheinlich ein ordentliches Sümmchen oder stellt ihm einfach nur drei Kästen Bier vor seine Wohnung. Das ist der unwichtigste Punkt. Der Hausmeister lässt euch ins Haus und schließt euch auch die Wohnung von Birnbaum auf. Der ist zu Hause, sitzt an seinem Schreibtisch. Und jetzt nehmt ihr ihn euch vor. In welcher Reihenfolge nun was genau passiert ist, das kann ich nur raten. Wie ich den Haufen hier aber einschätze, wolltet ihr alles schön langsam, unangenehm und qualvoll für euer Opfer gestalten. Ich gehe davon aus, dass er festgehalten wurde und ihm als Erstes die Todesspritze gesetzt worden ist, damit sich die Überdosis Heroin schön langsam in seinen Adern ausbreiten und ihre tödliche Wirkung entfalten kann. Gleichzeitig werden drei Mann seinen Kopf fixiert haben und dann wurde ihm ein vergifteter Cocktail verabreicht. Auch hier konnte das Gift langsam seine Arbeit tun. Nun bekam er ein Tuch um seinen Hals geschlungen, das immer fester zugezogen wurde, auf das ihm die Luft langsam immer knapper wurde. Dann der Dolch: Der wurde ihm mit brutaler Gewalt in den Rücken gerammt. Diese Wunde und auch die vorher zugefügten tiefen Schnittwunden, die man ihm am Bauch und an den Beinen beigebracht hatte, ließen ihn jämmerlich ausbluten. Der Blutfluss und das später dazukommende Wasser verkürzten den ganzen Prozess. Wie ihr das mit dem Erdrücken geschafft habt, das weiß ich nicht. Ob ihr zwei mannshohe Sandsäcke transportiert habt und Birnbaum noch, so malad wie er da schon war, auf den Boden gelegt habt, die Sandsäcke auf ihn drauf und ihr zum krönenden Schluss oben auf die Säcke gestiegen seid ... Ich weiß es nicht. Dann kamen die Sandsäcke wieder runter und der nächste Schritt wurde in Angriff genommen: Ihr habt ein Sofakissen geholt, es ihm auf den Mund gedrückt, und er bekam keine Luft mehr. Jetzt wurde das Halstuch richtig stramm gezogen, gleichzeitig auch ein Haken an der Decke befestigt, an dem ein Seil hing, an dem Birnbaum nun aufgeknüpft wurde und eine Zeit lang vor sich hinbaumeln konnte. Von hinten bekam er nun mit einer Eisenstange oder einem dicken Holzscheit mehrere heftige Schläge auf den Hinterkopf, letztlich hatte er ein Loch im Schädel. Einer von euch muss ihn irgendwann noch so angegangen sein, dass er sich fast zu Tode erschreckt haben muss. Bei der Obduktion wurde ein Herzinfarkt festgestellt. Zu guter Letzt habt ihr den Schemel, auf dem Birnbaum provisorisch stand, weggetreten, was zu einem Genickbruch führte. Und dann habt ihr ihm noch eine Kugel in den Kopf geschossen. Das muss hängend passiert sein, darauf lässt der Einschusswinkel schließen. Dann habt ihr ihn abgeknüpft, ihn wieder an seinen Schreibtisch gesetzt, das Fenster verriegelt, damit sich das flutende Wasser länger halten konnte, und das Arbeitszimmer verlassen. Von außen habt ihr abgeschlossen, den Schlüssel habt ihr mitgenommen. Später hat der Hausmeister, nachdem er die Türe geöffnet hat, den Schlüssel von der anderen Seite wieder reingesteckt. Für eure Mordaktion werdet ihr gute zwei Stunden benötigt haben. Und während das alles passiert, bohrt der Hausmeister vom Speicher aus das Loch in die Decke vom Arbeitszimmer. Einer von euch geht hoch, lässt einen Wasserschlauch durch das Loch, den er vorher an einem Wasseranschluss auf dem Speicher anschließt. Nachdem ihr alle euer schändliches Werk vollbracht habt und aus der Wohnung seit, dreht einer von euch den Hahn auf und flutet das Arbeitszimmer unter sich. Als es reicht, dreht er den Hahn wieder zu, zieht den Schlauch raus und das war's. Und somit ist Birnbaum letztendlich auch noch ertränkt worden. Obwohl er dazu zu diesem Zeitpunkt gar nicht mehr in der Lage war. Und durch das kleine Loch lässt der Speichermörder auch noch an einem Kabel, das in einer Steckdose steckte, ein Radio hinunter, dass Julius Birnbaum auch noch einen Stromschlag bekam. Von dem hat er aber mit Sicherheit überhaupt nichts mehr mitbekommen. Dann zieht der Speichermörder das Kabel raus und wirft es durch das Loch ins Arbeitszimmer. Fertig.« Friedrichsberg machte eine dramaturgische Pause und ließ seinen Blick über den Gesprächskreis schweifen. »Und? Hab ich recht?«

Alle Dreizehn nickten.

»Wie bitte? Ich hör ja nichts.«

Fast wie aus einem Mund sagten die Dreizehn: »Ja, wir alle waren es.«

Friedrichsberg senkte seinen dicken Kopf und sprach leise das Wort »Zugriff!« in seinen Oberhemdkragen.

Er hatte sich von Hauptkommissar Heidenreich und dessen Kollegen verwanzen lassen und sich eine Mikrofonanlage an den dicken Leib geschnallt, die eine direkte Verbindung zum Mannschaftswagen (getarnt als Gemüselieferant vom Niederrhein) unten auf der Straße hatte.

»Was soll das?!«, fragte Laubund verwirrt.

»Das soll bewirken, dass diese Räumlichkeiten in knapp dreißig Sekunden von einem SEK-Team gestürmt werden und ihr alle dreizehn hopsgenommen werdet. Und das um«, er schaute auf seine Armbanduhr, »um, und das wird euch alle freuen, um exakt 13 Minuten nach neun.«

So passiert es. Die Türe wurde aufgestoßen, zwanzig Leute stürmten rein, rissen alle Teilnehmer von ihren Stühlen und verhafteten sie.

»Aber ich muss dir einen Strich durch die Rechnung machen«, sagte Laubund grinsend, als er gerade dabei war, von einem Uniformierten in Handschellen hinausgeführt zu werden, zu Friedrichsberg, »ihr habt nämlich nur zwölf verhaften lassen.«

»Das ist ein Punkt, mein lieber Oswaldo, den ich dir und deiner selten dämlichen Gruppe ankreiden muss. Dass ihr euch nicht schämt und so eine Tat mit nur zwölf Leuten von euch begehen lassen müsst, weil ihr dem dreizehnten von euch ans Leder wollt, das ist, meiner Meinung nach, absolut beschämend und nicht entschuldbar. Was ist das für ein beschissener *Club der 13*, der auf nur zwölf Mörder zurückgreifen muss? Allein diese Tatsache hätte dich oder euch vor der Tat zurückschrecken lassen müssen. Ich will mal so sagen: Eure Tat ist ohne die komplette Dreizehn eine untatbare Tat. Und deinen Einwand, wir hätten nur zwölf verhaftet, darf ich korrigieren: Just in diesem Moment wird auch der Hausmeister verhaftet, euer Komplize. Irgendwie musstet ihr ja sowohl auf eure blöde 13 als auch in das Haus und in die Wohnung kommen. Die Tatsache, dass ihr alle bei eurem gemeinsamen Mordsgang niemandem aufgefallen seid, das alleine wundert mich. Zwölf Menschen im Gänsemarsch in ein Haus … das hätte jemand mitkriegen müssen.«

Laubund unterbrach die Ausführungen Friedrichsbergs: »Dorothee und Heidrun hatten jeweils zwei große Geschenkpakete in ihren Händen und trugen die demonstrativ vor sich her. Das war unser Alibi. Wenn uns jemand gesehen hätte, hätten wir behauptet, wir seien auf eine Geburtstagsfeier eingeladen.«

Friedrichsberg strich sich über seinen weißen Schnurrbart. »Nicht schlecht, hübsche Idee.«

Der Polizeibeamte wollte Laubund gerade mit einem »Reicht jetzt« hinausführen, als der sich noch mal zu Friedrichsberg umdrehte: »Aber sag mal, eine Frage habe ich auch noch an dich. Kommst du echt nicht voran mit deinem Krimi?«

Friedrichsberg prustete los. »Schwachsinn.« Er tippte sich mit einem seiner Wurstfinger an die Stirn. »Als wäre ich so blöd und würde einen Roman schreiben. Als hätte ich nichts Besseres zu tun.«

»Du bist auch kein Autor, oder?«

»Nö. Ich bin alt. Und Rentner. Und genieße meine Ruhe, die ich mir ab und zu von solchen Kriminalknobeleien unterbrechen lasse. Das frischt den grauen Alltag und das Oberstübchen etwas auf.«

Der Polizeibeamte führte Laubund jetzt ab, und sie gingen das Treppenhaus hinunter.

Friedrichsberg stellte sich auf das Podest vor der Türe, hielt sich am Geländer fest, dachte bei sich: »Was für eine Gurkentruppe!«, und rief ihnen nach: »Überdies, nur zur Information: Ich bin kein Du und kein uns. Das war ich noch nie und das will ich auch gar nicht sein. Ich bin auch kein wir, ich möchte auch nicht von irgendwem geeucht werden, ich würde ja auch nicht zurückunsen. Ich bin ein Sie und ein Ihnen und das schon mein Leben lang. Obendrein: Ich hatte in der Vorzeit und habe auch fürderhin keine Lust mehr auf ovale Sitzanordnungen mit Gesprächsrunden. Ich habe Lust auf Ruhe und Gemütlichkeit. Und dem gehe ich in der Regel nicht in der Gruppe nach, sondern allein. Und das mache ich jetzt auch schön wieder. Nun, nachdem ihr Spitzbuben hinter Schloss und Riegel sitzt. Kein schlechter Schluss für einen Freitag, den 13., oder? Und euch wünsche ich ein schönes Wochenende im Knast. Und vielleicht kriegt ihr eine Gemeinschaftszelle. Und wenn ihr ganz viel Glück habt, ist's die 13. Schönen Abend noch zusammen!«

LEICHEN IM KELLER

Dass jeder Mensch – so gut er auch sein will oder mag – mindestens eine Leiche im Keller haben soll, das ist ja dem Volksmund schon seit Langem bekannt.

Dass die Anzahl der Kellerleichen mit Ansehen und Status eines Menschen wächst, ist auch nichts Neues.

Dass diese Tatsachen aber mitunter absurde Zustände hervorrufen können, zeigt folgende Geschichte.

Alfons Friedrichsberg erhielt ein paar Wochen zuvor einen Brief von einem Journalisten. In dem Schreiben lud dieser, Friedrichsberg bis dato völlig unbekannte Mensch, ihn zu sich nach Hause ein.

Selbstverständlich recherchierte Friedrichsberg diesen Menschen: Oskar Reutter.

Ein Reporter, der der Meinung war, einer der führenden investigativen Journalisten zu sein. Mit dem einzigen großen Manko: bis dato keine einzige große Sache geschrieben zu haben.

Eigentlich sah er sich als große Nummer beim *Spiegel* oder beim *Stern*. Aber nach einem Volontariat bei der NRZ schaffte er schon nicht den Sprung zum WDR (»Da kommste nicht rein, das ist inzestuöse Vetternwirtschaft. Oder sie haben Angst vor mir.«) und hielt sich jahrelang als freier Mitarbeiter über Wasser. Über eine Berichterstattung über den illegal finanzierten Bau eines Hallenbades in Gummersbach kam er dabei nicht hinaus. Und eben Gummersbach. Der Artikel war auch schon ein paar Jahre alt. Und das Bad mittlerweile geschlossen. Wegen Sparmaßnahmen.

Was dieser Typ von Friedrichsberg wollte, war diesem komplett schleierhaft. In Ermangelung anderer Abendgestaltungsalternativen machte er sich auf den Weg, um Reutter einen Besuch abzustatten.

Friedrichsberg wuchtete seinen dicken Körper aus dem engen Taxivehikel, steckte dem Fahrer einen Zwanzig-Euro-Schein zu und raunte: »Das sind fünf mehr als nötig. Sparen Sie, guter Mann, und investieren Sie beizeiten in eine neue Schaukel.« Er warf die Wagentüre hinter sich zu und stand nun vor dem abgeranzten Flachdachbungalow des Journalisten. Risse im Gemäuer und feuchte Flecke unter dem Dach deuteten darauf hin, dass das Haus sanierungsbedürftig und absolut marode war.

Friedrichsberg drückte den Klingelknopf; noch fiel nichts in sich zusammen. Aber er vernahm keinen Klang, keine Reaktion. Er wartete. Nichts.

Dann klopfte er laut hämmernd gegen die Türe. Einige Zeit später wurde sie geöffnet. Vor Friedrichsberg stand ein hochgewachsener, schlanker, älterer Mann mit halblangen, fettigen Haaren, die eng an seinem Kopf anlagen, auf seiner spitzen Nase trug er eine in die Jahre gekommene Brille, sein ehemals weißes T-Shirt hing speckig an ihm runter, die graue Cordhose hätte eine Wäsche vertragen und seine nackten Füße steckten in alten Birkenstocksandalen.

Friedrichsberg verlieh seinem Befremden Ausdruck, indem er eine Augenbraue hob. Die Gestalt registrierte die Reaktion, lächelte und hielt ihm seine Hand hin: »Ungewöhnlicher Anblick, was? Die Einsamkeit lässt einen nachlässig werden. Angenehm, Oskar Reutter. Schön, dass Sie da sind.«

Reutter öffnete weit die Türe und bat Friedrichsberg mit einer Geste hinein.

Das Haus sah von innen so runtergekommen aus wie von außen und so armselig wie der Hausherr: dunkle Fliesen und ebenso dunkle Möbel aus den Sechzigern, teilweise notdürftig repariert, alte Tapeten an den Wänden, alles dringend überholungswürdig, Umzugskartons standen auf den Böden, leere Flaschen (in der Hauptsache Wein, Bier und Fusel) lagen überall herum; dazwischen stapelweise Papier und Unterlagen, Aktenordner und Bücher und dort, wo noch Platz war, lag Müll.

Und zu allem Überfluss zog es in diesem Gebäude wie Hechtsuppe.

Friedrichsberg schaute sich um; ungläubig schüttelte er den Kopf. Was war der Typ für eine Gurke, dachte er bei sich.

»Nehmen Sie mir das Chaos bitte nicht übel, das hier ist gewöhnungsbedürftig. Aber es ist meine Ordnung und mein Zuhause. Und das Einzige, was ich noch habe.« Reutter gluckste. »Und dass es hier so zieht ... Das Fenster im Wohnzimmer ist kaputt, da hat jemand vor ein paar Monaten einen Ziegelstein reingeworfen. Keine Ahnung, wer und warum. Seitdem zieht es. Wenn es ein Brandsatz gewesen wäre, hätte es böse enden können ...«

Friedrichsberg nickte und kramte aus Verlegenheit eine Zigarre aus der Innentasche seines Jacketts hervor.

»Ist das hier erlaubt bei Ihnen?« Friedrichsberg fuchtelte mit seiner Zigarre in der Luft herum.

Reutter schüttelte den Kopf und deutete an die Decke: »Leider nein. Wegen der Rauchmelder, Sie verstehen? Wenn Sie paffen, dann schlagen die an und keine zehn Minuten später haben wir die großen Wagen mit dem Blaulicht im Vorgarten stehen.«

»Das wäre schade um die Hortensien«, sagte Friedrichsberg und steckte seine Zigarre zurück. »Aber wenn ich schon nicht rauchen darf, gestatten Sie mir eine Frage: Warum haben Sie mich hierher gebeten?«

Reutter gluckste. »Das ist schnell erzählt. Möchten Sie vielleicht etwas trinken?«

Friedrichsberg bedachte, in welchem Zustand die Trinkgläser in diesem Haushalt sein könnten, und schüttelte nicht allzu angeekelt den Kopf. »Nein, danke.«

Reutter hob die Arme kurz an und ließ sie wieder fallen. »Na, wenn's so ist, dann können wir zur Unterhaltung direkt runtergehen.«

»Wohin runter?«

»Na, in den Keller und zu dem Grund, weshalb ich Sie heute hierhergeholt habe.«

»Dann bitte, nach Ihnen«, sagte Friedrichsberg und ließ den hageren Reutter vorgehen. Langsam wurde ihm die ganze Sache unheimlich.

Sie gingen eine geschwungene Kellertreppe hinunter. Dreck, Spinnweben, stapelweise alte Zeitungen und Zeitschriften lagen überall herum, es hatte sich eine daumendicke Staubschicht auf alles gelegt, die beiden mussten fast eine Art Parcours hinter sich bringen, um hinabzugelangen. Der Keller war ein schmaler Flur, der

über und über mit alten Zeitungen und Magazinen vollgestellt war, und von dem insgesamt vier Türen nach
links und rechts abgingen.

Reutter ging auf die erste Türe zu, öffnete sie, dann
ging er zu der zweiten, öffnete sie ebenfalls, dasselbe
geschah mit der dritten und vierten.

»Schauen Sie sich nur ruhig um«, sagte Reutter und
wies ins Halbrund.

Friedrichsberg war verwirrt und fragte sich, was das
sollte. Er stand mit einem wildfremden, runtergekom-
menen Kerl in dessen Keller und sollte sich jetzt einzel-
ne Räume ansehen? Was spielte dieser Typ für ein Spiel,
was hatte er vor?

Langsam ging Friedrichsberg zu der ersten Türe,
schaute noch mal rüber zu Reutter, trat in den Kellerraum, betätigte den Lichtschalter ... und traute seinen
Augen nicht.

Was er da sah, verschlug ihm die Sprache.

In dem kleinen Kellerraum standen acht Stockbetten
aus Metall, in den Betten lagen mit Spannbetttüchern
bezogene Matratzen und auf jeder einzelnen Matratze
lag eine Leiche. Acht Tote lagen da versammelt vor ihm
in dem Raum, wie zur Guten Nacht gebettet.

Friedrichsberg wurde speiübel. Er deutete mit dem
Zeigefinger seiner linken Hand auf die aufgebahrten
Toten: »Was ist das?«

»Das ist nur der Anfang. Schauen Sie sich gerne um.«
Reutter grinste und trat einen Schritt zurück.

Friedrichsberg verließ diese Aufbahrungsstätte und
betrat den nächsten Raum. In diesem wie auch in den
folgenden beiden Räumen fand er dasselbe Bild vor: in

jedem Kellerraum standen vier Metallstockbetten mit Matratzen und auf den Matratzen lagen Tote, manche in besserem, andere in schlechterem Zustand. Es müffelte unangenehm.

»Ich wusste einfach nicht, wohin damit. Im Garten verbuddeln, in der Ruhr versenken, im Wald verscharren … Die Frage der jeweiligen Entsorgung hat sich als zu kompliziert herausgestellt.«

Friedrichsberg zog einen Flunsch und fragte sich insgeheim, auf welcher Liege für ihn ein Plätzchen reserviert sein mochte.

Reutter schien Gedanken lesen zu können und lachte auf: »Nein, nein, Sie müssen keine Sorge haben. Sie fragen sich doch sicherlich, auf welcher Pritsche Sie zu liegen kommen, stimmt's?«

Friedrichsberg nickte bedächtig und Reutter schüttelte den Kopf.

»Nirgendwo. Jedenfalls ist das mein Plan. Es kann natürlich sein, dass ich diesen Plan verwerfen muss, dass Sie mir einen guten Grund liefern, dass ich Sie letztlich doch irgendwo … Also ganz hinten links wäre noch was frei. Da könnte ich Sie wo zulegen. Muss eh über Doppelt- oder Dreifachbelegungen nachdenken. Es sammelt sich ja was an. Die Arschlöcher werden immer mehr.«

Friedrichsberg verschränkte die Arme auf dem Rücken und pfiff durch die Zähne. Was war das hier? Ein schlechter Scherz und in den Betten lagen nur Puppen? Aber da war doch dieser Geruch … Und bei den Personen in den Betten handelte es sich zweifelsfrei um Tote, teilweise verwest. Was sollte er hier? Warum war er eingeladen worden? Und wie konnte er diesem Verlies lebend entkommen?

Aber er wollte dennoch erfahren, was dieses Leichenpanoptikum hier sollte.

Ihn fröstelte. War es so kalt oder hatte er schlicht und ergreifend Angst? Wahrscheinlich eine ungesunde Mischung von beidem.

Friedrichsberg schluckte, räusperte sich und dachte: »Ich muss das Ding hier in die Hand nehmen. Und wenn es das Letzte ist, was ich tue. Aber sonst war's das.«

Er zwang sich zur Ruhe und durchschritt gemächlich den ganzen Keller, ging von Raum zu Raum und von Stockbett zu Stockbett. Er stutzte: Einige der Leichen kannte er. Da lag ein ehemaliger Bürgermeister, zwei bekannte Banker, drei Wirtschaftsbosse, ein Fernsehredakteur ...

Friedrichsberg drehte sich zu Reutter: »Könnten Sie mir denn freundlicherweise erklären, was das Ganze hier soll? Was will mir diese Leichenparade sagen? Sie scheinen sich ja was dabei gedacht zu haben. Also ich hoffe es zumindest. Was genau das ist, das will mir allerdings nicht wirklich einleuchten. Also?!«

Reutter grinste diabolisch: »Um es kurz zu machen: Die sind mir alle auf den Sack gegangen.«

»Och. Das ist natürlich ein Grund. Wenn es danach geht, müsste ich zuhause anbauen. Aber mussten Sie sich denn gleich so viel Arbeit machen und alle umbringen? Leichtes Meiden und Aus-dem-Weg-Gehen hätte es doch auch getan, oder etwa nicht? So machen es jedenfalls die Meisten.«

Reutter grinste über das ganze Gesicht. »Was glauben Sie, was ich die ersten Jahrzehnte gemacht habe? Genau das: Ich bin solchen Idioten so gut es ging aus dem Weg gegangen. Aber wenn man sein Leben lang nur ausweicht und zur Seite geht und den Kürzeren zieht, ja, dann erreicht man irgendwann den Punkt, an dem man nicht mehr ausweichen kann, da man bereits mit dem Rücken zur Wand steht. Da gibt es dann kein weiteres Zurück mehr, sondern nur noch ein Nach-vorne. Da ist die Konfrontation, der Angriff der einzig wahre Weg.«

Friedrichsberg schaute sich um: »Und ganz zweifellos sind Sie genau den Weg gegangen.«

»So kann man das wohl sagen.«

»Also, soweit, so schlecht«, Friedrichsberg zog wieder seine Zigarre aus der Innentasche und deutete mit ihr auf eine Pritsche, die sich direkt vor ihm befand und auf der ein ihm bisher unbekannter Mann lag. »Wer ist das denn, beispielsweise?«

Reutter lachte schrill auf: »Den kennen Sie nicht?!« Nochmals lautes Auflachen. »Das hätten Sie dem mal zu Lebzeiten sagen sollen, der wäre tot umgefallen. Damit hätten Sie mir einiges an Arbeit abgenommen.«

»Gut, gut, gut, aber wer ist es denn nun?«

»Der? Ein Arschloch! Eine miese Sau! Ein hinterfotziges Subjekt! Der hinterletzte Penner!«

»Ach, dann kenn ich ihn doch.« Friedrichsberg steckte sich die kalte Zigarre in den Mund. »Und über all das hinaus noch irgendwelche Details?«

»Sie dürfen hier aber nicht rauchen«, drohte Reutter.

»Nein, nein, hatte ich nicht vor.« Er ließ die Zigarre in seinem Munde ruhen.

»Vielleicht haben Sie schon mal von ihm gehört. Der Mann ist Journalist gewesen. Ein äußerst mittelmäßiger. Also eher schlecht. Kein Stil, keine Bögen, kein Gehalt, kein tiefgründiges Wissen, kein Ansatz von Intellekt, keine Aussage. Nur alberne Binsenweisheiten, Floskeln, Phrasen, Gefasel, Allgemeinplätze. Das Unbesondere in Person. Aber wie es eben so ist im Leben: Der Durchschnitt wird gemocht. Und deshalb kommt er weit. Der hier ist ein großes Tier im Kulturressort einer überregionalen Zeitung geworden. Ein erbärmliches Trauerspiel. Ich hätte jahrelang kotzen können.«

»Was Sie allerdings nicht taten, sondern zur Waffe griffen und ihn töteten. Wenn die Fragen gestattet sind: Wie, wo und was dann?«

Reutter betrachtete konzentriert seine Fingernägel: »Auf einem Musikfestival im Schwarzwald. Es spielte ein Klaviertrio. Da hab ich ihn das erste Mal nach über dreißig Jahren wiedergetroffen.«

»Ach, Sie kannten sich?!«

»Ja, wir haben zusammen studiert. Das Konzert fand in der umgebauten Scheune eines Bauernhofs statt. Wir trafen uns durch Zufall auf dem Klo. Ich stand da am Urinal, er trat direkt neben mich. So standen wir nebeneinander. Ich erkannte ihn sofort. Er schaute dann irgendwann zu mir rüber, erkannte mich und grinste nur. Allein dieses dämliche Grinsen. Dieses dämliche, überhebliche Grinsen. Ich wusste sofort, was in ihm vorging, was er dachte. Dieser Triumph, er erfolgreich, ich im Arsch. Ich hab den einfach im Nacken gepackt und solange mit dem Kopf gegen die Fliesenwand gedonnert, bis er wie ein nasser Sack in meinen Händen hing.«

»Schön. Mit einem Toten auf dem Pissoir. Und dann? Wie sind Sie denn unbemerkt mit der Leiche vom Hof runtergekommen?«

Hier grinste Reutter: »Das war ganz leicht. Ich habe seinen Arm um meine Schulter gelegt und so getan, als sei der besoffen. Ein Mann von der freiwilligen Feuerwehr kam noch auf mich zu und wollte mir helfen. Ich hab gesagt, das brauche er nicht, das würd schon gehen. Und schon saßen wir im Auto und fuhren wieder hierhin.«

Der hat sie doch nicht mehr alle, dachte Friedrichsberg, sagte aber nichts. Er verließ diesen Raum und kehrte zum ersten zurück. Was für eine seltsame Stimmung. Fast so wie in einem Obduktionssaal. Tote Menschen. Lagen da rum, als würden sie schlafen und als könnten sie jeden Moment aufwachen, aufstehen und loslaufen. Gut, der Journalist mit dem eingeschlagenen Schädel nicht. Und nicht der Politiker mit der durchschnittenen Kehle. Oder die Frauenbeauftragte, der das halbe Gesicht weggeschossen worden war. Aber all die anderen ...

Friedrichsberg, der die ganze Zeit an seiner Zigarre genuckelt hatte, steckte sie wieder in seine Innentasche zurück und schaute sich weiter um, gefolgt von Oskar Reutter.

Friedrichsberg entdeckte einen toten Politiker. »Ach, hier steckt der. Der gilt doch als verschollen. Und was haben sie den gesucht ... Den haben Sie auch ...?!«

Reutter nickte. »Nach einer Podiumsdiskussion. Auf dem Parkplatz. Er wartete auf seinen Chauffeur. Ich hab ihn mit Chloroform betäubt und hierhin gebracht und dann erwürgt.«

Der dicke Friedrichsberg nickte. »Und was ist mit dem Rest hier? Also nicht, dass ich zu jedem einzelnen hier die Personalie erfahren möchte. Aber ganz grundsätzlich: Was suchen die hier alle? Was haben die Ihnen getan, dass Sie die hier aufbahren?«

Oskar Reutter warf sich in die schmale Brust, nahm Haltung an und deklamierte: »Das sind alles Arschlöcher, Idioten, Pfeifen, Verbrecher, Schleimer, Halunken, Scheusale, Ekel ... Ich könnte noch Stunden so weitermachen. Die haben alle Dreck am Stecken, haben windige Geschäfte gemacht, liebe Menschen über den Leisten gezogen, betrogen, hintergangen, waren untreu, haben unsaubere Geschäfte gemacht, damit andere Menschen ruiniert, in die Insolvenz getrieben, in den Schmutz gezogen ... Jeder von denen hier war nur auf seinen eigenen Profit aus. Ob das so ein windiger Bankheini war, der sich nur die Millionen in die eigene Tasche gewirtschaftet hat, oder so ein Immobilienhai, der die armen, alten Leute aus ihren alten Eigentumshäuschen geekelt und ins Heim abgeschoben hat, nur um alles abzureißen und für sehr viel Kohle neue Häuser und Bürokomplexe hochzuziehen. Architekten, die eine ästhetische Zumutung nach der anderen in die Städte kotzen. Oder Möchtegernkünstler, die irgendwas mit Hartknete modulieren und diese Scheiße als ganz große Kunst verkaufen. Autoren und Lyriker, die keinen einzigen vernünftigen Satz zu Papier gebracht haben, aber als die Literatursensation gehandelt werden. Musiker, die mit zwei Tönen ganze Sinfonien bestreiten und es als neue, moderne, avantgardistische Kunst verkaufen. Oder monatelang in den Charts hängen und von den einfallslosen Radiosendern jeden Tag gedudelt werden, dass mir die Galle hochkommt. All diese Kreaturen haben Leben ruiniert und standen mir und meinen Plänen im Weg. Hätte ich nicht auch all das werden können? Hätte nicht auch ich zu all dem das Zeug gehabt, die Veranlagung, das Talent? Aber sie haben all das verhindert, durch ihr Sein, durch ihre pure Existenz. Sie haben mich an meinem Leben gehindert, an meiner Entwicklung hin zu einem reichen, erfolgreichen, schönen Leben.«

Reutter hatte sich in Rage geredet, hatte dabei einen feuerroten Kopf bekommen und war etwas außer Atem. Erschöpft lehnte er sich an die Kellerwand.

Friedrichsberg räusperte sich und kratzte seinen Bauch: »Jetzt mal ganz offen unter uns: Sympathisch fand ich manchen hier unten auch nicht. Und es scheint so, dass es um die alle nicht wirklich schade ist. Aber sie einfach so verschwinden und krepieren zu lassen oder umgekehrt: erst umzubringen und dann hier aufzubahren, das ist doch keine Art, so was. Und wenn Sie mal irgendwann nicht mehr sein sollten und Ihr Haus wird geräumt, dann fliegt Ihnen noch posthum der Kellerinhalt gehörig um die Ohren.«

Reutter winkte ab. »Ach, bis dahin …«

Friedrichsberg strich sich über den Schnurrbart. »Na ja, manche haben eben einen Jahrgangswein im Keller liegen und Sie das ein oder andere Ekelpaket … Die Hobbys der Menschen erstrahlen in den verschiedensten Formen. Und … äh …«, Friedrichsberg beugte sich zu Reutter rüber, »also … was sagen denn die Angehörigen dazu? Wenn ihre Partner plötzlich verschwinden? Einfach so?«

»Natürlich gab es Ermittlungen der Polizei. Die Zeitungen waren ja voll davon. Aber keine Spur führte zu mir. Stand ja auch in keinem Verhältnis zu den Verschwundenen. Und die Angehörigen ... Die Wenigsten warten immer noch. Ich gehe davon aus, die meisten werden erleichtert sein.«

Reutter war immer noch außer Atem, Schweiß hatte sich auf seiner Stirn gebildet, seine Augen schauten irre, er schien fertig mit der Welt.

Er zauste sich die fettigen Haare und schnaubte dabei.

Und Friedrichsberg? Der wurde immer gelassener.

»Jetzt hab ich abschließend noch mehrere Fragen. Die drängendste: Warum zeigen Sie mir das alles? Warum mir?«

Reutter zuckte nervös mit dem Mund. »Habe ... Habe über Sie ...«, stotterte er und zu dem Mundwinkelzucken gesellte sich auch noch ein Wimpernzucken, »über Sie gelesen. Dass Sie ... dass Sie sich ab und ... ab und zu in Kriminalfälle einmischen ... und Ihre ... Ihre Art ... gefällt mir.«

Friedrichsberg verbeugte sich leicht. »Danke für die Blumen.«

»Ich dachte ... dachte, wenn mich einer ... einer versteht, dann ... dann Sie.«

»Sehen Sie, Sie hatten recht: Das verstehe ich. Aber verstehen kann ich Sie nicht.«

»Was?«, entfuhr es Reutter und eine Zornesfalte zog sich über seine Stirn.

»Wie dem auch sei ... Was machen wir denn jetzt? Wollen Sie mich nach all dem, was ich hier gesehen habe, einfach wieder ziehen lassen? Ich könnte, bei allem Verständnis, das ich für Ihre obskure Aktion habe, zur Polizei gehen. Was ich durchaus überlege.«

Das war zu viel für Reutter, und es schlug ihn nach hinten gegen die Wand. Sein Gesicht lief tiefrot an, der Schweiß rann ihm nur so vom Gesicht, seine Hände zuckten wild umher und er japste: »Das … werden … Sie … nicht tun … Ich … werde … Sie nicht … Sie werden … hier … nie wieder … lebend … Ich kann Sie … doch … nicht … einfach so …«

Friedrichsberg unterbrach ihn: »Aber, Herr Reutter, gestatten Sie mir als letztes eine private Frage: Sind Sie verheiratet?«

»Ja.«

»Und was sagt Ihre Frau zu diesem ganzen Zauber hier?«

»Nichts. Die … die liegt … schon seit vielen … vielen Jahren … in Raum … Nummer 4 … rechte … Seite … drittes Bett.«

»Hm … Hat die Sie auch an Ihrem schönen Leben gehindert? Soll ich Ihnen mal verraten, was hier liegen sollte? Sie!«

Friedrichsberg kramte seine Zigarre aus der Innentasche wieder hervor und hielt sie Reutter entgegen: »Ist es jetzt genehm? Besser: gestattet? Seien Sie doch so gut. Bestatten und gestatten Sie. Im öffentlichen Raum darf ich nicht und hier in Ihrem schmucken Mausoleum stört's ja keinen mehr.«

Reutter sackte schweißüberströmt an der Wand zusammen, brabbelte Unverständliches vor sich hin und winkte müde ab. Ob es ihm egal war oder er sich nicht mehr dagegen wehren konnte, das war Friedrichsberg einerlei. Er setzte seine Zigarre in Brand und paffte ausladend.

Plötzlich fasste Reutter sich an die Brust, sein Gesicht verzog sich unter Schmerzen zu einer hässlichen Fratze, er japste nach Luft wie ein Fisch auf dem Trockenen und klappte röchelnd vor Friedrichsberg, mitten auf dem Boden des Kellers Nummer 1, inmitten all der Toten, zusammen.

Friedrichsberg hob leicht die Augenbrauen, atmete müde aus, winkte ab und machte auf dem Absatz kehrt.

Er ging den Kellergang entlang in Richtung Treppe, hoch zum Erdgeschoss – wollte er doch so rasch wie möglich dieses Totenhaus verlassen.

Friedrichsberg hielt kurz inne, paffte mehrmals an seiner Zigarre und dachte nach: Bei dem Zigarrenqualm und dem unglaublichen Zug durchs Treppenhaus und in Anbetracht der Tatsache, dass im Vestibül des Anwesens mindestens sechs Rauchmelder hingen, müsste die Feuerwehr eigentlich in weniger als zehn Minuten eintreffen.

Die könnten sich dann um die Sache hier kümmern.

Um die mindestens zweiunddreißig Toten in den Stockbetten und den zusammengebrochenen Verrückten auf dem Kellerboden, egal ob tot oder lebendig.

Friedrichsberg zog hinter sich die Haustüre zu.

DIE BLUTVASE

EIN TODESFALL (FAST) IN SMS

Das war kein Abend für eine düstere Geschichte. Mit einem satten Seufzer ließ sich Alfons Friedrichsberg in seinen Ohrensessel fallen; er hatte es sich gemütlich gemacht. Neben ihm auf dem Beistelltischchen befanden sich zwei für einen gemütlichen Abend unabdingliche Dinge: zum einen eine Corona Gorda, die neben dem Aschenbecher bereitlag, zum anderen eine Flasche Cognac Rémy Martin nebst dazugehörigem Glas.

Im Fernsehen, so hatte er der Tageszeitung entnommen, sollte der übliche Mist laufen, also entschloss er sich, dass das Gerät heute kalt bliebe. Draußen wehte ein ungemütlicher nass-kalter Novemberwind, es war bereits gegen 18 Uhr dunkel gewesen, nur vereinzelt liefen arme Seelen über die Straße. Grund genug, das Haus nicht mehr zu verlassen und es sich gemütlich zu machen.

Er hatte seine Beine gerade auf ein kleines Höckerchen gelegt und die Zigarre in Brand gesetzt, als sein Mobiltelefon einen Glockenton von sich gab.

Friedrichsberg stöhnte auf. Er wollte seine Ruhe haben.

Er schielte zu dem Gerät hinüber. Er musste ja nicht rangehen, dachte er sich, nahm einen tiefen Zug und paffte genüsslich aus. Die Zigarre im Mund balancierend, goss er sich einen guten Schluck Cognac ein. Er legte die Zigarre im Aschenbecher ab, nippte am Glas und schmatzte der braunen Flüssigkeit nach.

Dann nahm er sich, das Glas auf seinem stattlichen Bauch abstellend, wieder die Zigarre vor.

Und schon kam der nächste Glockenton.

Da war aber einer hartnäckig, dachte er sich. War er aber auch, dachte er sich weiter.

Das Mobiltelefon schickte wieder einen Glockenton.

Friedrichsberg richtete sich auf, langte nach dem kleinen Gerät und schaute drauf: drei Nachrichten von Hejo Tiefenbusch. Was der wohl von ihm wollte?

Er öffnete die Nachrichten.

Erste SMS von Hejo Tiefenbusch: *Hallo Alfons, bist du erreichbar? Melde dich doch bitte. Gruß, Hejo.*

Zweite SMS von Hejo Tiefenbusch: *Ich möchte dich ungern stören, aber melde dich mal. Nicht anrufen, sitze im Zug, schlechte Verbindung, wenig Akku. Hejo.*

Dritte SMS von Hejo Tiefenbusch: *Es ist dringend!*

Friedrichsberg schüttelte den Kopf und schnaubte auf: »Was will der denn? Schon eine ganze Zeit nichts mehr von dem gehört. Und es war keine schlechte Zeit.«

Hermann Josef, genannt Hejo, Tiefenbusch, ein totlangweiliger Zeitgenosse, Bibliothekar in der Stadtbibliothek im Bereich Reiselektüre. Besuchte einmal in der Woche einen Yoga-Kurs in der VHS, hatte seine Wohnung nach Feng-Shui-Gesichtspunkten ein-, aus- und umgerichtet, war überzeugter Junggeselle, züchtete dafür aber Zierfische und nahm regelmäßig an Quiz-Meisterschaften teil.

Also alles genug gute Gründe, nichts mit ihm zu tun haben zu wollen.

Friedrichsberg und er hatten sich auf einer Silvesterparty von Freunden kennengelernt, und Tiefenbusch hatte alle Umstehenden mit nervtötenden Reisege-schichten zunächst gelangweilt und dann erzürnt. Die Runde hatte sich recht schnell aufgelöst, nachdem er auch noch Fotos rumgereicht hatte.

Na ja, was soll's, dachte sich Friedrichsberg und schick-te ihm eine SMS: *Was ist denn so dringend? Was kann ich für dich tun?*

Hejo schrieb umgehend zurück: *Gut, dass du dich mel-dest. Ich weiß nicht, an wen ich mich in dieser Angelegenheit sonst wenden soll. Alfons, du weißt doch wie gerne ich asia-tisch esse.*

Die Antwort-SMS von Friedrichsberg: *Ich erinnere mich, du hast ausführlich davon berichtet. Ich versteh's nicht. Anderthalb Stunden Glutamat, dafür zwei Wochen aufsto-ßen. Und der Reisschnaps geht aufs Haus. Gruselig.*

Tiefenbusch antwortete prompt: *Ich muss mich kurzfas-sen, hab nur noch 32 % Akku.*

Friedrichsberg atmete auf, murmelte: »Na, dann dau-ert das hier wenigstens nicht allzu lang«, schrieb ihm aber: *Dann mal zu, was gibt's denn?*

Also, simste Hejo, *wir waren doch mal zusammen im* »Goldenen Drachen«, *du erinnerst dich, dieses chinesische Restaurant bei mir um die Ecke, ich hatte dich eingeladen.*

Friedrichsberg erinnerte sich, und ihm stellten sich die Nackenhaare auf. Ein langweiliger Abend war das gewesen. Und geschmeckt hatte es ihm auch nicht. *Ich erinnere mich an diesen denkwürdigen Abend,* antwortete Friedrichsberg ihm.

Dann kennst du ja auch die Frau Li, die Besitzerin, oder?

Nun, kennen war zu viel gesagt, aber er erinnerte sich an diesen zart-blassen (nahezu unscharfen) Pinselstrich im rosafarbenen Kimono. *Ich erinnere mich an sie*, schrieb Friedrichsberg zurück.

Mist, nur noch 27 % Akku.

Dann beeil dich mal mit deiner Geschichte.

Irgendetwas stimmte mit dem Restaurant nicht. Schon seit Jahren nicht mehr. Da war nie was los, und ich

Hier brach die Kommunikation abrupt ab.

Wenige Minuten später kam die nächste SMS von Hejo: *Mist, falsche Taste. Also: Ich hab damals schon gedacht, dass da die chinesische Mafia hintersteckt, also diese Triaden, dass die da Geld waschen oder so was. Da hingen auch immer so seltsame Gestalten rum. Und auf einmal hat Frau Li das Restaurant aufgegeben, von heute auf morgen, hat Inventar versteigert, abgegeben und mir eine wunderschöne, große, alte, chinesische Vase geschenkt. Und ich glaube, das ist eine Blutvase.*

Aha, dachte Friedrichsberg und paffte erneut. Was sich also so ein Stadtbibliotheksfritze unter der chinesischen Mafia vorstellte. Goldener Drache, Frau Li, Blutvase ... Was sollte das denn sein?

Also fragte Friedrichsberg nach: *Was ist denn eine Blutvase, bitteschön?*

Die SMS kam postwendend: *Mensch, Alfons, da klebt Blut dran! Also im übertragenen Sinne. Hätte ja nie eine schmutzige Vase mitgenommen. Nur noch 19 %.*

Ja, und was weiter?

Ich hatte also die Vase bei mir zu Hause. Und eines Abends fiel mein Blick auf den unteren Teil der Vase, und es sah so aus, als wäre da eine Art Fach im Boden des Gefäßes. Ich schaute mir das genauer an, die Vase hatte einen doppelten Boden, den man seitlich verschieben konnte, was ich dann auch tat, und in dem Fach fand ich 580.000 Euro.

Friedrichsberg stutzte; glauben konnte er die ganze Geschichte nicht. *Und nun? Das Geld hast du doch hoffentlich nicht behalten?!*

Doch. Ich hab's rausgenommen und zur Bank gebracht und auf mein Konto eingezahlt.

Wie bescheuert kann man eigentlich sein?!

Weiß auch nicht. Das war so ein Reflex.

Du hast sie doch nicht mehr alle!

Also glaubst du auch, dass da die chinesische Mafia hintersteckt?

Nee, die Heilsarmee, die dir was Gutes tun und reich beschenken wollte.

15 % Akku. Meinst du das ernst mit dem Geschenk?

Nein. Kannst du mir verraten, warum du diese blöde Vase nicht einfach wieder in den »Goldenen Drachen« gestellt hast?

Ich wäre die so schnell wie möglich wieder losgeworden. Ich hab dran gedacht. Aber bei so viel Geld ...

Friedrichsberg lachte auf, nahm einen Schluck Cognac und schüttelte den Kopf. *So, jetzt kenne ich also diese blödsinnige Geschichte. Und nun?*

Ich sitze im Zug, ich bin auf dem Weg in die Schweiz und ein paar Reihen vor mir sitzt so ein Schlitzauge, das mich seit dem Kiosk bei mir an der Ecke verfolgt.

Darf ich dich an die politische Korrektheit bezüglich Menschen mit Migrationsvordergrund und Teezeremonien erinnern?

Drauf geschissen! Das Schlitzauge rammt mir gleich einen alten, traditionellen, vorderasiatischen Süße-Enten-Spieß durchs Herz, da scheiß ich auf political correctness.

Und du glaubst also, der ist hinter dir her?

Der guckt manchmal so komisch rüber.

Friedrichsberg musste schmunzeln und nahm einen ordentlichen Schluck vom Cognac. Dieser Tiefenbusch ... Was für ein Spinner. Obwohl, dachte Friedrichsberg: Man konnte ja Paranoia haben und trotzdem verfolgt werden.

Und er schrieb Hejo: *Was hast du eigentlich in der Schweiz zu suchen? Und sag jetzt nicht, du bist mit dem Geld dorthin unterwegs.*

Doch, ich hab's bei mir ... Hab alles von meinem Konto abgehoben. 10 % Akku. Es wird knapp.

Du hast sie wirklich nicht mehr alle.

Dann kam längere Zeit nichts mehr von Hejo Tiefenbusch. Doch plötzlich gab Friedrichsbergs Mobiltelefon einen Gong von sich: Hejo hatte ein Foto geschickt, auf dem der asiatische Bahnreisende recht gut zu erkennen war.

Im Falle eines tätlichen Angriffs oder so was in der Art konnte Friedrichsberg das Foto ja immer noch an die Polizei weiterleiten.

Friedrichsberg nippte am Cognac und tippte in die Tastatur: *Also: Du sitzt mit 580.000 Euro chinesischem Mafiageld im Zug auf dem Weg in die Schweiz und wirst seit deiner Haustüre von einem Asiaten verfolgt. Ist denn keiner vom Bahnpersonal erreichbar? Geistert da keiner rum? Ruf doch die Polizei.*

Der nächste Stopp ist in einer Stunde. Wie will die Polizei denn in den fahrenden Zug kommen? Und selbst wenn ich aussteige, das Schlitzauge wird mir an den Fersen kleben. 6 % Akku.

Ja, und nun? Wie kann ich dir helfen?

Ich weiß es nicht. Als ich vorhin zu Hause in den Zug gestiegen bin, meinte ich, Frau Li am Bahnsteig gesehen zu ha-

ben. Hab sie aber dann aus den Augen verloren. Ob die hier auch sitzt?

Wer weiß. Und vielleicht ist dein seltsamer asiatischer Mitreisender entweder ein hundsgemeiner Tourist oder ein Geschäftsmann.

3 % Akku. Ich weiß es nicht. Aber du hast recht: Vielleicht steigere ich mich da in etwas rein und bilde mir das alles nur ein. Weißt du, ich …

Diese SMS sollte das Letzte gewesen sein, was Friedrichsberg von ihm hörte. Der Akku schien seinen Geist aufgegeben zu haben.

Und nicht nur der Akku.

Mit Friedrichsbergs Ruhe war's für den Abend dahin. Auch drei weitere Cognacs konnten seine Gedanken nicht von der Sache lösen.

Ungefähr fünf Minuten später bekam Friedrichsberg eine erneute SMS von Tiefenbuschs Mobiltelefon, für die der Akku noch gereicht zu haben schien, die aber eindeutig nicht von Hejo Tiefenbusch stammen konnte: *Die Leiche von Frau Li vom Goldenen Drachen wird man bei Ankunft des Zuges in Basel in Wagen 22, Sitzplatz 12, Fenster, Ruheabteil finden. In ihrem Herz steckt ein langer Bratenspieß. Und suchen Sie nicht nach Ihrem Bekannten. Diese Suche wird vergebens sein.*

Seine Leiche wurde nie gefunden.

Und ebenso wenig sein Koffer mit den 580.000 Euro aus der Blutvase.

DIE BILDERGALERIE

Eigentlich war es eine ganz einfache Sache gewesen. Buhrmann hatte den Kurzen in einem Zug runtergeschüttet.

»Einen Abend lang aufpassen, ist ja nichts Dolles.«

Alfons Friedrichsberg hatte die Lippen gespitzt und vor sich hingepfiffen. »Und zum Dank?«

Mit einer unauffälligen Handbewegung hatte Buhrmann noch einen Kurzen geordert, den der Wirt wenig später kommentarlos über den Tresen schob.

»Die Tür zu meinem Weinkeller steht dir offen. Und was Warmes steht für dich auf dem Herd. Und du weißt: Meine Haushälterin kocht hervorragend.«

Friedrichsberg nickte; einige Male schon war er in den Genuss gekommen.

»Wie lang soll das Ganze dauern?«, wollte der Dicke wissen.

Buhrmann wiegte den Kopf hin und her. »Schätze mal bis zwei Uhr. Maximal drei. Was meinst du?«

Friedrichsberg ächzte auf und nahm einen großen Schluck von seinem Bier. »Ich müsste nicht so lange überlegen, wenn du mir anbötetest, die ein oder andere Kiste Wein mit nach Hause zu nehmen. Du weißt: am gernsten sauf ich noch daheim mit mir allein.«

Buhrmann grummelte irgendwas Unverständliches und nickte dann.

Hektor Buhrmann war Privatier und Kunstmäzen. Reich geboren, reich geerbt, reich geheiratet und reich geblieben, nicht nur das: den Reichtum auch noch vermehrt. Aktien, Kunst, Immobilien, windige Geschäfte; und schon flossen die Gelder in die Schweiz und nach Luxemburg.

Buhrmann ließ arbeiten; er selber beschäftigte sich mit Kunst, handelte mit seltenen Werken und Stücken, malte selber und arbeitete mit Stein.

Friedrichsberg und Buhrmann kannten sich durch einen gemeinsamen Freund; und regelmäßige Feierlichkeiten führten dazu, dass man sich öfters über den Weg lief.

Jetzt saßen sie zusammen am Tresen von Buhrmanns Stammkneipe, und der Mäzen war seine Bitte losgeworden.

»Ich habe das Haus voller Kunstwerke, größtenteils Bilder, aber auch Stein- und Tonarbeiten. Das sind insgesamt an die vierzig Stücke. Die würde ich ungern alleine lassen. Kannst du sicherlich verstehen. Aber ich muss am Donnerstagabend unbedingt auf diesen Empfang ...«

Friedrichsberg schmatzte laut. »Der ganze Kram kommt morgen, wenn ich dich richtig verstanden habe, und bleibt dann bis Freitag in deinen vier bescheidenen Wänden, die sich auf zweihundertvierzig Quadratmetern Villa verteilen, werden dann am Freitagmorgen von einer Kunstspedition abgeholt, um in die Heilige und Dom-Stadt Köln gebracht zu werden, damit sie dort als prächtige Leihgabe in einem subventionierten Museum vor sich hinmodert. Was ist das ganze Zeug wert?«

»An die vier Millionen?!«, schätzte Buhrmann.

Erneutes Schmatzen.

»Wann noch mal?«, fragte der Dicke und verlangte nach einem neuen Bier.

»Donnerstag auf Freitag.«

Friedrichsberg verzog angewidert das Gesicht. »Hm ... Nachtaktion. Drei Kisten Wein«

»Sei gegen 17 Uhr da, der Rest wird sich zeigen.«

»Hm«, machte Friedrichsberg. »Fassen wir zusammen: Sitzen, sinnen, schauen, staunen und gucken, ob wer guckt.«

»So ist es.«

»Im Gegenzug darf ich so viel aus deinem Weinkeller wegsaufen wie ich will, dazu gibt es warme Speis' und für den Nachhauseweg, den ich trunken ja nicht selbstfahrend antreten werde, also wird eine Taxihin- und Rückfahrt mit drin sein, gibt es noch – sagen wir mal – vier Kisten erlesenen Weines oben drauf.«

Buhrmann nickte müde. »Du hast mein Wort.«

»Hmhm ...«

»Wird eine leichte Sache werden. Eigentlich ärgere ich mich schon drüber, dass du für so eine Lappalie so reich bedacht wirst.« Buhrmann lachte auf und schlug Friedrichsberg freundschaftlich auf die Schulter.

Der grunzte nur auf. »Wenn du meinst ...«, sagte der Dicke, trank das frisch vor ihm stehende Bier in einem Rutsch aus, fügte noch ein »Dann sehen wir uns Donnerstag« an, schob sich vom Hocker, nickte Buhrmann zu und verließ die Kneipe.

* * *

Es war ein kalter Winterabend. Die Schneeflocken tanzten durch die Luft, der Wind heulte um die Häuser wie ein räudiger Köter und pfiff durch die menschenleeren und schneebedeckten Straßen. Früh war es dunkel geworden, eine schmale Mondsichel hing faul am Himmel, so, als hätte sie keine Lust zu leuchten.

Hektor Buhrmanns Anwesen lag friedlich in der Dunkelheit.

Alfons Friedrichsberg hatte sich über die vier bereitgestellten Weinkisten gefreut (teures französisches Zeug), sich in der weitläufigen Villa umgesehen, gespeist, getrunken, noch etwas getrunken, wieder getrunken, dann letztlich zu viel getrunken und saß nun in ... ja, wie sollte man es nennen ... in einer Art Bildergalerie. Vielmehr in einem großen, rechteckigen Raum, der an die fünf Meter hoch sein musste, an der einen Seite eine Glasfront hatte, in die große Glastüren eingelassen waren, durch die man auf eine Terrasse gelangen konnte, und in dem außer einem Stuhl nichts stand. Aber alle Wände waren über und über mit Bildern behängt, auch Stellwände hatten den großen Raum unterteilt, und auch an ihnen hingen Bilder. Der Raum besaß an der Längsseite eine Treppe, über die man auf eine Galerie gelangen konnte, deren Wände über und über mit Bildern vollgehängt waren. Und in der Mitte des Raumes standen Kunstwerke aus Ton oder Stein auf Sockeln. Darüber lag nur noch das Dach der großen Villa; zwei große schräge Dachfenster ließen einen kalten Winterhimmel dahinter erahnen.

Friedrichsberg saß nun, nachdem er einen ausführlichen Verdauungsrundgang durch die Villa gemacht hatte, auf dem einzigen Stuhl der Galerie, schaute sich weiter um und trank einen Schluck Rotwein. Er wollte sich in Ruhe mit der Kunst auseinandersetzen; hatte ja auch genug Zeit dazu.

Er hatte, bevor er diesen Bildergalerieraum betreten hatte, im weitläufigen Wohnzimmer den Fernseher angemacht; festgestellt, dass dasselbe wie immer rauskommt, nämlich nichts Gescheites, und das Ding wieder ausgemacht.

Nun saß er da, um ihn herum äußerst wertvolle Bilder, neben seinem bequemen Stuhl eine offene Flasche Rotwein, in seiner Hand ein halb volles Glas und ein Buch, das er sich – neben einigen anderen Dingen – mitgebracht hatte.

So würde es doch noch ein schöner Abend, dachte er bei sich, löschte das Licht im Raum, streckte die Beine aus und kratzte sich grinsend am weißen Haarkranz.

* * *

Die schwarz gekleidete Gestalt hatte ihren dunklen, alten Wagen am Straßenrand geparkt. Es war kurz vor 1:00 Uhr in der Nacht.

Die Gestalt wartete auf einen Anruf, dann konnte das ganze Ding losgehen.

Um Punkt 1:10 Uhr klingelte das Mobiltelefon, die Person am anderen Ende gab den Startschuss, die Gestalt verließ ihr Auto und ging über die Straßenecke hinweg zur nächsten Parallelstraße, wo das Anwesen hinter einer hohen Mauer lag.

Mit einem Schwung war die Mauer überwunden, im Schutz großer Bäume und einiger Hecken und Sträucher huschte die Gestalt behände auf die Villa zu, blieb dann vor einer Glasfront stehen. In die Front eingelassen waren zwei Glastüren. Man hätte nun annehmen können, dass jetzt – mithilfe von Spezialwerkzeug – ein Einbruch durchgeführt werden sollte.

Aber mitnichten: Die schwarze Gestalt zog einen Schlüssel aus ihrer Jackentasche und schloss die Glastür einfach auf.

Vorsichtig und still drückte die Gestalt sie auf und schob sich in den hohen Raum, in dem sich die Kunstwerke befinden sollten. Und dieser seltsame Typ, der sowohl als Alibi als auch als Zeuge hier drinsitzen und aufpassen sollte.

»Setz ihn außer Gefecht. Wird nicht schwer sein, der Kerl ist alt, dick und schwerfällig.« Das war die Anweisung. »Und wenn er dir Sorgen bereiten sollte, kannst du noch mehr mit ihm anstellen. Ist nicht schade drum, auf den wartet keiner.« Das war der Zusatz.

Die schwarze Gestalt sah sich um, ihr Blick fiel über die Bilder an den Wänden, die zusätzlichen Stellwände im Raum machten das Ganze nicht übersichtlicher, da hörte er plötzlich ein Geräusch, er fuhr herum, sah einen großen Schatten rechts von sich, duckte sich instinktiv, zog seine Waffe und feuerte drei Schüsse ab, die unverhältnismäßig laut in der Stille nachhallten.

Die drei Kugeln trafen die Holzskulptur *Fänger im Wind – Aufbruch und Chance. Ein Vergleich.* Die Beschädigung stellte keinen ästhetischen Verlust dar.

Aber sie provozierte eine Reaktion: Aus der der Büste entgegengesetzten Ecke waren nämlich jetzt zwei Schüsse zu hören.

Die schwarze Gestalt zuckte zusammen, drehte sich reflexartig dahin, woher die Schüsse kamen, sah im Dunkel jemanden in einem Stuhl sitzen, und noch bevor irgendeine Reaktion erfolgen konnte, brach die schwarze Gestalt durch die zwei abgefeuerten Kugeln tödlich getroffen in sich zusammen.

Hatte es sich doch als umsichtig herausgestellt, dass Friedrichsberg nicht nur sein Buch als Vorbereitung auf diesen Abend eingesteckt hatte, sondern auch seinen alten Revolver.

»Ich lass mich doch nicht von so einer Pfeife einfach so über'n Haufen schießen!«, murmelte Friedrichsberg.

Jetzt überschlugen sich die Ereignisse, auch ohne eigenes Zutun des Dicken: Gleichzeitig zum Einstieg (oder vielleicht schon etwas früher, das ließ sich im Nachhinein nicht mehr rekonstruieren, war auch vollkommen einerlei) der schwarzen Gestalt hatte sich ein weiterer Einbrecher Zugang über das Dach verschafft.

Friedrichsberg schaute nach oben in Richtung Galerie. Er sah, dass der obere Einbrecher während des Schusswechsels mit dem unteren Einbrecher an einem Haken in der Decke eine Art Flaschenzug befestigt hatte, mithilfe derer er die Bilder und Skulpturen aus dem Raum über das Dach verschwinden lassen wollte.

Besagter Schusswechsel allerdings schien den oberen Einbrecher derart überrascht und erschreckt zu haben, dass er bei der Befestigung des Flaschenzugs am Haken das Gleichgewicht verlor, über das Geländer der Galerie kippte, sich sein Halstuch am Seilwindhaken verfing, es noch einen großen Ruck gab, er sich auf diese Weise selbst erhängte und an der Decke baumelnd verendete.

Alfons Friedrichsberg, den rauchenden Revolver noch in seiner Hand, hörte einen kurzen Aufschrei, schaute nach oben, wo der Einbrecher jetzt baumelte, schaute dann auf den Toten zu seinen Füßen.

»Bleiben Sie ruhig da liegen, Sie stören nicht weiter, da oben hängt eh schon einer.« Friedrichsberg strich sich über seinen Schnurrbart und schaute kurz auf die Waffe in seiner Hand.

Er zog die Nase hoch.

»Am liebsten sind mir doch immer noch die eigenen Leichen«, musste Friedrichsberg stets feststellen, wenn er sich in bedrängter Situation zu wehren hatte. »Da weiß man, was man hat und wer endlich weg vom Fenster ist.«

Er trat auf die schwarze Gestalt zu und schaute ihn sich näher an.

Kam ihm nicht bekannt vor.

Dann ging sein Blick zum Toten am Flaschenzug.

Und dort baumelte, in seinen eigenen Kunstwerken hängend, mausetot Hektor Buhrmann.

»Hältst du mich eigentlich für vollkommen bescheuert, du windiger Geselle? Auf ehrliche Art und Weise kommt man doch nicht an so viel Kohle wie du. Weiß man eben, so was. Und da glaubst du ernsthaft, ich bereite mich nicht vor und tappe blindlings in deine Falle? Ist ja schon fast unverschämt, für wie blöd du mich halten musst. Aber egal: Jetzt hängste ja da und kannst nicht anders.« Friedrichsberg lachte auf.

Er kramte sein Mobiltelefon aus der Jackentasche und wählte zwei Nummern. Die erste war die Telefonnummer von Hauptkommissar Heidenreich.

Nachdem er das zweite Telefonat geführt hatte, schaute er sich noch mal in der Galerie um, sah auf den toten Buhrmann, der von der Decke hing, spitzte die Lippen und pfiff ein Lied.

Es klingelte.

»Wird das Taxi sein.«

Friedrichsberg schmatzte, beugte sich zu den vier Weinkisten hinunter, dachte sich, wie früher am Abend auch schon, dass es jetzt doch noch ein schöner Abend werden könnte, hob sie ächzend hoch und verließ angeheitert das Haus.

SCHLACHTPLATTE

Es begann alles mit einem vorzüglichen Gulasch. Oder es endete damit. Ganz wie man's nimmt.

Ein Gulasch hat, wenn es richtig gut zubereitet, aus erstklassigem Fleisch geschnitten und mit den erlesensten Zutaten versehen worden ist und lange genug vor sich hingeschmort und –gebraten hat, also eigentlich hat so ein Gulasch noch über so manch verschwundene Gattin hinweggetröstet.

Meistens jedoch hat die Gattin vorher so ein Gulasch noch auf den Herd gebracht. Und wenn man sich ihrer dann entledigt hatte und nach getanem Werk ein exzellentes Gulasch genießen konnte, dann war einem schon wohler. Grad im Hinblick auf den einzigartigen Gulaschgenuss in Kombination mit der durch Gattinnenabsenz entstandenen Stille.

Geht oft Hand in Hand: Genuss und Stille.

Selten genug.

Nun stand aber Alfons Friedrichsberg am Herd und rührte im Fleischtopf, in dem es gemütlich schmurgelte. Hinter ihm am Küchentisch saßen seine beiden hungrigen Freunde.

»Diesmal geht es um ein Verschwinden«, grunzte er und hielt dabei seine Nase in den Gulaschtopf.

Jupp Straaten winkte ab. »Das hast du mir ja schon gesagt. Aber um was für ein Verschwinden denn?«

»Bliese hat mir gesagt, Charlie sei verschwunden.«

»Ach, das wusste ich nicht.« Willi Dahl stutzte. »Müssen wir uns um entflogene Sittiche kümmern? Oder Köter? Das ist ja mal was anderes.«

»Charlie ist seine Frau«, korrigierte Friedrichsberg.

»Ach was.«

»Kommt von Charlotte.«

»Na, das erklärt so manches«, nickte Straaten. »Und wo ist sie jetzt, diese Charlotte?«

Friedrichsberg zog sich aus dem Gulaschtopf zurück und setzte sich an den Küchentisch zu seinen beiden Freunden. »Das ist es ja eben: weg.«

»Wie: weg?«, hakte Straaten nach.

»Seit sechs Tagen spurlos verschwunden.«

»Und sie hat nichts hinterlassen? Keinen Abschiedsbrief, noch nicht mal ein kleines Zettelchen, auf dem was steht? Macht man doch so.«

Friedrichsberg schüttelte den Kopf. »Nein, da war nichts.«

»Ja, nun, so macht man's ja nicht.«

»Hatten die denn einen Streit?«, wollte Dahl wissen.

Friedrichsberg erhob sich langsam, trat ans Fenster und schaute hinaus. »Auch nicht. Es war wohl alles Friede, Freude, Eierkuchen. Warum sie weg ist, weiß er nicht.«

»Hat sie was mitgenommen? Sachen gepackt?«

Der Dicke drehte sich zu seinen Freunden um. »Gar nichts. Sie ist einfach so weg. Und deshalb hat mich Bliese um ein Gespräch gebeten.«

»Ach was.« Straaten verzog den Mund und schaute Friedrichsberg herausfordernd an. »Wie ist dieser Bliese denn auf dich gekommen?«

»Ich war letzte Woche in seiner Radiosendung *Dialog nach 9*.« Friedrichsberg grinste breit.

»Bei dem großen Hans-Werner Bliese?! Wie kommt das denn?!« Straaten war erstaunt.

»Weiß nicht. Seine Redaktion hatte mich kontaktiert. Die wollten mich in der Sendung haben.«

»Zu was für einem Thema denn? Dick im Alter?«

Friedrichsberg streckte Straaten die Zunge raus. »Sehr komisch. Nein, zu den kriminalistischen Untersuchungen und Knobeleien, die ich ab und an unternehme.«

»Aha«, machte Straaten. »Und diesem Meier ist die Charlotte verschwunden worden und wir sollen wieder ein bisschen rumschnüffeln, oder wie hab ich's?«

Der Dicke nickte erneut: »Exakt. So sieht's aus.«

»Na, wenigstens liegt diese Charlie nicht tot in der Ecke. Auf so eine Mordgeschichte hab ich im Moment nun wirklich keine Lust. Und wie seid ihr jetzt verblieben?«

Friedrichsberg löste sich vom Fenster. »Wir sind geladen. Zum Essen. Hausmannskost.«

»Und wann?«, wollte Dahl wissen.

»Morgen Abend.«

* * *

Sie saßen vor leer gegessenen Tellern im Esszimmer des Bliese'schen Anwesens. Auf dem ovalen Esstisch lag eine weiße Tischdecke, an der Decke hing ein Kronleuchter und Ölgemälde an den Wänden. Der Rest Chippendale.

Martha Bliese war Mitte siebzig, hatte eine kerzengerade Haltung, äußerlich wie innerlich, und wirkte in allem leicht entrückt, entschleunigt, wie nicht von dieser Welt.

Sie lächelte ihre Gäste milde an und faltete dabei die Hände vor ihrem Bauch. »Das finde ich aber reizend, dass Sie es einrichten konnten, meinem Sohn unterstützend unter die Arme zu greifen. Er scheint mir dann doch etwas verwirrt momentan. Selbst mein Gulasch kann ihn nicht beruhigen … Aber das sind die Nerven, nicht wahr, Hans-Werner, die Nerven sind's, oder?« Sie schaute ihren Sohn mütterlich an.

»Natürlich, Mutter, es werden die Nerven sein«, sagte Hans-Werner Bliese matt. »Was sonst?«

Bliese selbst war Mitte vierzig, rustikal gebaut, und aus seinen Augen blitzte ein scharfer Geist.

Seine Mutter erhob sich langsam. »Hat's Ihnen denn geschmeckt, meine Herren?«

Friedrichsberg tupfte sich mit der Serviette Soßenreste aus den Mundwinkeln. »Frau Bliese, es war ausgezeichnet.«

»Das hat meine Mutter selber gemacht«, fügte Bliese an.

»Kohlrouladen sind eine meiner Spezialitäten«, sagte Martha Bliese nicht ohne Stolz. »Ohne mich selber loben zu wollen, aber ich kann sehr gut Hausmannskost.«

»Bekommt man ja heutzutage viel zu wenig«, stellte Straaten mit tränenfeuchten Augen fest. »Gute deutsche Küche. Deftiges.«

Man hing kulinarischen Erinnerungen nach.

Die andächtige Stille wurde von Hans-Werner Bliese unterbrochen: »Innereien macht sie auch.«

»Ja, auch Innereien«, nickte Martha. »Leber, Hühnerherzen, saure Nierchen …«

»Meine Mutter wurstet auch selber.«

»Sie müssen wissen, ich bin auf dem Dorf groß geworden. Da war das Schlachten und das Wursten noch ein alltäglicher Zustand. Das war etwas Selbstverständliches. Da wusste man mit umzugehen. Mein Vater, mein Großvater, meine Onkel ... Und ich musste manchmal auch mit ran. Ich hab's in die Wiege gelegt bekommen, sozusagen.«

»Auch Sie?«, fragte Straaten voll Verwunderung. »Grad so ein feingeistiges Geschöpf wie Sie es sind?«

Rasch röteten sich Martha Blieses Wangen. »Herr Straaten, Sie machen mich verlegen.«

»Sie macht tolle Leberwurst. Oder Blutwurst. Auch Blutkuchen.« Bliese schaute die beiden Gäste an.

Leicht angewidert verzog Alfons Friedrichsberg sein Gesicht. »Ich habe nichts gegen eine gute Schlachtplatte ... Aber fassen wir doch mal den Grund unseres Zusammenkommens ins Auge: Ihre Frau ist verschwunden.«

»Ich räume dann mal ab«, sagte Martha Bliese, stellte das Geschirr mitsamt Besteck auf ein Tablett und verließ das Esszimmer.

Abrupt wich alle Freude aus Blieses Gesicht, und er senkte die Augen. »Ja. Charlotte.«

»Und das seit mittlerweile sieben Tagen«, setzte Friedrichsberg nach.

»Richtig. Und ich weiß nicht, was ich tun soll.«

Jetzt mischte sich Straaten ein. »Also, ich möchte Ihnen ja nicht zu nahe treten, aber wenn ich in Ihrer Situation wäre, würde ich die Polizei benachrichtigen. Der Einfachheit halber.«

»Da habe ich auch schon dran gedacht«, sagte Bliese müde. »Aber ich will mich nicht blamieren.«

»Wie: nicht blamieren?« Friedrichsberg schaute streng. »Ihre Frau ist verschwunden und Sie wollen sich nicht blamieren? Also das müssen Sie mir erklären.«

»Ja, also … Was soll ich sagen? Sie ist verschwunden. Vielleicht brauchte sie ja nur eine Auszeit, eine Pause, etwas Abstand, ein bisschen Zeit für sich. Warum auch immer. Vielleicht ist sie irgendwo im Urlaub und lässt es sich gut gehen. Und was mache ich? Ich habe nichts Besseres zu tun, als die Polizei einzuschalten. Und was ist, wenn die ihren ganzen Ermittlungsapparat in Gang setzen und plötzlich steht meine Frau wieder in der Türe und sagt: ›Hallo, Schatz, ich war in der Eifel‹?«

Friedrichsberg schaute grimmig: »Wer fährt schon in die Eifel?«

»Aber wenn sie nur mal für ein paar Tage weg sein sollte …« Straaten seufzte auf. »Warum sagt sie denn da nichts? Ein kurzer Anruf genügt ja völlig. Ist doch keine Art, so was.«

Martha Bliese kam wieder zur Tür herein und fragte in die Runde: »Möchte noch jemand Nachtisch?«

»Nein, danke«, antwortete ihr Sohn.

»Ein Eis mit heißen Kirschen vielleicht?«

»Nein.«

»Oder rote Grütze?«

»Mutter.«

»Ich frag ja nur.« Und Abgang Martha Bliese.

Nach einer kleinen Weile fragte Straaten: »Dass sie entführt worden ist, das glauben Sie nicht?«

»Unwahrscheinlich«, gab Friedrichsberg von sich.

»Oder haben sich schon Erpresser bei Ihnen gemeldet?«

»Nein.«

»Wo könnte sich Ihre Frau denn befinden? Urlaub weit weg, Auszeit um die Ecke, Liebhaber in der Parallelstraße, Entschlackung an der Mosel, chirurgischer Eingriff am Bodensee, was darf's denn sein?« Friedrichsberg grübelte nach. »Gegen eine Entfernung von zu Hause zwecks Aufenthalts andernorts spricht ja die Nichtmitnahme irgendeines Gepäckes, welches Kleidungsstücke oder kosmetische Artikel beheimaten könnte. Und Sachen mitgenommen hat sie ja nicht, oder?«

Erneut ein kurzes »Nein« von Bliese.

»So. Heißt, was bliebe wäre: Liebhaber ums Eck. Oder auch weiter weg. Aber letztendlich bei ihm zu Hause.«

»Wieso denn bei ihm zu Hause?«, fragte Straaten den Dicken.

»Na, weil sie da wahrscheinlich, hält sie sich den Typen schon was länger, Klamotten hat. Da musst du nichts mitnehmen.«

»Das leuchtet ein«, nickte Straaten; an Bliese gewandt: »Und, hat sie einen?«

»Einen was?«, fragte der.

»Liebhaber, Herr Bliese, einen Liebhaber.«

»Nicht, dass ich wüsste.«

»Was soll das denn?!«, bellte Friedrichsberg. »Hat sie oder hat sie nicht?«

»Ich weiß es nicht.«

»Sie haben keine Ahnung, wo Ihr holdes Weib steckt, wenn sie wo steckt, dann wie oder mit wem und wenn sie wo feststeckt, also unfreiwillig, dann wissen Sie nicht durch wen und auch nicht, warum der sie nicht wieder gehen lässt.«

»Und was wollen Sie jetzt von uns?«, wollte Straaten wissen.

»Dass Sie meine Frau finden!«, sagte Bliese mit Nachdruck.

Wieder öffnete sich die Türe, und Martha Bliese trat an den Tisch.

»Entschuldigen Sie«, gab sie von sich, »aber ich habe mehr oder weniger unfreiwillig lauschen müssen. Und ich bin ja der Meinung, dass man die ganze Sache auf sich beruhen lassen sollte. Das wird alles schon wieder. Wer weiß, was sie hat. Und wer weiß, wofür es gut ist.«

Ihr Sohn wollte etwas einwenden: »Ja, aber ...«

Martha Bliese schnalzte mit der Zunge. »Ihr wird's mit Sicherheit gut gehen. Sorge dich nicht. Vielleicht kommt sie ja auch wieder. Charlotte wird irgendwo sein, wo sie es schön hat. Da bin ich mir sicher. Und du machst dir hier Sorgen. Sie entspannt. Am Meer vielleicht. Im Süden ...«

Oder in irgendeinem finsteren Kellerloch.

* * *

Als die drei alten Herren wieder in ihrem Auto saßen und nach Hause fuhren, unterbrach Straaten als Erster die nachdenkliche Stille: »Es geht weder ums Meucheln noch ums Murksen, es ist schlicht die Dame des Hauses verlustig gegangen ... Oder glaubst du, dass dieser Bliese sie umgebracht hat? Also doch eine Mordgeschichte?«

»Warum sollte er das tun?«, fragte Dahl trocken.

»Vielleicht hat der eine andere am Start. Also dass er zweigleisig fährt!«

Friedrichsberg spitzte die Lippen. »Das eine Weib hat er daheim, das andere wird außerhalb und in der Freizeit bespaßt. Ist doch ein schöner Zustand. Warum sollte er da was dran ändern?«

»Einstein, hab ich mal gelesen, also Einstein soll ja seiner Frau konsequent den Mund verboten haben. Sie durfte ihn nicht ansprechen. Das hat er per Vertrag mit ihr so vereinbart. Also vielmehr wahrscheinlich mit seinem Anwalt. Sie hatte sich nur dran zu halten. Sie durfte nur was sagen, wenn er das wollte.«

»Also wenn er ihr das Wort erteilte«, stellte Dahl fest.

»Sozusagen.«

»Na ja, da wird er sich ja auch was bei gedacht haben«, meinte der Dicke.

»Mit Sicherheit. Das soll ja ein intelligenter Mensch gewesen sein, dieser Einstein.«

»Wenn du mich fragst, hat die einen anderen, ist froh, dass sie den Alten los ist und hockt irgendwo in der prallen Sonne und genießt ihr neues Leben«, sagte Dahl.

Friedrichsberg grunzte. »Oder das genaue Gegenteil: eben Kellerloch. Oder so etwas Ähnliches. Aber mal unter uns: Sitzen wir nicht alle unser Leben lang aussichtslos in irgendwelchen Scheißdreckslöchern und warten nur darauf, dass uns einer rettet und befreit? Und? Kommt wer, um uns zu retten? Vielleicht der Ritter hoch zu Ross? Nein. Wir sind Lochhocker. Entweder durch eigenes Verschulden reingefallen oder durch andere reingelegt.

Das Leben, das sind viele Löcher, die so eng und nah beieinanderliegen, dass sie wie ein einziges großes wir-

ken. Und man selbst sitzt in seinem eigenen riesengro-
ßen Loch, das mitunter so groß sein kann, dass man es
als Loch gar nicht mehr wahrnimmt, sondern eher als
reizvolles Ambiente. Grotesk.« Friedrichsberg seufzte.
»Wer da noch Hoffnung hat, ist ein Zauberkünstler. Für
einen kurzen Moment mag das tumbe weiße Kanin-
chen, das galant aus dem Zylinder gezogen wird, über-
raschen. Aber kurz darauf fragt man sich schon wieder, wo bleiben hier eigentlich die Clowns? Über einen
Clown, der in voller Absicht und bewusst immer wieder über seine erwiesenermaßen viel zu großen Schuhe
stolpert und so tut, als wäre es ein beiläufiges Malheur,
lacht man immer wieder gerne. Da kann das eigene
Loch noch so groß sein. Es kann aber auch sein, dass
dieser viel zu große Schuh die Aussicht auf Rettung
ist. Denn die Zauberkünstler des Lebens sitzen in den
Scheißdreckslöchern noch am tiefsten.«

* * *

Friedrichsberg und Straaten hatten eine Nacht gebraucht, um die Gespräche des Vorabends zu verdauen,
und sich dann entschlossen, Hans-Werner Bliese einen
erneuten Besuch abzustatten. Leider hatten sie ihn nicht
angetroffen, da er bereits im Sender war und seine täg-
liche Radioshow vorbereiten musste.

Seine Mutter Martha war allerdings zu Hause, hatte
gerade frisch Rindsrouladen fertig (als Beilage selbst-
gemachte Semmelknödel und Rotkohl) und konnte die
beiden überzeugen, mit ihr zu speisen; sie ließen sich
nicht lange bitten.

Nach dem Mahl saßen sie zu dritt satt am Esstisch zusammen.

Friedrichsberg eröffnete das Gespräch: »Sagen Sie mal, Sie haben aber einen strengen Namen, Frau Bliese.«

»So hieß mein Vater schon.«

»Martha?!«

»Bliese. Martha heiß ich von meiner Mutter aus. Streng katholisch, die Gute.«

»Katholisch. Und streng noch mit dazu! Lasst uns schnell drei Kreuze schlagen, sonst ist es hin mit der frivolen Herumleberei.« Friedrichsberg strich sich über den Schnurrbart. »Frau Bliese, wie alt ist Ihre Schwiegertochter eigentlich und wie lange waren sie und Ihr Sohn schon miteinander verheiratet? Wie lange kennen die sich?«

»Die Charlotte ... Na, wie alt mag die Charlotte sein ...? Ein feines Mädchen. Nicht patent, also im Reinlichen. Und auch in der Küche hatte sie nichts verloren. Sie wollte einfach nicht. Sie wusste mit der Küche nichts anzufangen. Das waren zwei Dinge: Küche und sie. Überhaupt der ganze Haushalt, da war sie schon dankbar, dass es für so etwas Personal gibt. Aber sonst konnte man mit ihr gut auskommen.«

Friedrichsberg verzog sein Gesicht. »Sie sprechen ja in der Vergangenheit von Ihrer Schwiegertochter.«

»Ist das wahr?« Martha Blieses Wangen schlugen rot an. »Ach, das gibt's doch gar nicht. So was ... Das muss unterbewusst ... Also, nein. Die Charlotte war ... also ist ein recht feines Mädchen. Aber ihr genaues Alter, das weiß ich nicht, Herr Friedrichsberg. Wissen Sie, bei

Frauen spricht man ja nicht übers Alter. Das gehört sich nicht. Eine richtige Frau ist alterslos.«

»Richtig. Da spürt man den Verfall nur am Portemonnaie. Wegen der zahllosen OPs und Behandlungen.«

Martha Bliese lachte verhalten. »Ich bitte Sie … Sie sind mir ja einer. Also ich schätze Charlotte auf Anfang vierzig.«

»Da ist Ihr Sohn aber um einiges älter«, stellte Straaten fest.

»Wissen Sie, mein Sohn gehört zu der seltsamen Spezies Mann, die sich, je älter sie wird, immer jüngere Frauen zulegt. Ich bin schon gespannt, mit wem mein Sohn zusammen ist, wenn er achtzig wird.« Wieder lachte Martha Bliese leicht auf.

Straaten winkte ab. »Bei Frauen gibt's aber auch ein ähnliches Phänomen: je oller, je doller.«

»Geheiratet haben Charlotte und mein Sohn vor drei Jahren. Das war ein schönes Fest.«

»Ist er ein Einzelkind?«

»Selbstverständlich, Herr Straaten. Aber man merkt es ihm nicht an, da habe ich immer höchsten Wert drauf gelegt. Dass er sich frei entfalten kann.«

Friedrichsberg hakte nach: »Aber er ist nie wirklich von zu Hause losgekommen.« Mehr Feststellung als Frage.

Mit Nachdruck gab Martha Bliese zur Antwort: »Mein Sohn ist mit Anfang dreißig ausgezogen.«

»Das ging ja fix. War wahrscheinlich eine spontane Kurzschlusshandlung.«

Frau Bliese schien die Bemerkung überhört zu haben. »Und irgendwann hat mein Sohn dieses Anwesen hier bezogen. Da war die Einliegerwohnung frei. Und da hat er mir angeboten, gleich mitzukommen. Ein Angebot, das ich selbstverständlich nicht ausschlagen wollte.«

»Und Ihr Mann?«, wollte Friedrichsberg wissen.

»Der hat sich kurz nach Hans-Werners Geburt abgesetzt.«

»Wo ist er denn hin?«

»Das weiß ich nicht.«

»Und Sie haben nie wieder etwas von ihm gehört?«

»Nein. Hans-Werner und ich können das alles alleine meistern. Wir kommen immer gut miteinander aus. Deswegen kann ich Charlottes Verhalten auch nicht nachvollziehen. Es gibt ja keinen Grund, es ging ihr hier sehr gut. Ach, möchten Sie vielleicht noch etwas von der Leberwurst? Ich habe gestern erst wieder frisch gewurstet. Ich kann's Ihnen einpacken.«

Straaten strahlte: »Für zu Hause gerne.«

»Hat Ihr Sohn eigentlich Feinde?« Friedrichsberg wollte das Ganze etwas beschleunigen.

»Mein Sohn hat keine Feinde.«

»Also wenn man überhaupt gar keine Feinde hat, dann läuft doch irgendwas mit den sogenannten Freunden falsch.«

»Also, es gab und gibt da mit Sicherheit innerhalb des Senders die eine oder andere kleinere Reiberei. Aber dass ich sagen könnte, mein Sohn hätte Feinde …? Nein, tut mir leid. Na ja, außer bei Herrn Hahn, da können Sie mal nachfragen.«

»Wer ist Herr Hahn?«, fragte Straaten.

»Ein Kollege von Hans-Werner. Der hat schon lange ein Auge auf den Sendeplatz meines Sohnes geworfen.«

»Auch auf die Frau Ihres Sohnes?«

»Das kann ich Ihnen nicht sagen. Obwohl: Sie war schon sehr attraktiv …«

Friedrichsberg grinste breit. »Und schon sind wir wieder in der Vergangenheit.«

* * *

Eins musste Friedrichsberg Martha Bliese lassen: Wursten konnte sie; die Leberwurst war ausgezeichnet.

Er hatte sich zwei Brote geschmiert und dazu ein Bier getrunken, als das Telefon klingelte.

Am anderen Ende der Leitung war Straaten: »Ich rufe an in Sachen Hahn. Ich habe den mal ein bisschen befragt, und ich glaube, Hahn und Bliese … die mögen sich nicht so richtig. Konkurrenz, Neid, kleinere Zwistigkeiten. Allerdings nichts von Welt, wenn du mich fragst. Und Hahn schielt ein wenig nach Blieses Sendeplatz.«

»Und das heißt was?«

»Na ja, Bliese hat seine Sendung auf einem recht populären Platz. Und das schon seit Jahren. Das ruft Neider auf den Plan. So auch Hahn. Der würde sehr gerne die Sendezeit füllen. Und wer weiß, was der sich so alles einfallen lassen kann.«

»Kennt Hahn Blieses Frau?«

»Ja, das tut er. Aber nicht gut, wie er sagt. Mal getroffen auf irgendwelchen Mitarbeiterfesten, frag mich nicht. Da kam nichts Genaueres.«

»Und dass Hahn die Bliese-Gattin, ja, sagen wir mal, entführt, um darüber dem Bliese selbst so zuzusetzen, dass er in den Sack haut, und dass Hahn so an diesen Sendeplatz kommt, ist doch durchaus möglich.«

Straaten räusperte sich: »Ich war nicht unmutig. Habe ihm das mit der möglichen Entführung mal an den Kopf geknallt.«

»Doll. Und?«

»Der ist beinah in die Luft gegangen, sag ich dir. Hat mir direkt mit seinem Anwalt gedroht. Und er wollte mich rauswerfen lassen. Bin dann aber freiwillig gegangen.«

Friedrichsberg brummte etwas vor sich hin. »Hm ... Ich habe eine Idee.«

»Das verheißt nichts Gutes.«

»Wir fahren wieder zum Sender.«

»Och, nö. Und weshalb nun das?«

»Wir beobachten Hahn.«

Straaten seufzte auf. »Und auf was spekulierst du?«

»Auf nichts von Welt. Eher auf Kleinigkeiten. Auf kleine, feine, falsche Schritte. Wenn Hahn wirklich etwas mit dem Verschwinden von Charlotte Bliese zu tun hat, also vorausgesetzt, dass sie von Hahn verschwunden worden ist, dann wird der sich früher oder später, grad nachdem du ihm auf die Füße gestiegen bist, nach seiner Verschleppten umsehen. Also er wird sie aufsuchen.«

»Du willst ihn beschatten, ihm nachfahren und schauen, was passiert?«

»Ja.«

»Bei der Kälte? Im Auto?«

»Erneut: ja.«

»Wir werden uns den Tod holen.«

* * *

Holten sie sich aber nicht. Und auch sonst nichts. Abends verließ Hahn seine Wohnung nicht. Allem Anschein nach auch nicht durch einen Hintereingang oder -ausgang. Jedenfalls zeigte er die ganze Zeit Präsenz; am Fenster durch stetes Auf- und Abgehen, auch Schattenspiele an der Decke verrieten, dass er die ganze Zeit über in seiner Wohnung sein musste.

Und so verging die Zeit.

Und Friedrichsberg und Straaten verbrachten ihre Zeit mit Im-Auto-Sitzen, eine Zeitvergeudung, die in amerikanischen Filmen gerne von ermittelnden Polizeibeamten ausgesessen wird und ihre Erträglichkeit durch Kaffeetrinken aus Pappbechern und Vertilgung von Fast Food erfährt. Trauriges Schicksal.

Die beiden Rentner verfügten wenigstens über Thermoskannen und selbst geschmierte Butterbrote.

Kann man einem Ami-Police-Detective auch nicht mit kommen.

Zurück zu Lutz Hahn. Hahn verbrachte die Nacht zu Hause, fuhr am nächsten Morgen zum Sender, blieb dort bis circa 16 Uhr, dann ging's zum Einkaufen, wieder nach Hause, sodann zum Squash, in eine Bar, in der er sich mit drei Freunden traf, und gegen 23 Uhr war er erneut daheim.

Als er am nächsten Morgen wieder zum Sender fuhr, brachen Friedrichsberg und Straaten die sinnlose Observation ab. Eine Aktion, die in dem Kommentar gipfelte: Der hat da nichts mit zu tun.

Nun ja, das hätt ich ihnen auch vorher sagen können.

* * *

Stellen wir uns ein Kellergewölbe vor. Oder das bereits erwähnte Scheißdrecksloch. Trostlos und trist. Eine feuchte, klamme Kellerwand.

Die Asseln krabbeln über deine Füße.

Spinnen weben ihr Netz über deinem Kopf.

Irgendwo hörst du das Fiepen von Ratten.

Die feuchte Luft setzt sich auf deine Atemwege. Du hast Mühe zu atmen.

Dir tun die Glieder weh.

Du halluzinierst.

Irgendwann siehst du Dinge, die nicht da sind, du hörst Stimmen, die es nicht gibt und die nicht zu dir reden, es aber trotzdem tun.

Anfangs weißt du nicht, was du da sollst. Was das überhaupt soll. Dann denkst du, dass irgendeiner einen blöden Scherz mit dir macht.

Dann begreifst du, dass das kein Spaß ist, sondern tödlicher Ernst.

Dann kommt die Verzweiflung, direkt gefolgt von der Hoffnungslosigkeit.

Das alles musste auch Charlotte Bliese an Leib und Seele erleben, die nun seit über einer Woche in einem feuchten und finsteren Kellerloch gefangen gehalten wurde.

Unterkühlt, zitternd, aus leeren Augen blickend, mit staubtrockenem, offenem Mund.

»Hallo?! Ist da wer? Hallo?! Licht. Wenigstens Licht. Machen Sie doch wenigstens etwas Licht! Hallo?! Hören Sie mich überhaupt? Hallo?! Was haben Sie mit mir vor? Was wollen Sie denn? Wie lange sitze ich hier eigentlich schon? Hallo?! Sagen Sie mal, wie lange sitze ich hier eigentlich schon?! Ich werde auch leicht hysterisch. Haben Sie gehört? Ich kann auch ganz leicht hysterisch werden. Da möchte ich lieber nicht in Ihrer Haut stecken! Hallo?! Hallo?! Warum ist denn da niemand?! Hallo?!«

Keine Reaktion, nirgends. Stille. Nur das regelmäßige Aufschlagen eines steten Wassertropfens. Von Ferne das durch dicke Mauern zu erahnende dumpfe Rauschen vorbeifahrender Autos. Sonst nichts, nur Dunkelheit.

»Ich will hier raus! Lasst mich hier endlich raus!! Ist da überhaupt wer?! Hallo?!«

Fast schrie sie sich die Seele aus dem Leib: »Ich will hier endlich raus!!!«

Aber es kam niemand; so, als hätte man sie vergessen. Niemand brachte ihr etwas zu essen, niemand brachte ihr etwas zu trinken. Nichts.

»Wasser! Ich brauche Wasser … Haben Sie denn nicht noch was Wasser? Hallo! Hallo?! Hören Sie mich?! Irgendwer muss mich doch hören … Sind Sie noch da?! Warum sagen Sie denn nichts? Ich habe jetzt schon so lange kein Wasser mehr bekommen. Können Sie mir nicht etwas Wasser … Hallo?! Und Licht! Licht! Ich will endlich Licht haben …«

Sie hielt ihren eigenen Leib festumklammert, so, als müsse sie sich selbst zusammenhalten, als bestünde die Gefahr auseinanderzufallen.

»Ich weiß ja gar nicht, ob Tag oder Nacht ist! Hallo!! Was ist denn heute? Was für ein Tag ist heute? Und welche Tageszeit? Ist Tag oder Nacht?! Hallo!!! Ich muss etwas trinken … Ich will trinken … Hallo?! Kann ich nicht nach Hause?! Ich will endlich nach Hause! Was wollen Sie überhaupt von mir?! Hallo?!«

Tränen liefen ihr übers Gesicht, ein nicht enden wollender Weinkrampf erschütterte sie.

»Ich verdurste hier … Hilfe!!! In was für einem Drecksloch sitze ich hier überhaupt fest? Was ist das für ein Scheißdrecksloch?!«

Aber nur sie war da und diese endlose Stille.

Doch irgendwann merkte Charlotte Bliese auf, so, als würde man sie aus ihrer Lethargie reißen und an etwas erinnern.

»Hallo? Sind Sie da? Ich höre Sie doch. Ich kann Sie doch hören. Jetzt sagen Sie doch endlich was. Was machen Sie mit mir? Bin ich schon tot? Sie lassen mich sterben! Wo bin ich hier überhaupt?! Jetzt reden Sie mit mir!«

Sie bekam einen Duft in die Nase, den Hauch eines Duftes, der die Tage vorher nicht da gewesen war, ein Duft, der sie sofort an etwas erinnerte.

»Der Geruch … Ich … Ich kenne diesen Geruch. Wo… Woher kenne ich diesen … diesen Geruch bloß?! Hallo? Sie bringen mich doch um!«

Und dann hörte sie etwas: das Drehen eines Schlüssels im Schloss, Schritte, die näher kamen. Und dann wurde die Türe zu ihrem Verlies geöffnet.

Wie versteinert starrte sie auf die sich öffnende Türe.

Fahles Licht schlug ihr entgegen, sie drehte den Kopf weg, so geblendet war sie.

Langsam gewöhnten sich ihre Augen an die neuen Lichtverhältnisse und dann sah sie sie in der Türe stehen, schick in einem pastellfarbenen Kostüm mit passender Bluse: Martha Bliese.

»Guten Abend, Charlotte.«

Sie brauchte einen Moment, um das, was sie sah, zu begreifen.

»Du bist das? Du steckst dahinter? Ich … Ich hätte … Das Parfum. Es ist dein Parfum. Ich wusste doch, dass ich das irgendwoher …«

»Du hast mein Parfum noch nie leiden können«, fuhr ihr Martha Bliese über den Mund. »Ein hübscher, ein leichter Duft …«

Charlotte starrte ihre Schwiegermutter fassungslos an. »Was hast du dir nur dabei gedacht?!«

»Das ist eher im Sinne einer Tradition. Meine Mutter trug schon diesen Duft …«

»Du hast mich entführt!! Du hast mich entführt und hältst mich in diesem Kellerloch gefangen.«

»Ja.«

»Warum machst du das?!«

Ein leichtes Lächeln huschte über Martha Blieses Gesicht. »Warum ich das mache? Hab ich dich jemals gefragt, warum du Hans-Werner geheiratet hast? Im Gegenteil. Und ich habe dich auch nicht darum gebeten.«

»Deshalb hast du mich entführt? Weil ich deinen Sohn geheiratet habe?! Du … Du bist doch … Wie lange bin ich schon hier?«

»Ach, das weiß ich nicht so genau. Darauf kommt's auch nicht an. Mehrere Tage jedenfalls.«

»Und wo bin ich hier?«

»Das braucht dich nicht mehr zu interessieren.«

»Aber …«

»Reg dich bitte nicht auf, Charlotte. Bewahre dir dein bisschen Kraft noch auf, du wirst es brauchen. Siehst du, Charlotte, du musst es als das sehen, was es ist: Es ist dein Schutz. Deine Entführung ist ein Schutz. Es ist dein Schutz vor der eventuellen Enttäuschung einer nicht funktionierenden Liebe. Eine Liebe, die dir möglicherweise einmal abhandenkommen könnte. Und es ist mein Schutz vor dir und deiner Liebe zu meinem Sohn.«

»Was hast du mit mir vor?!«

Martha Bliese schaute auf Charlotte hinab und ließ sich mit ihrer Antwort Zeit; dann: »Nichts mehr.«

»Wie?!«

»Die Entführung ist ja auch nicht alleiniger Sinn und Zweck dieser Unternehmung. Eigentlich möchte ich dich umbringen.«

»Was …?!« Charlottes Stimme überschlug sich.

»Nun ja, reden wir nicht drum herum: umbringen. Allerdings vollziehe ich solch eine Tötung, bei der es mitunter etwas gewalttätig zugehen kann, also gewalttätiger, als es das normale Maß zulässt, also solch eine Tötung vollziehe ich ungern daheim in den eigenen vier Wänden.«

»Du machst doch Scherze, oder?!« Charlotte lachte vor Verzweiflung auf. »Ja, du scherzt! Das kann doch alles nicht dein Ernst sein!«

»Ich scherze keineswegs. Liebe Charlotte, du hast mir meinen Hans-Werner genommen.«

»Hans-Werner ist mein Mann, wir haben geheiratet.«

»Gewiss. Und das war dein Fehler.« Martha Bliese öffnete ihre Handtasche und kramte darin herum; dann zog sie etwas hervor. »Du, kannst du mir einen kleinen Gefallen tun? Ich möchte, dass du mir etwas auf dieses kleine Diktiergerät hier sprichst. Für Hans-Werner.«

»Wieso sollte ich ihm etwas da drauf sprechen?«

»Hier habe ich einen Zettel, lies einfach ab. Ich möchte, dass er denkt, du hättest ihn freiwillig verlassen.«

»Aber ich habe ihn ja nicht verlassen.«

»Das braucht ihn nicht zu interessieren. Also, sei so gut.«

»Ich spreche dir gar nichts irgendwo drauf.«

»Ich möchte nur ungern rabiat werden. Ich habe hier auch extra was aufgeschrieben, du musst nur ablesen. Also …«

»Nein.«

»Charlotte!«

»Ich denk ja gar nicht dran!«

»Ich möchte nicht ungehalten werden. Solch ein Betragen akzeptiere ich nicht.«

»Nein.«

»Reiz mich nicht! Sprich mir das jetzt endlich auf dieses blöde Band.«

»Nein.«

»Doch! Das machst du jetzt, du dumme Pute.«

»Ich will das aber nicht!«

»Dann lass ich dich in diesem dreckigen, stinkigen Kellerloch verrecken! Verrecken lass ich dich! Haben wir uns verstanden?!«

Martha Bliese hatte ihre Stimme erhoben, und die letzten Worte hallten in dem Kellergewölbe unheimlich nach.

Es kehrte wieder Stille ein und Martha hielt ihrer Schwiegertochter das Diktiergerät unter die Nase: »Und? Wird's jetzt gehen?«

Erschöpft räusperte sich Charlotte, Martha startete das kleine Gerät und ihre Schwiegertochter las stockend vom Zettel ab: »Hallo Hans-Werner, mir geht's gut, mach dir keine Sorgen, aber ich liebe dich nicht mehr, ich will dich nicht mehr sehen. Nie mehr.«

Die alte Bliese drückte die Stopp-Taste, steckte alles zurück in ihre Handtasche und ging in Richtung Tür zurück. »Na, vielen Dank, Charlotte. Siehst du, geht doch. Du bist wirklich von allen noch mit die Netteste und Verständnisvollste gewesen.«

* * *

Hans-Werner Blieses Stimme hörte sich nervös an, war zittrig: »Es ist etwas sehr seltsames passiert.«

»Und das wäre?«, fragte ihn Alfons Friedrichsberg.

Eigentlich wollte der Dicke einen gemütlichen Abend zu Hause verbringen; was ihm jedoch nicht vergönnt war, denn das Telefon hatte geklingelt, zunächst hatte Friedrichsberg noch gezögert, dann aber abgehoben und am anderen Ende war Bliese gewesen. Jetzt saßen sich die beiden Männer in einer Kneipe gegenüber.

»Charlotte hat mich angerufen.«

»Wie bitte?!«

»Aber sie hat geeiert.«

»Hmhmhm … Sie sind also der Meinung, Ihre Frau sei vom Band gekommen. »Also vielmehr die Stimme Ihrer Frau.«

»Sie wollte nicht mit mir reden.«

»Was sie ja auch nicht kann, wenn nur ihre Stimme vom Band gekommen ist. Ist Ihnen darüber hinaus irgendwas aufgefallen?«

»Mich wundert, dass sie mich Hans-Werner genannt hat. Sie hat mich sonst immer Löwe genannt.«

»Sie meinen also, Ihre Frau hat diesen Text nicht freiwillig aufgesagt.«

»Ich kann mir das nicht vorstellen.« Er stockte. »Wer steckt hinter alldem?« Bliese schluchzte auf. »Und ich muss Ihnen etwas gestehen. Ich hätte das schon viel früher …«

»Ja, nun raus mit der Sprache, frisch von der Leber weg.«

»Charlotte ist nicht die erste Frau, die mir abhandengekommen ist.«

»Wie bitte?!«

»Eigentlich ist das bis jetzt jede.«

Friedrichsberg glaubte seinen Ohren nicht zu trauen. »Was?!«

»Ich war bis jetzt zweimal verheiratet.«

»Das macht doch nichts. Das geht auch noch öfter.«

»Die erste Ehe hielt acht Jahre. Und dann war sie weg, die Frau. Und in zweiter Ehe bin ich jetzt mit Charlotte verheiratet.«

»Prima. Und was soll uns das jetzt sagen?« Friedrichsberg schaute ihn streng an und spitzte die Lippen.

»Ja, also, eigentlich wollte ich am Anfang, also vor mehr als zwanzig Jahren, jemand anderen heiraten: Hanna. Wir waren einige Jahre zusammen. Dann haben wir uns verlobt, die Hochzeit hatten wir schon geplant, und dann war sie plötzlich verschwunden. Spurlos verschwunden. Irgendwann habe ich eine neue Frau kennen gelernt, wir waren anderthalb Jahre zusammen und kurz vor der Hochzeit war sie weg. Dann lernte ich meine erste Frau kennen. Und die war dann plötzlich auch unauffindbar. Nach acht Jahren Ehe. Von heut auf morgen. Spurlos verschwunden.«

»Ja, und wo sind die abgeblieben?«

»Ich habe keine Ahnung.«

»Und Sie haben auch nie wieder etwas von denen gehört?«

»Nein.«

»Es ist doch höchst seltsam, dass diese Frauen einfach so verschwinden. Frauen, mit denen Sie zusammen sind. Ob verlobt, ob verheiratet oder einfach nur so, vollkommen wurscht. Alle sind mit Ihnen zusammen …« Friedrichsberg schmatzte laut. »Gab es denn in der Zeit, in der Ihre Frauen abhandengekommen sind, irgendwelche Todesfälle, also vielmehr aufgefundene Leichen, die nicht mehr identifiziert werden konnten aufgrund von … Ja, von Deformationen der Gesichter?«

»Woher soll ich das denn wissen? Keine Ahnung. An so was hab ich doch nicht gedacht.«

»Na, schön. Ihnen sind also vier Frauen abhandengekommen: die Verlobten, die erste Gattin und nun jetzt Charlotte?«

Bliese ließ eine viel zu lange Pause. »Jein.«

»Was heißt jein?«

Wieder Pause. »Es sind noch mehr. Es sind noch andere Frauen einfach so verschwunden.«

Friedrichsberg schnappte nach Luft. »Was denn für Frauen?«

»Es sind alles Frauen gewesen, mit denen ich ein Verhältnis hatte.«

»Und die sind Ihnen alle abgehauen?«

»Ich kann es nicht so genau sagen. Man trifft sich einmal, man trifft sich ein zweites Mal, vielleicht mehrmals, manchmal über Monate. Und auf einmal sind sie weg. Da denkt man sich doch nicht viel bei.«

»Wo haben Sie sich denn mit denen getroffen?«

»Was weiß ich, in Hotels, bei denen, auch mal hier bei mir …«

»Und da haben Sie sich nichts bei gedacht, wenn die auf einmal weg waren?«

»Nein, ich dachte einfach, sie geht nicht mehr ans Telefon. Oder sie beantwortet keine Mails mehr. Warum auch immer. Vielleicht ist sie wieder bei ihrem Mann oder die ist in eine andere Stadt, berufsmäßig, hat einen anderen, will mich nicht mehr …«

»Ja, ja«, unterbrach ihn Friedrichsberg, »was man sich eben so denkt, wenn man denkt, man müsste mal was denken. Kann ich mir denken.«

Bliese wartete einen Moment ab, dann sagte er: »Nur eine, die ist wieder aufgetaucht.«

»Wer? Was? Wo?«

»Ich hatte mal eine Freundin, das ist jetzt einige Jahre her, mit der war ich fast ein Jahr zusammen. Wir wollten eigentlich heiraten, hatten es nur niemandem erzählt. Bis auf meine Mutter. Und dann war sie auch plötzlich weg. Vor ein paar Wochen meldete sich ein alter Freund von mir und sagte mir, er meinte, sie gesehen zu haben.«

»Aha. Und wo?«

»In einer psychiatrischen Klinik.«

* * *

Übermächtige Liebe kann genauso tödlich sein wie übermächtiger Hass.

Und deshalb strebt man irgendwann nach einer emotionalen Erlösung. Und die kann gelegentlich durch einen physischen Abgang erreicht werden.

Wen es dabei trifft? Einerlei.

Einer von beiden sollte es aber schon sein.

Auch hier gilt: Der eine ist der Schnellere, der andere hat das Nachsehen.

Letzten Endes ist er einfach tot.

Die Hauptsache ist Erlösung.

Meistens tritt sie ein.

Lang anhalten tut sie nie.

Friedrichsberg und Straaten saßen in einem kleinen Café in der Innenstadt, vor sich jeweils ein ordentliches Stückchen Torte, ein Kännchen Kaffee und ein Milchkaffee.

Straaten kratzte sich am Kopf: »Aber wo sind seine Frauen denn hin? Wer könnte hinter ihrem Verschwinden stecken?«

Friedrichsberg hatte sich grad ein üppiges Stück Herrentorte in den Mund geschoben und versuchte, an dem Tortenbrei vorbeizureden. »Ich mache mir da schon seit ein paar Tagen so meine Gedanken drüber, hab gewisse Überlegungen angestellt, die sich natürlich nur im Bereich der Mutmaßung bewegen, im Herrschaftsgebiet der Phantasie zu finden sind. Nichts von Relevanz. Mir fehlt überdies auch jegliches Indiz. Ich habe keinen Beweis, nichts Handfestes. Aber ich habe eine Idee, ein Bauchgefühl.« Er tat einen kräftigen Schluck. »Also wenn du mich fragst, müssen wir nicht mehr groß nach Feinden oder Neidern suchen. Jetzt überleg doch mal: Wenn sich die ganze Geschichte schon seit Jahren hinzieht, dann suchen wir jemanden, der auch Bliese seit Jahrzehnten begleitet, sehr nahe steht und ihm die Frauen neidet.«

»Auf was willst du hinaus?« Straaten schüttelte den Kopf. »Herrschaftszeiten noch eins, du redest ...«

In dem Moment schrillte das Mobiltelefon des Dicken, er kramte es aus seiner Jackentasche hervor und ging dran. »Ja, Friedrichsberg hier.«

Am anderen Ende hörte er die dünne Stimme Willi Dahls: »Grüß dich, ich bin's.«

»Ah, du.« Und zu Straaten: »Es ist Dahl. ... Warst du da?«

»Wo war er denn?«, wollte Straaten wissen.

Der Dicke erklärte es ihm: »Er war in dieser psychiatrischen Klinik. Wollte sich doch nach Blieses Ex erkundigen. Ich mach mal auf laut.« Er drückte einen Knopf und fragte: »Ja, und?!«

Dahl stöhnte auf. »Was soll ich sagen? Die Frau ist durch. Geistig verwirrt. Sie wurde vor sechs Jahren in einem Waldstück gefunden. Man hat ihre Identität ermittelt, sie hatte Papiere bei sich, man recherchierte, fand heraus, dass sie bei einem Pharmakonzern beschäftigt war, dort von heut auf morgen nicht mehr aufgetaucht ist und seitdem verschwunden war. Und auf einmal war sie wieder da. Was dazwischen liegt ... Keine Ahnung. Da ist nur ein großes schwarzes Loch.« Dahl atmete schwer. »Nicht schön zu sehen, das Ganze. Die hat's schwer erwischt, steht unter Medikamenten, da bringst du nicht mehr viel raus. Sitzt im Garten auf einer Bank, stiert in den Teich und brabbelt. Verstehst du kein Wort von.«

»Und was sagten die Schwestern über diesen Fall?«, wollte Friedrichsberg wissen.

»Dass sie keinen Besuch bekommt. Nur seit ein paar Wochen ab und an einen Blumenstrauß von einem gewissen Herrn Bliese.«

»Hübsch. Florale Grüße von unserem Rosenkavalier. Immerhin.« Der Dicke grunzte. »Und sonst?«

»Ist absolut nichts mit dieser Frau los.«

»Immerhin mal eine Frau, die nicht weg ist. Also jedenfalls nicht körperlich. Dafür aber geistig umso mehr.«

Dahl grummelte etwas und sagte dann: »Weißt du, was interessant ist? Eines hat sie. Immer wieder. Sie hat immer wieder etwas vor sich hingebrabbelt.«

»Was war das denn?«

»Wörter, scheinbar unzusammenhängende Satzfetzen … Und ein Name.«

»Und? Hast du verstanden, welchen?«

»Ja. Das war das Einzige, was ich verstehen konnte.«

»Und?«

»Martha.«

* * *

Das Esszimmer im Bliese'schen Hause. An der einen Längsseite die strenge aber freundlich-verhuschte Martha Bliese, ihr gegenüber Alfons Friedrichsberg und Jupp Straaten, in der Mitte auf dem Tisch ein Tablett mit selbst geschmierten, üppig belegten und hübsch dekorierten Broten.

Die beiden alten Herren aßen, ihr weibliches Gegenüber strahlte sie an.

»Schmeckt's Ihnen, die Herren?« Die beiden Alten nickten mit vollen Mündern. »Die Brote sind schön mit gesalzener Butter und frischer Wurst drauf. Ich habe doch selbst gewurstet und das hier ist alles selbst gemacht. Mir schmeckt am besten die Leberwurst. Oder hier die Sülze ...«

Friedrichsberg tupfte sich mit einer Serviette den Mund ab. »Vorzüglich, einfach vorzüglich, Frau Bliese.« Er schob den Teller etwas von sich, verschränkte die Arme vor der Brust und wechselte abrupt das Thema: »Aber verraten Sie uns bitte eines: Warum haben Sie die Frauen Ihres Sohnes verschwinden lassen?«

Martha Bliese fuhr langsam mit der Serviette über ihre Hände, faltete sie sorgfältig zusammen, legte sie neben ihren Teller, schaute die beiden Alten ihr gegenüber an und lächelte ihnen zu. »Ich habe die alle nicht verstanden. Was fand mein Hans-Werner nur an diesen Frauen? Dass er etwas ganz Besonderes ist, das ist ja selbstverständlich. Das hat mein Mann schon nicht verstanden. Er hat immer zwischen mir und Hans-Werner gestanden. Das musste aufhören.«

Friedrichsberg hob verdutzt die Augenbrauen. »Verstehe ich richtig, Sie haben Ihren Mann umgebracht?!«

Martha Bliese winkte ab. »Ich habe es zunächst mit Zureden versucht.«

»Was haben Sie denn mit ihm gemacht?«, wollte Straaten wissen.

»Ich habe ihn eingemachtes Obst aus dem Keller holen geschickt. Und dabei ist er recht unglücklich die Treppe hinuntergestürzt. Es war aber auch eine steile, steinige Kellertreppe. Und leider waren da auf drei

Stufen noch Reste vom Apfelkompott, da war mir ein Glas kaputtgegangen, das hatte ich vergessen aufzuwischen.« Sie verdrehte leicht die Augen. »Wenn man den Tod häuslich halten will, fällt man eben von der Leiter oder die Treppe hinab.«

Straaten starrte diese reizende und ruhige Frau ungläubig an. »Und all die Frauen?«

»Ich weiß gar nicht, was er an den Frauen gefunden hat.« Sie zuckte mit den Schultern. »Die haben ja auch nie etwas gegessen. Hat Charlotte noch letztens gesagt, sagt sie, ›Martha‹, sagt sie, ›Martha, geh mir endlich weg mit deiner dummen Wurst.‹ Ich bitte Sie, Herr Straaten, eine Wurst kann doch nicht dumm sein.«

»Beileibe nicht, Frau Bliese. Grade Ihre Grützwurst nicht.«

»Eben, Herr Straaten, eben. Und dann kam sie mir immer mit ihrer Körperertüchtigung. Was ist sie immer in diese Körperertüchtigungseinrichtungen gegangen. Frisch, frech, frohgemut und frei. Ich habe sie nie verstanden. Und immer nur Salat. Immer nur Salat und Rohkost. Wie die Pferde. Ich habe immer nur gesagt: ›Jetzt iss doch endlich einmal eine Schweinshaxe. Dass du was auf die Rippen kriegst.‹ ›Nein‹, sagte Charlotte immer nur, ›nein, ich muss auf mein Shape achten.‹ Herr Friedrichsberg, ich weiß gar nicht, was das ist, ein Shape. Was macht der Shape denn? Gucken Sie mal, ich habe mein Leben lang gewurstet. Und? Hat's dem Shape geschadet? Und so waren alle Frauen vom Hans-Werner. Das ist doch kein Leben. Ich hab mich immer gefragt: Wovon soll er denn mal leben, wenn ich nicht mehr bin? Er braucht doch eine vernünftige Partie. Die ihn so liebt wie ich. Und die auch mal was Warmes auf den Tisch bringt. Aber nein, nichts von alldem, nur Körperertüchtigung und Shape. Das ist doch kein Leben, auf die Länge gesehen.«

Friedrichsberg strich sich über seinen Schnurrbart. »Ich sehe es ähnlich. Aber das ist noch lange kein Grund, jemanden umzubringen.«

»Wie hätte ich sie denn anders loswerden können? Mit Diplomatie kommt man da nicht weit.«

»Wie viele Frauen waren es denn?«

»Ach, Herr Friedrichsberg …« Martha Bliese winkte ab. »Vielleicht so sieben? Es können auch acht gewesen sein, ich möchte mich da ungern festlegen.« Sie schien zu überlegen. »Oder waren es neun? Zehn?«

Friedrichsberg zog seinen Stuhl an den Esstisch, legte die Arme auf die Tischplatte und visierte die Mörderin ihm gegenüber an. »Was war der Beweggrund? Der Moment, der dafür gesorgt hat, dass Sie zur Mörderin werden?«

»Beweggründe …« Sie schaute mit leerem Blick an die Decke. »Welche Beweggründe hatten denn die Frauen? Welche Gründe hatten meine Eltern, als sie sich für mich durch meine Geburt entschieden haben? Und welche Gründe hatten dieselben Menschen, als sie mich alleingelassen haben? Ich lasse meinen Jungen nicht alleine. Ich nicht! Und ich möchte auch nicht mehr alleingelassen werden. Nie wieder. Und, was ist das jetzt? Ein Moment oder eher ein Grund? Ein Grund für was? Hatten meine Eltern Gründe, mich einem gewaltsamen, unerträglichen, psychischen Liebesentzug auszusetzen? Ich habe sie nach vielen Jahren wiedergefunden, meine Eltern. Sie haben dann eingesehen, einsehen müssen, dass das alles nicht richtig war, damals. War dann auch zu spät. Man sprach von einer Lebensmittelvergiftung. Und so kamen meine Eltern zu den Akten.«

»Die haben Sie auch …«

»Ja. Und ich habe all die Frauen, die sich zwischen mich und meinen Hans-Werner gedrängt haben, betäubt, meistens, indem ich ihnen etwas in ihre Getränke getan habe, das geht ganz rasch. Dann habe ich sie in den Kellerraum eines leer stehenden Fabrikgebäudes am Stadtrand verschleppt, für das sich niemand interessiert, und dort meistens einfach verenden lassen. Außer, sie haben sich gewehrt. Dann musste ich schneller zu einem Schluss kommen. Sozusagen aus einer Notwehr heraus.« Sie lehnte sich zurück und schaute zwischen Friedrichsberg und Straaten hin und her. Nach einer Weile fragte sie: »Und was machen wir nun? Müssen wir jetzt die Polizei verständigen?«

»Ja, das müssen wir wohl«, nickte Friedrichsberg.

»Wenn Sie das sagen …« Langsam erhob sie sich von ihrem Platz. »Kann ich denn vorher noch ein paar Dinge zusammenpacken?«

Die beiden Alten waren ebenfalls aufgestanden. »Selbstverständlich«, sagte Friedrichsberg. »Und wir bringen Sie dann zum nächsten Revier.«

Ein leises Seufzen kam aus Martha Bliese. »Ich gehe dann mal rasch nach oben und sammle ein paar wichtige Dinge zusammen.«

»Lassen Sie sich ruhig Zeit.«

»Und Sie bedienen sich bitte weiter bei den Broten, nicht wahr?« Jetzt lächelte sie wieder. »Lassen Sie sich's schmecken. Wissen Sie, merkwürdig im Sinne von be-fremdlich, war es nur bei der Ersten. Beim Rest lief es wie von selber.«

Damit drehte sie sich zur Türe, ging die Treppe in den ersten Stock hinauf und war verschwunden.

Die beiden setzten sich wieder hin, nahmen noch et-was von den belegten Broten (Friedrichsberg Schwarte-magen und Sülze, Straaten Blut- und grobe Leberwurst) und aßen erst einmal in aller Ruhe; von oben hörten sie ab und an die Schritte Martha Blieses.

Straaten unterbrach die Stille: »Wie hast du das nur wieder gemacht?«

»Nun, irgendwann wird der Mensch gesprächig«, gab Friedrichsberg schmatzend Antwort. »Grad, wenn man ihm Zeit lässt. Und dann fängt er an zu plaudern.«

»Meinst du, diese verrückte Bliese hat Charlotte auch schon umgebracht?«

»Kann durchaus sein, dass Charlotte Bliese bereits tot ist und irgendwo herumliegt. Höchstwahrscheinlich in diesem Kellerloch in der alten Fabrik. Es kann aber auch sein, dass sie noch am Leben ist. Und wer weiß, wie?!«

»Und nun?«

»Die Bullen werden wohl das gesamte Anwesen hier auf den Kopf stellen. Wahrscheinlich auch nahe gelege-ne Gehöfte und Fabriken. Mit Suchtrupps, Hunden und irgendwelchen technischen Geräten. Warten wir es also ab. Es könnte durchaus die Möglichkeit bestehen, dass sie noch gefunden wird.«

»Tot oder lebendig.«

Friedrichsberg nickte müde. »Tot oder lebendig, ja.«

Die beiden bissen wieder in ihre Brote.

»Was meinst du? Bringt die sich da oben jetzt um?«

»Ach, Straaten, wenn sie's will, soll sie ihre Chance nutzen.«

»Ja, aber du kannst sie sich doch da oben nicht selber richten lassen.«

»Wieso denn nicht? Ist doch eine erwachsene Frau in einem freien Land. Geben wir ihr die Chance zu machen, was sie für richtig hält.«

Für einen Moment herrschte Stille; bei den beiden wie auch im Stockwerk über ihnen, wo Martha Bliese ihre Sachen zusammenzusammeln schien. Und genau in diese Stille hörten die beiden über sich ein lautes Poltern, dem eine erneute Totenstille folgte.

Straaten schaute seinen Freund verdutzt an. »Was war das denn jetzt für ein Poltern?«

»Da scheint mir in der ersten Etage ein Stuhl umgekippt zu sein.«

Straaten brauchte einen Moment. »Die hat sich da oben erhängt.«

»Oder es ist einfach nur ein Stuhl umgekippt«, lachte Friedrichsberg. »Wir bleiben ruhig und essen weiter ein paar Schnittchen. Und gleich gehen wir mal nachschauen. Was sollen wir tun? Wieder lebendig werden die Frauen eh nicht mehr. Und ein Gutes hat das Ganze ja: Die nächste Herzensdame dürfte bleiben. Martha Bliese jedenfalls wird die nicht mehr aus dem Verkehr ziehen können.«

»Aber was hat die Bliese mit den Frauen denn gemacht?« Straaten schüttelte verständnislos den Kopf. »Hat sie die erschlagen, erschossen, vergiftet, erwürgt …? Sie kann die ja nicht alle immer nur die Kellertreppe runtergeschmissen haben. Was sich da alles angesammelt hätte, im Keller …«

Friedrichsberg spitzte die Lippen. »Ich denke, es war eine Mischung aus alldem, mal dies, mal das, mal so, mal so.«

»Ja, und wo ist sie mit all den Leichen dann hin? Wenn man nichts gefunden hat? Liegen die alle im Garten unter den Vergissmeinnicht?«

»Hm … Ich denke eher nein.«

»Also hast du eine Vermutung … Nun, dann mal los! Raus damit!«

Der Dicke grinste übers feiste Gesicht. »Na ja, ich meine, sie wurstet ja ganz gerne und ist eine ausgezeichnete Köchin …«

»Was …?!«

»Ich meine, jetzt mal unter uns, aber … Wer weiß?!«

»Wie: wer weiß?!« Straaten wurde bleich.

»Na ja …« Friedrichsberg deutete auf seinen Teller. »Vielleicht haben wir hier gerade diverse Gespielinnen verputzt.«

»Was?«

»Nun ja … Eine 1,80 Meter große, üppige Brünette erkennst du doch als Corned Beef kaum wieder.«

Straaten musste kräftig schlucken. »Und du meinst, die Kohlrouladen, die Rindsrouladen, die ganze Wurst …«

»Und?«

»Um Himmels willen! Hältst du das etwa für möglich?«

»Nein. Für wahrscheinlich.«

»Bah pfui! Das ist doch ekelerregend.«

»Aber schmackhaft. Noch was Sülze?!«

BLUTIGER ADVENTSKALENDER

EIN MAKABRER SCHERZ HINTER 24 SÄCKCHEN

1 Weihnachten ist das Fest der Gefühle. Hass gehört selbstverständlich auch dazu.

Irgendwo im Haus übte ein Kind *Oh, Tannenbaum* auf der Blockflöte.

Dicke Schneeflocken schlugen gegen die Fensterscheiben.

Die Diele lag im nachmittäglichen Dunkel, es roch nach Kohl und angetrocknetem Blut.

2 Sie standen vor Säckchen Nummer vier und schauten sich entgeistert an.

»Also für mich hat schon lange keiner mehr einen Adventskalender gebastelt. Ich erinnere mich vage: Das war im vorigen Jahrhundert. Freu dich doch!« Alfons Friedrichsberg paffte mit seiner Zigarre Rauchringe in die Luft.

Vogler, sie standen in seiner Wohnung, konnte ein Husten nicht unterdrücken: »Ja, aber doch so was hier nicht.«

Er deutete entsetzt auf 24 Säckchen, die vor ihnen auf dem Parkett in einer Blutlache standen.

3 Friedrichsberg nickte: »Es ist zumindest … sagen wir mal so: äußert ungewöhnlich.«

»Na, deine Ruhe möchte ich haben.«

»Besser nicht. Reicht völlig, wenn einer so abgebrüht ist.«

»Ja, und was sagst du jetzt dazu?« Vogler deutete angeekelt auf die Blutsäckchen vor ihnen.

»Oh du fröhliche …«

»Sehr witzig.«

»Was da wohl rausblutet …? Haben sie da etwa eine
Leiche auf 24 Säckchen verteilt? Bin mal gespannt, was
sich noch so alles bis zum Heiligabend zusammenläp-
pert.«

4 Die Blockflöte war zu *Es ist ein Ros entsprungen*
übergegangen.

Es wurde ein Lichtschalter gedrückt.

Dicke, rote Blutflecken hatten sich auf dem alten Dielenboden breitgemacht.

5 24 kleinere und etwas größere Päckchen waren in
Packpapier eingeschlagen, und mit einem roten
Filzschreiber waren die Päckchen nummeriert worden;
von der 1 bis zur 24.

Die ersten vier Päckchen hatte Vogler bereits geöffnet,
der Inhalt lag neben dem Papier auf dem Boden.

Und dazu das ganze Blut … Was für eine Sauerei.

6 Zum Inhalt: Am 1.12. war es ein Stückchen rohes
Fleisch gewesen, am 2.12. ein seltsam aussehendes
Büschel Haare, am 3.12. abermals ein Stückchen rohes
Fleisch – und heute: ein Auge.

7 »Wie ist es denn überhaupt hierzu gekommen?«
Friedrichsberg deutete mit seinem Zigarrenstumpen auf den Adventskalender vor seinen Füßen.

Vogler stammelte: »Na ... Also ... Ich ... Nun ja, ich ... ich hab einfach die ... die Päckchen aufgemacht.«

»Kleingeist! Ich meine, wie bist du an diesen blutigen Adventskalender gekommen? Der wird ja nicht plötzlich hier gestanden haben.«

»Das nicht, aber so ähnlich.«

»Wie: so ähnlich?!«

»Das war vorige Tage. Ich bin mit Rachel aus dem Kino gekommen, das war am 31. November, also ein Tag ... Ja, ein Tag vorm 1. Dezember, wir kommen die Treppe hoch, da stehen vor der Wohnungstüre diese vierundzwanzig Päckchen.«

Friedrichsberg zog sich geräuschvoll die Nase hoch: »Soso. Und lag noch ein Zettel dabei oder ein Brief oder derlei?«

»Nein, da war nichts.«

»Hmhmhm ... Hast du einen Anruf erhalten?«

»Von wem denn?«

»Das frag ich dich! «

»Auch nicht, nein. Wir waren ja im Kino, ich hatte das Handy aus.«

»Und zu Hause? Auf dem Anrufbeantworter vom Festnetz?«

Vogler schüttelte den Kopf.

»Also war das hier ein anonymer Schenker.«

Vogler nickte.

»Eine höchst makabre Angelegenheit.«

8 Als sie aus dem Kino gekommen waren und den Adventskalender vor ihrer Tür entdeckt hatten, war

die Freude zunächst groß gewesen. Zwar rätselten sie, wem sie dieses nette Geschenk zu verdanken hätten, mussten allerdings feststellen, dass die Freude über den Adventskalender größer war als der Drang, den anonymen Schenker zu ermitteln.

Dann der nächste Morgen: Sie hatten zunächst das Päckchen mit der Nummer 1 geöffnet (Inhalt: besagtes Stückchen rohes Fleisch) und waren aufs Äußerste erschrocken. Dann erst hatten sie die Blutflecken auf dem Dielenboden entdeckt.

9 »Was habt ihr dann gemacht?«
»Nichts.«

»Ihr habt nichts unternommen?«

»Ja, was denn?«

»Die Bullen rufen, zum Beispiel.«

Vogler schüttelte heftig den Kopf: »Nein, nein, nein … Die kommen mir nicht so schnell ins Haus. Vor allem hielt ich das alles doch für einen dummen Scherz. Blutige Adventspäckchen … Erklären mich für bescheuert, die Polizisten. Und ehrlich gesagt hatte ich die Hoffnung, dass alles weg ist, wenn wir abends wieder nach Hause kommen.«

»Aber dem war nicht so.«

»Nein. Nein, ganz und gar nicht. Eher im Gegenteil: Am nächsten Morgen ging's ja weiter: Haare … Fleisch … Und heute … heute … ein Auge.«

Er unterdrückte krampfhaft einen Brechreiz.

»Das ist doch ekelerregend!«, schrie Vogler.

Friedrichsberg nickte: »Das kannst du wohl laut sagen.«

10 *Stille Nacht, heilige Nacht* dilettierte die Blockflöte vor sich hin, und man wünschte sich, es wäre eine.

Irgendwo ging ein Fenster auf und ein Nachbar brüllte: »Ruhe!!!« in den Hof.

Die Blockflöte machte unbeeindruckt weiter.

11 Friedrichsberg hockte sich unter lautem Stöhnen buddhaesk auf den Dielenboden. »Hast du mal Einweghandschuhe für mich?«

»Wieso das denn? Du hast doch nicht etwa vor …?«

»Hol Handschuhe.«

Vogler ging in die Küche und kam mit einem Paar Einweghandschuhe zurück.

»Brav«, kommentierte Friedrichsberg, zog die Handschuhe über und machte sich an den Päckchen zu schaffen. »Legst du noch Wert auf weitere Adventsüberraschungen, oder darf ich hier mal zulangen?«

Vogler guckte irritiert. »Mach doch, was du willst.«

»Das hatte ich vor.«

Und also nahm sich Friedrichsberg ein Päckchen nach dem anderen vor, riss es auf, schüttete den Inhalt vor sich auf den Boden, zuckte das ein oder andere Mal zurück und verzog dabei angeekelt das Gesicht.

12 Friedrichsberg kannte Vogler vom Herrensingkreis Rheintreue 1898 e. V., der Dicke war Bass, Vogler Tenor. Ein dünnes, helles Stimmchen. Vogler sah aus wie ein Kranich: ein Schreitvogel mit langen Beinen und langem Hals. Und er war bei allem sehr besonnen, wie er es ausdrückte. Manch anderer würde sagen: lahmarschig.

Dass Vogler allerdings ob des blutigen Adventskalenders ziemlich überfordert war und seinen Sangesfreund Alfons Friedrichsberg, der mit seinen Kriminalknobeleien einen gewissen Bekanntheitsgrad erreicht hatte, hinzugezogen hatte, war nachvollziehbar.

Und so, wie der Hobbydetektiv jetzt zufrieden vor ihm auf dem Boden saß, war es die richtige Entscheidung gewesen, auch, wenn Vogler noch nicht genau sagen konnte, warum.

13 »Darf ich dich mal was Persönliches fragen? Es könnte aber auch indiskret ins Private lappen.« Friedrichsberg grinste Vogler schräg von unten an.

Vogler nickte nur.

»Schön. Dann hilf mir erst mal hoch.«

Was leichter gesagt war als getan.

Irgendwann stand der Dicke jedoch wieder und spitzte die Lippen: »Wie sieht's denn jobmäßig aus?«

»Wie meinst du?«

»Ich suche nach Motiven. Also …«

»Wie immer.«

»Aha. Geht's noch ungenauer?«

»Nun … Ich hab einen neuen Vorgesetzten. Direkt vor die Nase gesetzt bekommen. Eigentlich eine Unverschämtheit. Ich wär dran gewesen. Aber irgendeiner in der Chefetage scheint was gegen mich zu haben, frag mich nicht. Weiß nicht, wer. Gut, ich könnte es mir denken. Aber dass der mir gleich so was Abartiges vor die Türe stellt …«

»Und warum auch?« Friedrichsberg strich sich über den Schnurrbart. »Und sonst so?«

»Wir haben noch so einen neuen Jungspund bekommen, was Schnöseliges. Grad mal 24. BWLer. Weiß alles, kann aber nichts, und ist zu blöd zum Kaffeekochen. Sind schon ein paar Mal aneinandergerasselt.«

»Hat er's auf deinen Stuhl abgesehen?«

»Kann sein.«

»Aha. Also sägt er vermutlich schon dran. Da braucht er aber auch keine 24 Päckchen für.«

»Sondern?«

»Nur eine Säge und Zeit.«

Vogler seufzte: »Und er hat beides.«

»Siehst du. Also vergessen wir mal Chef und Schnösel. Kommen als Übeltäter eher nicht infrage.«

14 Friedrichsberg lehnte sich mit dem Rücken an die Wand und wollte an seiner Zigarre vorbei wissen: »Und was macht Gundula?«

»Gundula?« Vogler schaute verwirrt.

»Ja, deine Frau.«

»Meine Ex.«

»Von mir aus: deine Ex. Vielmehr hast du sie geext.«

»Wie meinst du das?«

»Ganz freiwillig ist sie ja nicht Ex geworden.«

»Ach, unsere Ehe, die war doch schon lange … Also ich meine, das hat sie doch auch gemerkt, dass da …«

»Ja?«

»Ich meine, da ist es doch besser …«

»Hm?«

»Gewiss, wir hätten noch mal … Aber …«

»Hä?«

»Wir haben ja schon lange nicht mehr ... miteinander ...«

»Was?«

»Gesprochen. Man hätte ja durchaus noch mal miteinander sprechen können, aber ...«

»Na?«

»Ja, also sie ... Sie war ... Sie war so ... Und ich, also wir ... Also ich ... Ich ...«

»Du hattest 'ne Neue.«

»Na ja ... Ich meine ... Die Basis muss stimmen. Grad in einer ... in einer Partnerschaft.«

»Die Basis sieht wie folgt aus: Du bist 63, deine Neue ist 22.« Friedrichsberg schmatzte auf. »Geile Basis, mit Verlaub.«

»Aber wir können miteinander reden.«

»Und wohl nicht nur das. Macht's denn Spaß?«

Vogler lief rot an.

15 Der Nachbar rief in den Hof hinaus: »Du erlebst Weihnachten nicht, wenn du so weitermachst, du Arschloch!«

Die Blockflöte versuchte sich an *Süßer die Glocken nie klingen*. Und scheiterte.

Die ganze Angelegenheit war Vogler auf den Magen geschlagen. Er und Friedrichsberg waren in die Küche gegangen, der Hausherr hatte einen Magenbitter und Pinnchen aus dem Schrank geholt und eingeschenkt.

Nach dem ersten Bitter atmete Vogler erleichtert auf, der Dicke tat's ihm gleich, nach dem zweiten trat eine leichte Besserung ein, nach dem dritten schauten sie sich zufrieden an.

Dann sahen sie zu den Blutsäckchen rüber und tranken noch einen.

16 »Alfons, ich kann nicht mehr. Hattest du schon mal so etwas vor der Türe stehen?«

Friedrichsberg zog die Nase hoch. »Wenn dir das so zusetzt, warum hast du die ganze Bescherung nicht schon längst in den Müll geschmissen?«

Vogler zuckte mit den Achseln, Friedrichsberg goss ihm und sich nach.

»Ich kann nicht. Ich kann einfach nicht. Das macht mich fertig.«

Friedrichsberg setzte das Schnapsgläschen an und leerte es in einem Zug. Dann brachte er seine Zigarre wieder zum Qualmen, steckte sie sich in den Mund, paffte, zeigte mit dem dicken Zeigefinger seiner linken Hand auf die Fuselsituation auf dem Tisch und sagte: »Jetzt trink erst mal aus, damit ich nachfüllen kann. Und dann sehen wir weiter.«

Vogler guckte dumm aus der Wäsche.

»Da spielt einer mit dir ein übles Psychospiel. Und, mit Verlaub, er scheint es zu gewinnen.«

17 »Wer könnte dir Böses wollen?«

Vogler zuckte mit den Schultern.

»Also wer ist richtig sauer auf dich?«

Vogler schüttelte den Kopf.

»Wem würde es Freude bereiten, für dich so einen Spuk hier zu veranstalten?«

Vogler schwieg.

»Und zwar mit der Absicht, dass du einen Knacks im Oberstübchen bekommst?«

Immer noch: das große Schweigen.

»Mach dir mal während der nächsten Schabaurunde Gedanken darüber.«

18 Zwei weitere Schnäpse später stieß Vogler zunächst auf und dann sagte er: »Mein Kleingartennachbar hätte ein Motiv. Mit dem lag ich zehn Jahre über Kreuz. Mein lieber Scholli, war das ein blöder Kerl. Dem hab ich mal mitten in die Erdbeeren geschissen.«

»Wahrlich kein Kavaliersdelikt. Und er?«

»Hat uns mal aufm Sommerfest in die Bowle gepinkelt. Ein Ferkel war das. Gundula war außer sich.«

»Ihr wart euch also nicht grün«, folgerte Friedrichsberg.

»Nicht grün ist gut, gehasst haben wir uns, gehasst.«

Friedrichsberg strich sich über den Schnurrbart. »Also könnte der ein Motiv haben, diese Sauerei hier zu veranstalten.«

Vogler nickte heftig: »Ja, könnte. Kann er aber nicht. Ist nämlich tot. Auf dem letzten Sommerfest zusammengebrochen. Zwischen Bratwurststand und Bierwagen. Herzinfarkt.«

»Oh«, Friedrichsberg ließ einen Rauchkringel steigen. »Und seine Frau?«

»Lebt schon lang nicht mehr.«

»Nachkommen?«

»Keine.«

»Und wieder nix. Trinkste noch einen?«

Vogler nickte.

19 »Sag mal«, Friedrichsberg lallte zwar leicht, goss sich dennoch einen Schnaps ein, »sag mal, wie geht's Gattin Gundula eigentlich?«

»Was?«

»Ich mein, hat sie die Trennung gut überstanden?«

»Ich glaube schon.«

»Du glaubst also ...«

»Ja, ich glaube.«

»Und sag mal, du Gläubiger, ihr beiden wart doch noch im Rettungsurlaub in der Provence.«

»Das war doch schon letztes Jahr im Sommer.«

»Ach was«, Friedrichsberg machte ein Bäuerchen. »So lang schon her? Hat scheinbar nicht gefruchtet.«

Vogler zuckte wieder mit den Schultern; eine Tätigkeit, die er anscheinend beherrschte.

»Sag mal, wie heißt das Küken an deiner Seite? Rachel? Hübsches Ding. Bisschen frühreif, oder?«

»Rachel ist 22!«

»Doll. Und du 63. Wo hast du sie denn kennengelernt? Hast du sie aus der Kita abgeholt, oder was?«

»Hör bloß auf! Die kenn ich aus der VHS. Eine schöne Frau. Haben uns in einem Kurs für bildende Künste getroffen. Wir arbeiten mit Stein. Es war Liebe auf den ersten Blick.«

Friedrichsberg spitzte die Lippen. »Da hat sie wohl nicht so genau hingesehen. Oder sie sollte mal wieder zum Augenarzt.«

»Du bist unverschämt.«

Friedrichsberg nickte: »Das stimmt. Und wofür hast du sie dir angelacht? Dass sie dich in zehn Jahren ins Heim schiebt? Ist doch lachhaft.«

»Na, hör mal …!«

»Was macht ihr abends im Bett? Sudoku lösen?«

Noch bevor Vogler etwas darauf erwidern konnte, hatte Friedrichsberg schon den nächsten Magenbitter nachgegossen – und die beiden Männer tranken.

20 Draußen war es noch dunkler geworden, das Schneetreiben dichter.

Die Blockflöte hatte gerade Pause.

Die beiden Männer saßen am Küchentisch, über dem eine Lampe ein funzeliges Licht auf die Szene warf, vor mittlerweile erneut leeren Schnapsgläschen.

Auch wenn der Schnaps manches vergessen ließ, er änderte nichts an der Tatsache, dass wenige Meter entfernt Päckchen mit blutigem und gruseligem Inhalt warteten.

Vogler schaute hinüber und seufzte auf.

21 Plötzlich liefen Vogler Tränen die Wangen hinunter. »Und wir sind ja erst bei der Vier. Ich hab noch 20 Päckchen. Was soll denn da noch kommen?! Da hat jemand einen Menschen umgebracht und mir in den Adventskalender gepackt! Wer macht denn so was? Der muss doch krank sein, muss der doch! Das ist kein Mensch, das ist eine Bestie!!«

»Also ich trink noch einen«, schnaubte Friedrichsberg.

»Ich auch«, nickte Vogler.

Der Dicke hob sein Glas. »Auf die Bestie!«

22 »Soll ich die Polizei rufen?«
»Kannst du machen. Wenn du Wert auf Verspottung legst …«

»Wie meinst du das?« Vogler hatte die Arme auf die Tischplatte gelegt und seinen Kopf darauf gebettet.

»Ganz einfach: Schau mal in den 18.12., was da drin ist.«

Vogler schaute gar nicht erst auf, sondern fragte nur: »Wie meinst du das?«

»Das ist ein spitzes Ohr. Entweder haben sie dir Mr. Spock zerlegt und verpackt, oder aber, was für mich deutlich naheliegender ist, eine einfache Sau.«

»Wie: eine Sau?«

»Eine Sau im Sinne eines weiblichen Schweins, also folglich ein Tier.«

»Du meinst, die Haare … Das blutige Fleisch … Das Auge … Das war also doch kein Mensch?«

»Nein, das war eine Sau. Also vielmehr, das ist es.«

»Ach.« Vogler hob den Kopf und wusste weder aus noch ein. »Ja, aber wer macht denn so was?!«

»Das fragst du mich?! Frag's dich!«

Vogler schüttelte den Kopf. »Keine Ahnung.«

Friedrichsberg beugte sich vor, griff sich den Magenbitter, füllte die leeren Pinnchen wieder auf und sagte an seiner Zigarre im Mund vorbei: »Na, dann will ich es dir mal erklären.«

23 Friedrichsberg stellte sein leeres Pinnchen etwas zu laut auf die Tischplatte: »Also, mein Lieber, so enge sind wir beide uns ja nicht. Aber wir kennen uns. Ein paar Herren aus unserem Herrensingkreis stehen mir allerdings bedeutend näher. Und von denen hab ich schon mal das ein oder andere über dich gehört und erfahren.«

»Was meinst du damit?«

»Ganz simpel: Du bist nicht grad ein Kind von Traurigkeit.«

Über Voglers trauriges Gesicht huschte ein leichtes Lächeln: »Da muss ich dir recht geben.«

»Mal so gesagt: Vogler ist ein sprechender Name. Du hast doch alles weggevögelt, was dir vor den Hosenlatz gekommen ist. Und das auch gern zu Ehezeiten.«

»Na, hör mal …!«

»Jetzt sei mal still!« Friedrichsberg haute mit der flachen Hand auf den Tisch. »Du hast daraus auch nie ein Geheimnis gemacht, im Gegenteil: Du warst sogar stolz drauf. Keine Ahnung, wie du die Weiber alle rumgekriegt hast, aber du hast es geschafft. Eigentlich verblüffend, wie viele Frauen so wenig Geschmack haben. Nun denn. Die Mädels, die du rumgekriegt hast, die können ja von Glück reden, dass sie dich wieder los sind. Denn ein Gewinn bist du mit Sicherheit nicht. Demütigend waren diese jahrelangen Aktionen einzig und allein für deine Gattin. Für Gundula. Die ist jahrelang nur verarscht worden von dir. Und was ist der Dank? Du haust nach all den Jahren in den Sack und verlässt sie wegen einer 22-Jährigen. Schämen solltest du dich, wenn du's könntest. Tust du aber nicht.« Der Dicke räusperte sich. »Deine Ex wird eine Sau zerlegt und sie dir auf den Adventskalender verteilt haben. Fertig aus. Schöne, blutige Päckchen. Und das alles, um dir einen Schrecken einzujagen und das Fest, das dir als gläubiger Katholik immer so viel bedeutet hat, gründlich zu versauen. Und ich würd mal sagen: Es ist ihr durchaus gelungen. Und du sitzt hier neben mir und bist am Boden zerstört. Eigentlich ein recht hübsches Bild.« Friedrichsberg lachte kurz auf.

Vogler schüttelte den Kopf: »Und warum das alles?«

»Wie heißt dein neuer, junger Feger gleich noch mal? Streich ihr das L und du landest bei dem Motiv für deinen Adventskalender.«

»Rache?«

»Na, das Alphabet kann er noch. Schön.« Friedrichsberg füllte sein Glas wieder auf.

»Und Gundula wollte mir einfach nur einen Schrecken einjagen?«

Friedrichsberg nickte: »Würd ich mal so sagen, ja.« Er leerte sein Glas in einem Zug. »Aber unterm Strich kann man nur sagen: Schwein gehabt. Im wahrsten Sinne des Wortes. Das da«, er zeigte mit seinem Zigarrenstumpen vage in die Diele, »kannst du schön als Sülze verarbeiten. Aber stell dir vor, es wären wirklich Leichenteile gewesen ... Wie wir jetzt im Advent das alles wieder hätten loswerden sollen ... Das wäre nicht einfach geworden. Oder es hätte am Heiligabend mal eine Alternative zu Gans oder Karpfen gegeben.«

Den nun einsetzenden Brechreiz konnte Vogler nicht mehr unterdrücken, und er rannte auf die Toilette.

24 Friedrichsberg füllte ein letztes Mal sein Pinnchen mit Magenbitter auf, leerte es, stand auf, ging an dem blutigen Adventskalender vorbei, hörte aus dem Bad den würgenden Vogler und zog beim Verlassen der Wohnung die Türe hinter sich kräftig ins Schloss.

Im Treppenhaus ertönte die Blockflöte, die *Vom Himmel hoch, da komm ich her* spielte.

Ein vor Wut schäumender Mann kam die Treppe hochgestürmt: »Jetzt reicht's, ich dreh dem Arsch die Gurgel um.«

Friedrichsberg, leicht einen sitzen habend, hielt sich am Geländer fest und stapfte lachend die Treppen hinab, hinaus ins vorweihnachtliche Schneegestöber.

DIE BENGALISCHE WEIHNACHTSFEUERGANS

Schon erstaunlich, dass etwas so Köstliches so endgültig sein kann. Und dann auch noch zu Weihnachten.

Seit zwei Wochen lagen die Temperaturen unter 0 Grad. Zudem hatte es die letzten vier Tage geschneit, eine dicke, weiße Schneedecke hatte sich auf Straßen, Dächer, Autos gelegt und alles um ein Vielfaches leiser werden lassen. Eiszapfen hingen von den Regenrinnen, Eisblumen schmückten die Fenster.

Die Menschen schlichen warm eingepackt vorsichtig über die Straßen, weiße Wolken tanzten aus ihren Mündern, die Autos tasteten sich auf vereisten Fahrbahnen vorwärts, alles war viel langsamer als sonst.

In den Gärten und Parks standen Schneemänner, Kinder wurden auf Schlitten durch die Gegend gezogen, alte Leute hockten in warmen Stuben und glotzten durch Küchenfenster.

Es war tiefster Winter, es war die Zeit zwischen den Jahren.

Noch eine Woche zuvor hatte die Sache ganz anders ausgesehen: Es war kurz vor Heiligabend, die Krankenhäuser meldeten ein verstärktes Auftreten von Herzinfarkten, Irrsinn und Nervenzusammenbrüchen.

Die Verkäuferinnen und Verkäufer aus dem Einzelhandel burnten langsam out; die Menschen hasteten wie nicht von dieser Welt durch die Fußgängerzonen und

Einkaufszentren, fuhren mit ihren Geländewagen an die Läden heran und luden alles ein, was nicht schnell genug wegkam, die Kreditkarten würden es schon richten: irgendwas Glitzerndes für sie, was zum Anziehen für ihn, die Blagen bekamen irgendeinen Dinomist oder was mit rosafarbenen Prinzessinnen – und die Eltern … tja, die Eltern … Die würde man am zweiten Weihnachtstag im Heim besuchen. Unterm Strich: Friede auf der Welt, Freude allenthalben und den Menschen ein Wohlgefallen.

Wie jedes Jahr.

Nun war der Spuk vorbei, man war müde, träge, sattgefressen, hatte genug Weihnachtsoratorien gehört und Gespräche mit der Familie geführt.

Und so saßen Alfons Friedrichsberg, Jupp Straaten und Willi Dahl am 28. Dezember, fernab jedweden unsäglichen und überflüssigen Jahresrückblicks über die Lage der Nation, Unzufriedenheit, Terror, Kriege, Wucher, Angst und Unpünktlichkeit bei der Bahn, in Friedrichsbergs Wohnzimmer vor ihren Bieren, und alle drei schwiegen genüsslich vor sich hin getreu dem alten Motto: Das schönste Gespräch ist oft das nicht geführte. Schnell stellten sie fest, dass es nichts Großartiges zu berichten oder zu erzählen gab; über die üblichen politischen Scharmützel wollte man lieber schweigen, die wirtschaftlichen Entwicklungen nicht weiter kommentieren, die kulturellen Versäumnisse nicht noch breiter treten. Deshalb zelebrierten sie das große Schweigen.

Eigentlich hätte das genügt, hätte nicht irgendwann Straaten die Stille unterbrochen und gefragt: »Habt ihr das in der Zeitung gelesen? Gestern stand's drin bei den

Kurzmeldungen, war so winzig, man hätte es auch gut übersehen können.«

»Du jedoch nicht«, paffte Friedrichsberg, »sonst würdest du uns ja nicht damit behelligen und das Schweigen brechen. Scheint, dass du über irgendetwas Interessantes gestolpert bist.«

Straaten holte tief Luft: »Na ja, so viel stand da gar nicht. Aber ich hatte gestern Nachmittag und heute Vormittag ein bisschen Zeit, die richtigen Leute zu kontaktieren. Ich hab mir auch das Objekt, um das es geht, vorhin mal angesehen. Und meine Klatsch- und Tratschgespräche und meine Visite haben ein nettes Bild ergeben.«

»Und, was kann man auf diesem Bild erkennen?«, wollte Dahl wissen.

Straaten machte eine Pause; dann sagte er: »Eine Explosion, Gänsebraten, eine Ruine und eine vereiste Leiche.«

Friedrichsberg grinste: »Das klingt interessant. Ich würde vorschlagen, wir brechen unser heutiges Schweigegelübde. Also, berichte.«

Dahl winkte ab: »Nein, nein, ... Nicht schon wieder Mord und Totschlag. Es war doch so friedlich über die Festtage.«

»Friedlich war's nicht wirklich«, sagte Straaten. »Eher unfriedlich, denn einer unserer Mitbürger ist samt Eigenheim weggebombt worden. Da, wo noch vor einer Woche ein schöner Flachdachbungalow stand, steht jetzt nur noch eine vor sich hinqualmende Ruine.«

»Aber das muss doch bestimmt ein Unfall gewesen sein«, unterbrach Dahl.

»Nein, war es nicht. Das steckte Absicht dahinter.«

Friedrichsberg beugte sich nach vorne, nahm sein Bierglas auf und prostete seinen Freunden zu: »Weihnachten ist und bleibt eben das Fest der Gefühle: Hass, Wut, Neid, Missgunst und Völlegefühl. Und wenn der Tote in seine Einzelteile zerfetzt wurde, hätte es doch in der Zeitung eher bei ›Vermischtes‹ stehen müssen. Wohlsein!«

»Nee, eher bei ›Verteiltes‹«, lachte Straaten.

»Oder ›Versprengtes‹«, grunzte Friedrichsberg.

Die drei lachten, tranken, öffneten neue Flaschen Bier und schütteten ihre Gläser wieder voll.

»Also«, nahm Friedrichsberg das Gespräch wieder auf, »was ist denn jetzt genau passiert?«

Straaten holte Luft und begann dann seine Rede: »Das ist eine etwas komplizierte Geschichte. Der Flachdachbungalow gehörte Waldemar Lambert. Sagt euch der Name was?«

Dahl schüttelte den Kopf, Friedrichsberg sagte: »Lambert muss ein Riesenquadratarschloch sein. Der hatte mal eine große Firma, irgendwas mit Steckdosen. Hatte der von seinem Vater, das war ein alter Nazi. Der Vater wiederum hat auf Kosten von Gefangenen sein Imperium aufgebaut. Nach dem Krieg ging das einfach so weiter. Irgendwann hat das sein Sohn übernommen, der alte Waldemar Lambert. Und der hat sich dumm und dusselig verdient. Bis vor ein paar Jahren sein Sohn den Laden übernommen und zielsicher in die Insolvenz geführt hat. Und das war es dann mit der Firma Lambert. Aus, Schluss, vorbei.«

»Genau so war das«, stellte Straaten fest. »Und zu Waldemar Lambert: Der war geizig, hat die Löhne nicht regelmäßig gezahlt und seinen Wohlstand auf Kosten seiner Angestellten erwirtschaftet.«

»Und nun«, unterbrach ihn Friedrichsberg, »hat's vor ein paar Tagen Bumms gemacht, und der olle Lambert ist wie der Geist der Weihnacht aufgefahren in den Himmel.«

Straaten hob die Hände: »Das ist die Grundsituation. Und dass sich Vater und Sohn, also Waldemar und August Lambert, nicht unbedingt wohlgesonnen waren, das müssen wir nicht weiter vertiefen, oder?«

Die beiden anderen schwiegen und warteten auf den Fortgang der Geschichte.

»Das Haus vom alten Lambert steht am Stadtrand und liegt direkt an einem großen Wald. Ist ein klassischer Flachdachmist: kein Keller, schmale Schießschartenfenster, kleiner Vorgarten, hinten raus Terrasse und ein weitläufiger Garten. Alles in allem eine typische Bausünde der 60er Jahre. Vor ungefähr zehn Jahren hat der Sohn für seinen Vater rechts an das Gebäude einen Anbau hingesetzt, der als Haushaltsraum fungiert. Nachbarn gibt's auch. Zur Linken in gebührendem Abstand eine alte, schwerhörige Witwe, die kriegt gar nichts mehr mit, die hat auch die Explosion nicht gehört. Und zur Rechten eine nette, junge Familie, er Anwalt in einer großen Kanzlei, sie Kindergärtnerin, die beiden Söhne acht und neun Jahre alt. Und mit dieser Familie hat der Sohn natürlich Zoff.«

»Aber was interessieren denn den Sohn die Nachbarn seines Vaters?«, wollte Friedrichsberg wissen.

»Ganz einfach: Es waren auch seine Nachbarn, denn er musste nach seiner Insolvenz seine Eigentumswohnung hergeben und lebt deswegen seit fünf Jahren bei seinem Vater im Bungalow. Erst vor einem halben Jahr ist er da raus und hat wieder seine eigenen vier Wände bezogen.«

»Und welche Art Ärger hatte er mit dieser Familie?«

»Also, ich weiß nicht, ob das für den Fortgang der Geschichte von Bedeutung ist.«

»Wurscht, ich bin neugierig, erzähl!«

»Also viel hab ich darüber nicht gehört, nur, dass die Kinder den jungen Lambert genervt haben.«

»Und wie?«, wollte Dahl wissen.

»Mit dem, was Kinder halt so machen: Sie spielen, schreien, kreischen, lachen. Sie leben. Und das hat beiden Lamberts nicht gepasst. Und weil August Lambert auch ein Arschloch ist, hat er das Baumhaus der beiden Kinder in einer Nacht- und Nebelaktion angesägt. Das Ende vom Lied: beim Spielen in dem Baumhaus ist das angesägte Holzteil auseinandergebrochen, eins der Kinder ist runtergefallen, Beinbruch, Krankenhaus, Bettruhe. Man kann von Glück reden, dass bei der Aktion nicht noch mehr passiert ist.«

Friedrichsberg nahm einen Schluck vom Bier: »Konnte man August was nachweisen?«

Straaten schüttelte den Kopf: »Leider nein. Er hat's natürlich auch nicht zugegeben. Aber es lag klar auf der Hand. Auch die Hobbys der Kinder sind dem blöden August ein Dorn im Auge gewesen.«

»Als da wären?«, Friedrichsberg nahm seine Brille von der Nase und putzte sorgsam die Gläser.

»Der eine, frag mich nicht, welcher von beiden, interessiert sich sehr für Modellflugzeuge. Dass da, wenn ein Modell mal über Nacht im Garten oder auf der Terrasse liegen geblieben ist, schon mal der ein oder andere Flügel abgebrochen oder der Motor kaputt war, muss nicht extra erwähnt werden. Wogegen August allerdings machtlos war, war das andere Hobby: Chemie, Physik, Pyrotechnik und Sprengstoff. Klingt gefährlicher, als es ist.

Die beiden Jungs hatten nur Freude am Experimentieren und an Detonationen jeglicher Art. Aber es gab überhaupt keinen Grund, da was gegen zu tun. Jungs eben, die mit Baukästen experimentieren.«

»Hm«, machte Friedrichsberg und setzt die Brille wieder auf.

»Die hatten auch so einen Bretterverschlag mit Stroh im Garten. Und darin drei Hasen. Also eigentlich hatten sie nur zwei. Zwei Männchen. Aber der aus der Zoohandlung hatte sich vertan. Alles andere wäre ja auch so wahrscheinlich wie eine Jungfrauengeburt. Und so haben die Nachwuchs bekommen. Dazu noch die üblichen Wald- und Wiesenmäuse. Diese Idylle hätten sie wohl auch gerne behalten. Aber eines Morgens sind die beiden rausgerannt, wollten vor der Schule noch mal eben nach den Hasen sehen – und alle drei lagen tot im Stall. Genick gebrochen.«

»Das«, hier musste Friedrichsberg kurz aufstoßen, »ist allerdings äußerst unschön.«

»Von zerstörtem Spielzeug, das im Garten rumlag, einem aufgeschlitzten Trampolin und lautem Musikhören nach 23 Uhr, sodass die schlafenden Kinder geweckt wurden, gar nicht erst zu reden.«

»Nun ja«, schnaubte der Dicke, »wie du schon sagtest: ein Arschloch. So, nun aber weiter mit der Explosionsgeschichte.«

Straaten nickte: »Ich habe darüber mit einigen Nachbarn, aber auch mit einem Mann von der Polizei gesprochen. Also, wie die Untersuchungen bisher ergeben haben, sieht es so aus, als hätte der Sohn seinen Vater umgebracht.«

»Wie jetzt?«, fragte Dahl. »Ich denke, es geht um eine Explosion.«

»Ja, ja, auch«, sagte Straaten. »Der Reihe nach. Der alte Waldemar ist ein zäher Brocken gewesen. Aber der hatte vor sieben Jahren einen Schlaganfall, saß im Rollstuhl, bewegungsunfähig, geistig aber topfit. Geredet hat er nie viel, deshalb fiel auch nicht weiter auf, dass sein Sprachzentrum gestört war. Der brachte kaum noch einen Ton raus. Was er jedoch ganz offensichtlich war, er war nahezu bewegungsunfähig. Er war angewiesen auf Pflegekräfte und auf seinen Sohn. Die polnischen Damen verließen eine nach der anderen entnervt das Haus, weil sie mit den beiden Ekelpaketen nichts zu tun haben wollten, wohl auch, weil sie von ihnen drangsaliert worden sind. Die letzten Monate hatten sie eine, die war wohl ein bisschen robuster, die ließ sich nicht von den beiden Männern ärgern. Aber über die Weihnachtsfeiertage hatte sie frei, ist in ihre Heimat Polen gereist, und der Sohn hat sich bereiterklärt, sich um seinen Vater zu kümmern. Womit dessen Todesurteil schon unterschrieben war. Es muss sich wie folgt zugetragen haben: Der Sohn saß am 23. Dezember abends schon zu Hause bei seinem Alten. Bei ordentlich befeuertem Kamin, denn draußen war es um die 5 Grad minus. Trotz aller Gemütlichkeit gab es da bereits die ersten Auseinandersetzungen. Es wurde Nacht, und es wurde Tag, genauer gesagt Heiligabend, und wir hatten immer noch um die 8 Grad minus.«

»Und Schnee«, unterbrach Dahl. »Hab kaum mein Auto freibekommen.«

Friedrichsberg winkte ab: »Schon gut, schon gut. Aber was reitet ihr auf den Temperaturen rum? Ich weiß, wie kalt es war.«

»Warte ab, mein ungeduldiger, dicker Freund«, lenkte Straaten ein. »Es hat alles seinen tieferen Grund. Also: Am Morgen des Heiligabends bereitet der Sohn wohl erst sein Weihnachtsmahl vor. Das heißt: Er holt aus dem Kühlschrank des Hauwirtschaftsraumanbaus die traditionelle Weihnachtsgans. Er bringt sie in die Küche, legt sie auf die Arbeitsplatte und fängt an, sie zu reinigen und zu füllen. Also klassisch mit Äpfeln, Backpflaumen, Zwiebeln und Maronen. Dazu im Hintergrund begleitend: die Regensburger Domspatzen mit weihnachtlichen Gesängen und der alte Waldemar mit unverständlicher Keiferei. Nach getanem Werk bringt der Sohn die Gans erst mal wieder zurück und stellt sie in den Kühlschrank des Anbaus. Mittlerweile ist es kurz nach 13 Uhr. Der Sohn August geht zu seinem Vater, der schon seit den Morgenstunden dem Frühschoppen in Form von Eierpunsch zugesprochen hat und dementsprechend ordentlich einen sitzen hat, schiebt eben jenen im Rollstuhl auf die Terrasse und lässt ihn da stehen.«

»Was heißt das?«, wollte Friedrichsberg wissen. »Wie lang und warum und mit welchem Ergebnis?«

»Das Warum: Hass. Der Sohn war seinen Alten einfach leid. Das Wie-lang: ab kurz nach eins am Mittag. Das Wozu: Exitus am ersten Weihnachtstag.«

»Ja, aber so einfach geht das doch nicht«, wandte Dahl ein.

»Oh doch«, dozierte jetzt der Dicke, steckte erneut seine Zigarre in Brand und paffte große Rauchkringel: »Das geht schneller als einem lieb sein kann. Erst verliert das Opfer sein Bewusstsein, dann sackt der Puls weg, Herzrhythmusstörungen, Atem- und Kreislaufstillstand und

Ende im Gelände. Und wenn du dazu noch keinen Ton rausbringst, folglich nicht um Hilfe schreien kannst, gelähmt im Rollstuhl sitzt und dich nicht vom Acker machen kannst, dann hast du ganz schlechte Karten. Und den Rollstuhl wird er auch so manipuliert haben, dass er sich nicht selbstständig auf und davon machen konnte. Alles in allem: ein netter Mord.«

»Nett ist gut«, Dahl schüttelte den Kopf.

Genüsslich lehnte sich Friedrichsberg zurück: »Danke für die hübsche Geschichte.«

»Zu Ende ist sie aber noch nicht«, lenkte Straaten ein.

»Richtig, der Niederbrand des Hauses, ich vergaß. Also, wie geht's weiter?«

Straaten nahm zunächst einen Schluck Bier: »August lässt also seinen Vater auf der Terrasse erfrieren. Er geht ins Haus, zieht zunächst die Vorhänge zum Garten zu, damit er das Sterbeelend vor den Fenstern nicht mit ansehen muss, und genehmigt sich erst in aller Ruhe ein paar Gläser Wein. Das ist jedenfalls die Mutmaßung, denn in seinem Blut wurde auch eine nicht unerhebliche Menge Restalkohol nachgewiesen. Er trinkt also. Und dann? Macht er ein kleines Mittagsschläfchen. Den Rest des Heiligabends muss er wohl alleine zugebracht haben. Abends gab's Lachs. Recht einfallslos. Aber das verrät uns der Mageninhalt. In der Nacht war er auch alleine, wenn man vom erfrierenden Vater auf der Terrasse mal absieht. Am Vormittag des ersten Weihnachtstages macht er auch nichts Auffälliges, die Kinder der Nachbarn probieren ihre Geschenke im Garten aus. Die Terrasse mit dem Toten im Rollstuhl ist so gut wie nicht einsehbar, er fiel also keinem auf. Am Morgen des ersten Weihnachtstags, kurz bevor sie zur Heiligen Messe gegangen sind, haben sich die leicht senilen Nachbarn von gegenüber an den Gartenzaun gestellt, haben hinter den hohen Tannen den regungslosen Lambert im Rollstuhl sitzen sehen, ihm ein frohes Fest gewünscht und zwanzig Minuten auf die inzwischen vereiste Leiche eingeredet. Auf die Nachfrage der Polizei, ob sie nicht gemerkt hätten, dass er tot gewesen sei, sagten sie nur, er habe ja eh seit Jahren kaum noch mit ihnen geredet. Zurück zum Sohn: Gegen 16 Uhr geht er wieder in den Haushaltsanbau, holt die Gans aus dem Kühlschrank und schiebt sie in den vorgeheizten Ofen. Die Polizei geht davon aus, dass er sich danach umziehen wollte, um einen späten Spaziergang zu machen. Um in sein Zimmer zu kommen, muss er im Eingangsbereich des Hauses zwei Stufen hinabsteigen. Dabei übersieht er wohl aus Versehen eine Stufe und stolpert dabei so unglücklich, dass er auf die Kante einer Kommode stürzt, sich das Genick bricht und stirbt.«

Friedrichsberg grunzte vor Vergnügen laut auf und sein dicker Bauch wackelte dazu: »Das wird ja alles immer schöner!«

»Aber wieso ist denn der ganze Bungalow in die Luft geflogen?«, wollte Dahl wissen.

Straaten zuckte mit den Schultern: »Also ich nehme mal an, es lag an der Gans. Die war zu lange im Ofen. Hat zu lange vor sich hingebrutzelt. Und dann fing irgendwann der ganze Herd Feuer. Und das war's dann.«

Friedrichsberg schüttete sein halb leeres Bierglas wieder voll und paffte dabei vor sich hin: »Nun mal langsam, Freunde. So einfach geht das nun auch wieder nicht. An den Bungalow war doch eine Art Haushaltsraum drangebaut worden. Mit allem möglichen und unmöglichen Schnickschnack. Also Kühlschrank, Tiefkühltruhe, Waschmaschine, Trockner, derlei ... Und eben mit besagter Gans. Gab's auch einen Zutritt von der Gartenseite aus?«

Straaten nickte langsam: »Soviel ich weiß, schon.«

»Und höchstwahrscheinlich gab es auch keine wirklichen Hindernisse, um von Garten zu Garten, also von Grundstück zu Grundstück zu kommen, oder?«

»Nun ja, die üblichen Hecken und kleineren Zäune, alles hüfthoch gehalten. Warum?«

Friedrichsberg nickte paffend vor sich hin, nahm dann einen ordentlichen Schluck Bier und machte danach ein ausgewachsenes Bäuerchen. »Noch ein letztes: Fand man zufälligerweise eine Art Feuerwerkskörper in den Ruinen?«

Straaten dachte nach. »Nicht, dass ich wüsste.«

»Denk noch mal genau nach: Ist dir irgendwas aufgefallen? Bist du, als du vor Ort warst, über irgendwas gestolpert?«

Langsam schüttelte Straaten seinen Kopf. »Nicht, dass ich wüsste. Da war ... eigentlich ... Doch, halt! Du hast recht, da war was. Das war aber nicht der Rede wert.«

»Was war's denn?!«

»Neben dem Haus, also vielmehr neben der Ruine, lag ein kleiner Chinaböller. Aber worauf willst du denn hinaus?«

»Ja, richtig«, mischte sich Dahl wieder ein, »was soll das Ganze denn?«

Friedrichsberg prustete los: »Ganz einfach: Am zweiten Weihnachtstag sollte es bei Lambert junior bengalische Weihnachtsfeuergans geben.«

Straaten und Dahl schauten sich verwirrt an. »Das verstehen wir nicht.«

Und Straaten meinte noch: »Was ist denn eine bengalische Weihnachtsfeuergans?«

»Simpel: Das ist Gans mit nicht ganz so traditioneller Füllung. Da hat einer noch, und daher kommt ja auch der Name, einen Bengalen reingeschummelt.«

»Aber ... aber wie ... was für ein Bengale denn?!« Straaten hatte den Faden verloren.

Friedrichsberg grunzte die rhetorische Antwort: »Hmpf ... Noch nie was von einem bengalischen Höhenfeuerwerk gehört?«

»Und wie kommt der Bengale in die Gans?«, wollte Straaten wissen.

»Das ist doch relativ einfach, vermutlich.« Friedrichsberg kratzte sich den dicken Bauch. »Fangen wir mit den örtlichen Begebenheiten an: Der Sohn August Lambert hat an den Bungalow diesen kleinen Anbau drangeklatscht, diesen Haushaltsraum, mit allen möglichen Gerätschaften. Und in einer davon, im Kühlschrank, liegt schon seit Heiligabend die vorbereitete Gans drin, eingepinselt und gefüllt, also vermutlich mit den Klassikern Pflaume, Apfel, Beifuß, was weiß ich. Das wären die inneren Begebenheiten. Und jetzt kommt meine abartige Phantasie ins Spiel, das ist jetzt aber alles rein hypothetisch, ich habe keine Beweise und nichts, die könnten sich allerdings finden lassen, wenn man den Tatort noch mal genauer unter die Lupe nimmt. Aber ich kann mir durchaus vorstellen, dass es genau so passiert ist um die Feiertage. Die Nachbarsbuben sind wahrscheinlich irgendwann am ersten Weihnachtstag aus ihrer Behausung raus, einfach über den Zaun aufs Nachbargrundstück geklettert mit dem Ziel, den blöden Lamberts – unter Zuhilfenahme eines Streiches – einen Denkzettel zu verpassen für all ihre Untaten. Sie sind also von hinten an den Hauswirtschaftsraum ran, durch die Tür, die vom Garten aus in diesen Raum führt, sind an den Kühlschrank, haben sich die Gans geschnappt, und haben dem rektalen Obst noch einen ordentlichen explosiven Zusatz verpasst. Wovon der Endverbraucher, also in unserem Falle Lambert junior – der Senior hockte ja bereits erfroren auf der Veranda –, überhaupt nichts mitbekommen hat. Und deshalb hat er das Tier auch guter Dinge ahnungslos in den Ofen gelegt. Die Gans brutzelte gemütlich vor sich hin, fing vermutlich Feuer und dann ging irgendwann das bengalische Feuerwerk los. Vom Ganshintern über den Backofen, hinaus in die Küche und danach ins ganze holde Eigenheim. Den Bewohnern konnte es wurscht sein: Der eine war tiefgekühlt und der andere genickgebrocht. Wegen dieses Feuerwerks flog der ganze Bungalow in die Luft und ein Chinaböller in den Garten. Vielleicht haben die Jungs den auch verloren bei ihrer Zaunsteigaktion. Alles in allem ein etwas übers Maß geschossenes Bubenstück.«

Einen Moment saßen die drei schweigend beisammen. Friedrichsberg benetzte nach dieser Rede seine Kehle mit kaltem Bier und lehnte sich gemütlich auf seinem Sofa zurück.

»Du meinst also«, fand Straaten als Erster seine Worte wieder, »die Explosion war gar nicht Sohn August, sondern das waren die beiden Jungs?«

»Davon gehe ich sogar aus. Wer denn sonst? Der alte Lambert war bereits Heiligabend perdu. Und sein Sohn laut Obduktion am ersten Weihnachtstag. Explodiert ist das ganze Ding aber, nachdem beide tot waren.«

»Kommt denn kein anderer für die Tat infrage?« Dahl schaute zwischen Friedrichsberg und Straaten hin und her.

»Wer denn?«, blaffte der Dicke. »Böller im Arsch einer Gans ... Auf so was Feines kommen doch nur Blagen. Die haben wenigstens noch Phantasie. Noch jemand was zu trinken?«

Straaten und Dahl nickten heftig. Friedrichsberg goss ihnen nach, die drei tranken.

»Und?«, fragte Straaten. »Wollen wir sie verpfeifen?«

Er bekam die direkte Antwort von Friedrichsberg: »Nö. Warum denn? Weihnachten ist auch das Fest der Freude. Und es können doch alle froh sein. Zum einen, dass der hässliche Bungalow weg ist. Und zum anderen, dass die beiden Lamberts weg sind. Vermissen wird die niemand, eher ganz im Gegenteil. Und der Mörder vom alten Lambert ist auch umgekommen. Den Schuldigen hat's von sich aus dahingerafft. Und die Jungs: Die zwickt schon genug ihr schlechtes Gewissen. Das war ein Bubenstreich. Lassen wir es damit auf sich bewenden. Lebendig macht's auch keinen mehr. Und das neu gewonnene Grundstück ist doch eine nette Bauimmobilie. Da werden tüchtige Menschen hübsch investieren und was schönes Neues hinsetzen. Das Einzige, was mich jetzt noch interessiert: Wer verdient an der ganzen Sache? Also wer erbt?«

Straaten strich sich über seinen Scheitel: »Nun ja, also wir nehmen alle an, dass der Sohn erben wollte. Was er nun nicht mehr kann.«

»Und wohin geht die ganze Kohle jetzt?«

Straaten lächelte. »Hab mich da schlaugemacht. Das gesamte Erbe geht jetzt an einen Tierschutzverein. Das hat der alte Lambert so verfügt.«

Friedrichsberg grinste: »Na, da können die dann neue Weihnachtsgänse aufpäppeln.«

Die drei lachten laut auf, dann schwiegen sie wieder eine Weile.

Dahl schüttelte den Kopf: »Was für eine krude Geschichte, so für zwischen den Jahren. Die beiden Lamberts hat die Kälte, das Genick und schlussendlich die Gans dahingerafft.«

Friedrichsberg nickte: »Da hat sich am Ende – mit Unterstützung – das Tier gerächt und sich seine Erbschaft abgeluchst.« Er zog an seiner Zigarre und blies den Qualm an die Wohnzimmerdecke.

»Und?«, fragte Straaten. »Sollen wir mit unserer Geschichte zur Polizei?«

Sie schauten sich eine Weile schweigend an.

Dann ergriff Friedrichsberg zunächst sein Glas und dann das Wort: »Ach, wisst ihr was? Die beiden Buben haben diesen architektonischen wie menschlichen Schandfleck dem Erdboden gleichgemacht. Und damit ein gutes Werk getan. Schweigen wir besser drüber. Und den Menschen ein Wohlgefallen. Wohlsein!«

NACHWORT

Ein Affe zieht in einem verschlossenen Raum Frauen Rasierklingen durch die Kehlen.

Ein leuchtender Hund hetzt seit Jahrhunderten Familienmitglieder in den Tod.

Ein Mönch bringt seine Mitbrüder durch vergiftete Buchseiten um die Ecke.

Und so weiter und so fort.

Manche füllen damit Hunderte von Seiten, bei anderen landet das auf Seite 3 unter der Rubrik »Vermischtes«.

Finden wir nicht alle Gefallen an kriminellen Geschichten, mörderischen Sensationsmeldungen in den Tageszeitungen, in Radio und Fernsehen? Stolpern wir nicht gerne darüber und lesen dann noch mal genauer nach? Erzählen wir diese Geschichten nicht mit Freude weiter und fabulieren sie bei der Gelegenheit gerne ein bisschen um und aus? In der Kneipe, in der Bahn, am Arbeitsplatz, beim Kegeln?

Und je kurioser, mörderischer, blutiger und schauerlicher, umso besser.

Ich jedenfalls habe große Freude an genau solchen Geschichten; und mich freut es sehr, dass ich mit dieser Lust nicht alleine bin. Ob verlegend, lektorierend, stimmeleihend, inspirierend, korrigierend, unterstützend, möchte ich folgend danken: Monika und Ralf Kramp und dem ganzen KBV-Team, Volker Maria Neumann, Henning Venske, Jochen Busse, Hans Korte, Traugott Buhre, Jochen Malmsheimer, Bastian Pastewka, Annette Frier, Leonhard Koppelmann und allen, die ich jetzt vergessen habe. Und meinen Eltern. Und selbstverständlich meiner wunderbaren Frau Annette.

Kleine, editorische Notiz: Die Geschichte »Anderthalb alte Leichen« wurde schon mal in einer Krimianthologie veröffentlicht, erscheint aber nun in stark überarbeiteter Fassung. Die restlichen Geschichten sind ausschließlich für diesen Band geschrieben und erscheinen hier erstmals in Buchform.

Ob Niederrhein und Ruhrgebiet und Umgebung, ob unterwegs im Zug, ob Leichen in Kellern, auf Parkbänken oder in Truhen, ob an die Schweine verfüttert oder zerkleinert im Eiswürfel.

Ob Mönche, Hunde oder Affen.

Am schönsten ist der gemütliche Mord zu Hause.

Auf den Tod unter Gurken!

Ihr Kai Magnus Sting

Markus Niebios

WER ZULETZT STIRBT, LEBT AM LÄNGSTEN

Taschenbuch, ca. 330 Seiten
ISBN 978-3-95441-362-1
10,95 EURO

Achterbahnfahrt mit Leichenwagen

Eigentlich sollen Borg und Romanov von der »Detektei Mystica« nur eine Zigeunerin finden, die ein Klient für den angeblich auf ihm lastenden Fluch verantwortlich macht. Als Romanov spurlos verschwindet, dafür aber unverhofft die Leiche der Zigeunerin in der Detektei liegt, gerät Borg in Erklärungsnot.

Die Suche nach dem Mörder führt ihn ins Dortmunder Nordstadtghetto, eine Brutstätte absonderlichster Lebensentwürfe und Magnetfeld für Scherereien. Dass sich sein Intimfeind Talbot in die Ermittlungen einschaltet, und er endlich auf eine Spur des Mannes stößt, der ihn während seiner Schulzeit entführt hat, vereinfacht den Fall nicht gerade.

Als Borg mit dem König der Nordstadt aneinander gerät und auf die Leiche eines Jesuitenpaters stößt, verdichtet sich die Gewissheit, dass er einem Geheimnis auf der Spur ist, dessen Bewahrer auch ihn aus dem Weg räumen würden, um ihre Machenschaften zu vertuschen.

»Borg und Romanov sind das neue Dreamteam des Regionalkrimis«
(Ralf Stiftel, Westfälischer Anzeiger)

KRIMINALROMAN